# 그리고 남겨진 것들

# 그리고 남겨진 것들

염승숙 소설

문학동네

TABLE OF CONTENTS

# 습(濕)

물기 묻은 손을 들어 바짝 마른 수건의 표면을 매만질 때마다
잊히고 싶은 사람이 어디 있겠니. 하던 아버지의 목소리가 생생히 맴돌았으므로.
그래서 그는 '잊히다'라는 것에 대해 자주 고민하지 않을 수 없었다.

## 소나무

뭐지.

진구오는 무거운 눈꺼풀을 밀어올리며 한참을 바라보았다. 잠에서 막 깨어 시야가 흐릿한데다 보일러실 쪽으로 나 있는 미닫이문의 불투명한 고방유리가 물에 번진 듯 어리한 느낌마저 주어 더욱 알아보기 힘들었다. 아버지구나, 라고 판단하는 데 조금 시간이 걸렸다. 아버지는 볕이 들지 않아 어스레한 반지하방 한가운데에서 뒤돌아 등을 보이고 앉아 있었다. 무릎걸음으로 가까이 다가가니 아버지의 낡은 메리야스 어깨끈 사이로 생경한 무언가 비죽 솟아난 게 보였다. 서너 살 어린아이의 손 한 뼘만한 길이였고, 파릇했다. 짧고 날카로운 잎사귀들이 자갈처럼 단단히 붙어 있었다.

소나무인가.

그는 놀랐다. 소나무 한 그루를 등에 진 아버지가 얇은 아사면 이불을 허리춤에 말고 끄덕끄덕 잠에 취해 있었다.

웬 거예요?

그가 눈을 비비며 물었다.

웬 소나무냐고요, 아버지.

아버지의 고개는 쉽게 들리지 않았다. 그는 아버지의 구부정한 어깨를 쥐고 모로 눕혔다. 아버지는 끙, 소리를 내며 다리를 교차시켜 두어 번 뒤척였다. 어느새 이렇게 얇아졌나, 그는 아버지의 허벅지에 무심코 손바닥을 가져다댔다. 잿빛 잠옷 바지가 쑥 꺼져들었다. 아버지의 두 다리가 소나무의 그것처럼 얇고 뾰족해 보인다고 생각되자 어깻죽지에서 사르르 힘이 빠졌다.

소나무라니.

진구오는 중얼거리며 기지개를 켰다. 목, 어깨, 등, 팔, 허리까지 어디 한구석 찌뿌듯하지 않은 곳이 없었다. 그는 욕실 문을 열고 들어가 옷을 벗고 꽤 오래도록 샤워했다. 이를 닦고 선반장을 열자 안에는 비누 서너 개가 종이 곽째 쌓여 있을 뿐 텅 비어 있었다.

아버지, 수건이 없어요!

그가 제법 크게 소리쳤다. 그러나 딱히 어떤 대답이 들려오지도, 욕실 문틈 사이로 수건이 비죽 들어오지도 않았다. 아버지는 좀처럼 잠에서 깨지 않을 모양이었다. 하릴없이 문을 열고 나와 잰걸음으로 거실을 가로질렀다. 아무것도 걸치지 못한 몸 전체에 서늘한 공기가 부딪쳐왔다. 베란다 건조대에 널린 수건을 집어들어 젖은 머리칼을 감쌌을 때 아버지가 연회색 먼지 덩이 같은 몸을 부스스 일으켰다.

몇시냐.

일곱시예요. 더 주무세요.

바짝 말라 있던 수건이 흐물흐물해지는 것을 느끼며 그는 그것을 머리에 그대로 얹어두고 방으로 들어가 속옷을 찾아 입었다. 짙은 남색의 정장 바지를 다리에 꿰고, 흰 반팔 와이셔츠도 챙겨들었다. 배 중앙 부분이 살짝 구겨졌는데 다시 다려 입을까, 말까를 잠시 고민하다 구겨진 그대로 탁탁 털어 걸쳐입었다.

괜찮으세요?

넥타이를 손에 들고 거실로 나왔을 때 아버지는 일어난 그대로 계속 멍한 표정이었다. 딱히 생각에 빠져들었다고는 할 수 없이 그저 열없는 얼굴이었다. 소나무는 여전히 아버지의 등에 바느질이나 된 듯 고정되어 있었다.

아버지 등이요. 웬 거예요, 그게.

진구오가 다시 물었다.

등이요, 등.

아버지는 어깨 너머로 흘깃 시선을 두었다. 그러고는 한숨이었다.

글쎄다.

소나무예요.

그렇구나. 며칠 전부터 등이 가렵더라니.

두통이 올 것 같아 진구오는 입을 다물었다. 대신 척척한 수건을 무심히 바닥에 내던지고 아버지 곁으로 걸어가 양반다리를 하고 주저앉았다. 다 낡아빠진 선풍기의 미풍 버튼을 누른 뒤 그는 젖은 머리칼에 손을 집어넣어 흔들었다. 아버지와 아들이 침묵하는 동안 낡은 선풍기만이 탈탈거리며 돌아갔다. 미처 매지 못하고 왼쪽 어깨에 걸쳐둔 넥타이의 꼬리가 바람에 조금 움직였다.

등이 가려웠다니 무슨 말이에요.

말 그대로야. 귀가 가려울 때 손가락을 집어넣어 후벼보고 싶은 것처럼 말이다.

등이요?

그래.

등을 후벼보고 싶었다고요?

말이 그렇다는 소리다.

만화처럼 날개도 아니고, 소나무라니요.

알 게 뭐냐.

아버지는 체념한 표정이었다. 진구오는 약풍이라고 쓰인 선풍기의 버튼을 눌렀다. 무겁게 눌리는 달칵, 소리가 제법 컸다. 선풍기는 미풍보다는 조금 더 거칠게 털털 소리를 내며 돌았지만 바람이 한 단계 더 세게 불어온다는 느낌은 들지 않았다.

비가 또 올 것 같아요.

또 온다고 했다. 많이 온댔어.

그가 다시 입을 열었고, 아버지는 마른 입술을 벌려 대꾸했다.

수건.

네?

아버지는 미간을 좁히며 천천히 오른팔을 들었다. 아버지의 검지가 가리킨 곳에는 그가 머리에 얹었다 던져둔 젖은 수건이 한구석에 뭉쳐져 있었다.

수건 말이다.

치울게요.

매번 그러지 않냐.

치우면 되죠, 뭐.

넌 너무 수건을 많이 써.

제가 언제요.

머리카락 털어낸다고 하나, 몸 닦는다고 하나, 발 닦는다고 하나, 퇴근해선 샤워한다고 하나, 발 닦는다고 또하나, 사방 천지에 젖은 수건 나부랭이야.

뭐 어때서요.

젖은 수건 줍다가 내 하루가 끝난다.

오버 좀 하지 마세요.

무거워.

네?

무거워서 말이다. 젖은 수건이 마음을 무겁게 만들어.

제가 저녁에 들어와서 세탁기 돌릴게요.

온 집안이 다 축축해.

뭘 또 그렇게까지. 여름이라 샤워도 많이 하고, 또 장마라 잘 안 마르니까 그렇게 느껴지는 거예요. 아버지도 참 쓸데없이.

감상적이야, 라고 말하려다가 진구오는 입을 다물었다. 감상적, 이라는 말은 부자간의 대화에 다소 어울리지 않는다는 생각이 들었다.

별거 아니라니까요.

그러냐.

그렇다고 수건을 안 쓸 수도 없는 거잖아요.

너는 너무 많이 쓴다니까.

아니라니까요.

그래도 이거 봐라.

아버지는 등을 돌려 그의 눈앞에 바투 들이댔다.

그러니까 이게 웬 거냐고요.

모른다.

모르면 어떡해요.

축축해서겠지.

그러니까 이게 다, 젖은 수건 때문이라는 거예요?

그는 선풍기의 버튼을 끄고 흐트러진 머리칼을 대강 매만졌다.

어쨌거나 습기(濕氣)는 좋지 않다.

달팽이가 아닌 다음에야 저도 축축한 걸 좋아하진 않아요. 하지만 어째요, 장마인걸.

소나무는?

떼어봐야죠, 뭐.

그는 훕, 하고 숨을 한번 크게 들이쉰 뒤 손바닥을 맞비볐다. 손가락 마디 사이에서 뚝 소리가 났다.

아버지, 허리를 좀.

뭐라고?

아니 어깨랑 등이랑 좀 반듯이 펴보시라고요. 쭉.

쭉.

좀더, 쭉.

쭉.

소나무가 눕네요. 뽑아볼게요.

뽑힐 것 같지 않은데.

아버지는 어깨를 곧게 편다기보다 굽은 어깨 그대로 한껏 뒤로 젖히는 자세를 취했다. 진구오는 하는 수 없다는 듯 소나무의 밑동을 두 손으로 잡고 서서히 힘을 주어 당겼다.

안 돼, 안 돼. 척추가 뿌리째 뽑히는 것 같다.

아버지가 고통스러운 얼굴로 몸을 웅크렸다. 그는 황급히 손을 떼었다. 소나무의 밑동이라기보다는 아버지의 허리뼈를 손안에 쥐었던 것만 같은 기분이었다. 차가웠고, 단단했지만, 조금만 세게 힘을 주면 쉽게 바스러져버릴 것만 같았다. 그리고 무엇보다, 축축했다. 두렵고 조심스러워서 그는 아버지의 등에 다시 손댈 수 없었다. 아주 오랜 시간 가슬가슬한 모래사장 한가운데 선 채로 소금기 가득한 해풍을 맞고 있는 한 그루 소나무나 된 듯 아버지는 거친 숨을 몰아쉬었다.

아버지, 이거 정말 안 되겠는데요.

진구오는 발갛게 부풀어오른 손바닥을 들여다보며 말했다.

그래, 그래. 안 된다, 이제 안 돼.

잔뜩 겁먹은 짐승처럼 눈알을 좌우로 굴리며 아버지가 안 돼, 안 돼, 빠르게 대꾸했다.

## 등에, 귀

가렵더라니.

가려웠다고요?

그래.

가려움과 소나무, 그 둘 사이의 인과관계를 진구오는 이해할 수 없었다.

등에, 귀.

아버지가 말했다. 귀, 하고 발음할 때 동글게 내미는 입술에 하얀 주름이 조글조글했다.

귀요?

그래.

무슨 귀요?

어렸을 때 말이다. 등에 귀가 달린 사람들이 있단 얘기를, 아버지께 들은 적이 있지.

그건 무슨 소리예요, 또.

진구오는 툴툴거리면서도 아버지의 이야기를 무심한 듯 아닌 듯 들어주었다. 아버지가 등과 어깨와 목을 움츠릴수록 소나무는 자꾸만 일어섰다. 그 세모꼴을 바라보며 그는 와이셔츠의 깃을 세우고 천천히 넥타이를 둘러 늘어뜨렸다.

등의 양쪽 날개뼈 사이에 있더란다. 소나무가 돋아난 지금 이 자리에 말이다.

뭐가요.

귀 말이다, 귀.

아.

귀에 대해 말하고 있지 않았냐.

헷갈려요. 소나무랑, 수건이랑, 가렵다가, 이제는 귀라고요?

그래, 귀.

등에 귀가 달렸다고요?

몇 번을 되묻니.

이상하니까요.

세상에 이상한 건 없어. 이상하다고 느끼는 건, 뭐든 잘 듣지 않기 때문이다.

알았어요. 등에, 귀.

한숨을 내쉬다 그가 잠시 고개를 갸웃거렸다.

들려요?

아무래도, 귀니까.

귀가 그럼 세 개인 거네요.

어쨌거나 그런 셈이지.

더 잘 들릴까요?

좀 작기는 해도, 귀가 두 개인 사람들보다는 확실히 더 잘 듣는다던데.

그래서요?

글쎄다.

글쎄라니요.

글쎄, 그런 사람들이 있다고 아버지가 말씀해주셨지. 양쪽 날개뼈 사이의, 등 중앙 부분에 어른 엄지의 절반만한 귀가 하나 더 매달린 사람들이 왕왕 있노라고.

그래서요?

그래서는 뭐 자꾸 그래서냐.

아니 그러니까 그런 얘기를 할아버지가 왜 해주셨는데요.

왜냐고?

네.

내 등에도 있었으니까.

그게 뭐 대수냐는 듯 무념한 표정으로 아버지가 말했다.

뭐라고요?

진구오가 눈을 크게 뜨며 되물었지만 아버지는 입술에 붙은 과자 부스러기를 떼어내는 것처럼 나른히 손바닥을 들어 마른 얼굴을 훔쳐냈다.

자꾸 무슨 말씀 하시는 거예요, 살면서 아버지 등에 달린 귀 같은 건 본 적도 없는데. 뭐 실제로 있다고 쳐요. 불편해서 어떻게 살아요, 등에 귀가 달려 있으면? 바로 눕거나 기대지도 못하며 살 텐데.

타이의 매듭을 묶던 그가 따져물었다.

정확히 말하면 있었다는 거지. 서른 언저리까지 있었다. 네 말대로 등에 귀가 달렸다면 눕지도 기대지도 못할 거라 생각할 테지만 실제로는 전혀 안 그랬어. 귀는 생각보다 작은 크기였고, 고무공처럼 말랑말랑했고, 이리저리 잘 구부러졌고, 뭣보다, 뭘 어떻게 해도 아프거나 불편하지 않았어. 귀가 머리에 달렸어도 우리는 다 옆으로 누워서 자질 않냐.

아.

그러고 보니, 하는 표정을 지으며 그는 잠시 수긍했다.

괜찮았다. 등에 달린 귀까지 도합 세 개의 귀를 지니고 사는 사실이 생활할 때 딱히 신경이 쓰이지도 않을 만큼. 그리고 남들보다 조금쯤 더, 잘 들을 수 있었지. 그것만은 분명했어. 등에 귀가 있다는 건, 생각보다 그렇게 나쁘지 않은 일이었다고.

별 뜻 없는 노랫가락을 흥얼거리듯 아버지는 그렇게 말한 뒤 천천히 눈을 감았다. 어딘지 모르게 그리워하는 얼굴이어서 진구오는 넥타이를 다 매고도 매듭에서 손을 떼지 못했다. 등에 귀가 돋아나 있다니 몸통이 유연한 버섯처럼 말인가, 하고 상상해보았지만 매끈하고 서늘하고 질척한 늪지대 위에 멀뚱히 서 있는 느낌이 들었을 뿐 그 이상도 이하도 아니었다. 그렇다면, 하고 그는 다시 등의 양쪽 날개뼈 사이에 돋아난 귀를 가진 먼 시절의 아버지를 떠올렸다. 아버지가 말한 귀처럼 아버지 역시 아주 작은 몸피를 지닌 사내아이였을 테고, 타고난 머리칼과 눈동자, 볕에 그을린 살빛, 흙더미에 나뒹군 손발톱마저도 몹시 검었을 거였다. 고무공처럼 말랑말랑한 귀, 어른 엄지의 절반만한 크기의 잘 구부러지는 귀가 등에 달려 다른 이들보다 조금쯤 더 잘 들을 수 있었던, 검은 얼굴의 어리고 젊고 건강한 아버지라니. 지나치며 언뜻 보았던 낯익은 이의 뒷모습처럼 그것은 아쉽고 가물거리는 영상으로 진구오의 머릿속을 채웠다.

믿을 수 없겠지만.

아버지는 눈을 뜨고, 담배 연기를 내뿜듯 입을 벙긋거렸다.

등에 귀가 달린 사람들이 많았어.

많았다고요?

그래, 잘 듣는 사람들이 태반이었지.

그럼요?

그럼이라니.

그럼 그 귀는요. 지금 어디 있는데요?

아버지는 후, 하고 숨을 내뿜었다.

글쎄다, 어디로 갔을까.

어디로 가다니요.

괜한 조급증이 일어 그가 답을 재촉했다.

어느 날 자고 일어나니 없어졌지 뭐냐.

없어졌다고요?

그래, 없어졌어. 감쪽같이.

감쪽같이.

그는 흥미가 반감된 듯 눈을 가늘게 뜨며 아버지를 바라보았다. 해가 다르게 키가 줄고 살이 빠져온 아버지는 살빛이 거무죽죽했고, 군데군데 반점이 생겨났고, 이마에 두어 줄가량의 깊은 주름이 패었으며, 전체적으로는 말라버린 모과처럼 쪼글쪼글했다.

아버지.

왜.

진구오는 가슴을 펴고, 크게 숨을 쉬고, 머리칼을 다시 매만졌다. 그리고 아버지의 굽은 어깨를 단단히 붙잡아세우며 말했다.

장기도 좀 두고, 배드민턴도 치러 나가세요. 근처에 실내 배드민턴 치는 곳이 있는데 좁긴 해도 나쁘지 않아요.

장기는 뭐고, 배드민턴은 또 뭐냐.

졸음이 몰려온다는 듯 아버지는 거슴츠레한 눈으로 그를 바라보았다. 장기가 장기고, 배드민턴이 배드민턴이지 뭐긴 뭐예요, 하고 그가 짐짓 웃으며 아버지의 허리를 손으로 쓸었다.

요즘 치매가 무섭대요.

치매 아니다.

아니니까 드리는 말씀이죠. 아니니까요.

아버지는 오후의 긴 볕 아래 조는 나팔꽃처럼 천천히 고개를 수그렸다. 진구오는 일어나 다시 방으로 들어가서 검은 양말 두 켤레를 손에 쥐고 돌아왔다. 한 켤레는 신고, 나머지 한 켤레는 여벌로 가방 안에 밀어넣었다. 그는 양말을 양손으로 말아올려 발에 끼웠다. 아버지는 그가 하는 양을 망연히 바라보다 어물어물 입을 떼었다.

자고 일어나니 귀가 없어졌단 말에 아버지가 쯧쯧, 혀를 차셨지.

할아버지가 왜요?

내 웃옷을 들춰 등허리를 쓸어보시지 뭐냐. 없네, 없군, 하셨어. 진심으로, 안타깝다는 얼굴이셨지. 그 얼굴을 도무지 잊을 수가 없어.

그래서요.

그래서는 뭐, 한마디하셨다.

뭐라고요?

습기를 조심해야 한다.

습기를 조심해야 한다?

그래.

그러고는요?

그뿐이었어. 습기를 조심해야 한다고. 자라면서 언제고 아버지의 목소리를 들었다. 없네, 없군, 없네, 없군. 별것 아닌 말인데 그 말이 왜 그렇게도 서운하던지. 없네, 없군, 없네, 없군.

아버지.

그래.

장기도 두시고, 배드민턴도 치러 나가세요. 집에만 혼자 계시지 말고요.

치매 아니야.

아니니까요.

정말이다.

정말이니까요. 아버지, 저 출근해야 돼요.

다녀와라.

네.

구오야.

네.

이건, 어쩌지. 무겁지는 않다만.

아버지의 말대로라면 서른 무렵까지 아버지의 등에는 귀가 하나 더 돋아나 있었고, 그 귀가 사라진 자리에 긴 시간이 흘러 이제는 저 앙증맞은 모양새의 소나무가 자라났다는 것. 습기를 조심해야 했는데, 그러지 못해서 등에 소나무를 키우고 말았다는 것이다. 어떻게 받아들여야 할까. 진구오는 고민스러웠다.

아니다. 어서 다녀와라.

아버지는 끙, 소리를 내며 다시 모로 누웠다. 오늘 저녁엔 일찍 퇴근해 돌아와야겠다고 생각하며 그는 바짓단을 털고 일어나 가방을 챙겼다. 식탁 의자에 걸쳐둔 양복 재킷을 팔에 걸친 뒤 현관에 가지런히 놓인 밤색 구두를 신었다.

없네, 없군.

신발장에 세워둔 장우산을 꺼내들고 현관문을 열다가, 그는 멈칫 뒤를 돌아보았다. 등을 돌리고 누운 아버지는 그사이 잠에 빠져든 듯 조용했다. 문을 마저 열고 여남은 개의 계단을 걸어올라 지상으로 발을 내디뎠다. 날은 잔뜩 흐렸고, 약하게나마 여전히 빗줄기가 이어지고 있었다.

아침 여덟시가 조금 넘은 시간. 출근길의 지하철은 젖은 우산을 들고 우직하니 밀려드는 승객들로 만원이었다. 진구오는 사람들 틈바구니에 끼어 습기와 소나무에 대해서, 또한 그 둘의 인과관계에 대해서 고민해보려 애썼지만 뜻대로 되지 않았다. 바투 붙어 선 중년의 아주머니가 꽤나 거칠게 껌을 씹어대는 통에 머리가 지끈거렸다. 위아래 검은색 바지정장을 입고 보랏빛 가죽가방을 가슴에 껴안고 있었는데 구슬치기라도 하는 것처럼 딱 딱, 치아로 껌을 부풀리고는 허겁지겁 터뜨려댔다. 어느새 굵어진 빗줄기가 전동차의 창을 사선으로 기세 좋게 내리긋는 광경을 바라보다 그는 팔짱을 낀 뒤 눈을 감았다. 귀가 시끄러웠다. 신경은 자꾸만 분산됐다.

## 더블엔젤스

진구오는 지하철역 입구로 올라오는 데만도 진땀을 뺐다. 골목마다 크고 작은 사무실이 밀집해 있는 탓에 유동인구가 많아 늘 북적이긴 했지만 오늘은 유독 심하다, 는 생각이 들었다.

어쩐지.

가까스로 역사를 빠져나온 그가 계단을 올라오자마자 중얼거렸다. 백여 명은 족히 되어 보이는 사람들이 '물러가라' '결사반대' 등이 붉은 글씨로 적힌 피켓을 들고 도열해 있는 참이었다. 다 죽일 거냐, 하고 그들은 목소리를 높였다. 기존에 지하철역 가까이 붙어 있던 낡은 저층 건물을 밀어내고 신축된 6층짜리 건물 때문이었다.

도시는 어느 곳이나 재건축, 증축, 신축 등으로 하루가 다르게 경관이 바뀌었다. 공터를 밀어내고, 낡고 오래된 건물들을 서둘러 헐고 부쉈다. 5층이나 6층 높이의 직사각형 콘크리트 빌딩들이 배다른 형제처럼 머쓱히 자리를 꿰찼다. 새로 지어올린 건물에 들어서는 영업점들은 죄다 개성 없는 프랜차이즈 지점들이어서 어디든 엇비슷해 보였는데, 이 건물도 마찬가지였다. 지난 몇 달간 땅을 파내고 철근을 잇대어 건물을 세워올리더니 비스름한 병원과 약국, 은행 들이 곧장 자리를 차지했다. 그뒤 음식점이며 커피전문점 등 온갖 체인 업소들도 가로로 꿰인 꼬치처럼 정렬되었다. Coming soon, Grand open이라고 쓰인 현수막이 건물 외벽에 경쟁적으로 나붙었다. 오토바이를 탄 아르바이트생들은 묘기 부리듯 왜틀비틀 주행하며 홍보 전단과 명함들을 거리에 흩뿌려댔다. 외국계열의 기업형 슈퍼마켓이 1층에, 그리고 '일 잘하는 국회의원'이라는 붉은 현수막을 내건 정치인 사무실이 6층에 꾸려진 것은 거의 동시였다. 소문만 무성하다가 기습적으로 이뤄진 제법 큰 규모의 SSM 입점에 인근 자영업자들은 지역 상권이 무너진다며 허탈해했다. 진구오는 보름이 넘도록 SSM 입점 반대 선언문이 적힌 종이 한 장씩을 손에 받아들고 출근했다.

우비를 입고 피켓을 든 채 몰려든 사람들로 혼잡스러운 거리를 그는 묵묵히 걸었다. 다 죽자는 거냐, 하고 누군가 외치면 다 죽자는 거냐, 하고 시위대가 복창했다. 빗줄기는 잠잠해지지 않고 바닥으로, 계속해서 바닥으로만 떨어지는 중이었다. 마침 국회의원 사무실의 개소식과 SSM 입점을 반대하는 자영업자들의 시위가 같은 날 같은 시간에 열리고 있었다. 화환을 등에 진 꽃집 배달꾼 두엇이 비켜요, 비켜요, 하며 시위대의 행렬을 비집고 끼어들었다. 인파를 헤치고 한 발짝 앞으로 내디딜 때마다 꽃대가 부러지거나 이파리가 바닥에 떨어져 나동그라졌다. 거센 빗줄기는 분무하듯 내리꽂혔다. 진구오는 비에 쫄딱 젖은 배달꾼들의 뒤를 쫓으며 물에 젖은 흙빛의 얼굴들을 하고 선 사람들을 바라보았다. 우비만 걸쳐서는 체온이 금세 내려갈 텐데, 하고 그는 생각했다. 건물의 출입구에 내걸린 국회의원 사무실의 나무 현판 앞에 늘어선 안내원 서너 명은 가슴에 꽃을 꽂고 일 잘하는 국회의원 아무개입니다, 언제나 여러분 곁에 있겠습니다, 라며 밝은 미소로 허리를 굽혔다. 이런저런 광경들을 바라보다 그는 녹색불이 켜진 횡단보도를 허둥지둥 건넜다.

비가 많이 오죠?

사무실에 들어서자마자 정윤민이 고개를 빼끔 내밀었다.

큰비엔 우산도 소용없어요.

응, 그러네.

진구오는 빗물이 뚝뚝 떨어지는 우산을 접어 기다란 플라스틱 통 안으로 꽂아넣었다. 어깻죽지며 바짓단은 물론이고, 무릎 언저리까지 빗물에 푹 젖어든 채였다.

여기요. 바지랑 구두 닦으셔도 돼요.

정윤민이 팔을 뻗어 보드레한 노란 수건 한 장을 내밀었다. 부장님은 이미, 라는 말도 덧붙였다. 진구오는 슬쩍 눈치를 보았다. 책상에 코를 박고 정신없이 일하는 부장의 정수리가 도도록이 튀어나와 있었다. 키가 크고 인물이 훤칠한 부장은 말수가 적고 낯을 가렸다. 친화력이 좀 부족한 성격이었지만, 부하 직원들에게 괜한 트집을 잡거나 휘두르려 하지 않아서 일하기는 편했다. 일중독인 면이 있어서 언제나 가장 먼저 출근하고, 가장 늦게 퇴근했다.

고마워.

진구오는 수건을 받아들고 바짓단을 툭툭 털다가, 근데 하루에 수건 몇 장이나 써, 라고 물었다.

수건이요? 글쎄요.

평균적으로 말이야.

두 장은 쓰죠, 아무래도.

두 장.

왜요, 하고 정윤민이 물었다.

아니야, 아무것도.

그는 의자에 더덜뭇이 엉덩이를 묻고 나서 손세수를 하듯 얼굴을 문댔다. 한 시간이 조금 못 되는 출근길이 어째서 매일같이 이렇게 피로감을 주는지 모르겠다고, 그는 우울하게 생각했다. 그에 더해 아버지의 귀, 소나무, 수건, 습기, 같은 것들이 상처 위에 덧바른 연고처럼 머릿속에서 찐득거렸다.

이미영씨는 좀 어때요?

정윤민이 물었다.

사장님이 어제 뭐라고 하시더라고요.

시위대의 확성기 소리랄지 고함 같은 것들이 꼭 닫아걸어놓은 창 바깥으로 신음처럼 뒤엉켜 새어들었다.

왜?

일 진행이 더디다고요.

아직, 시간이 더 필요한데.

그는 머뭇거렸다. 조금 더 긴 시간을 들여 그녀를 보내주고 싶다, 요 며칠 계속 그런 마음이었다. 시간이 부족하다는 걸 알지만, 왜 그런 기분이 자꾸만 드는지 제대로 설명할 수는 없지만, 그녀에 대해 알고, 이해하고, 납득하고 그런 뒤 자신이 일을 처리하는 데까지는 얼마간의 시간이 더 주어졌으면, 하고 바랐다.

필요하면 쓰셔야죠. 며칠만 더 둘러대세요.

정윤민이 싱긋 웃었다. 엉뚱하고 다정한 그와는 입사 동기였다. 고작해야 사장 한 명과, 부장을 포함해 사원 셋으로 운영되는 작은 회사에서 입사 동기, 라는 말을 쓰는 건 다소 민망했지만 같은 날 면접을 보고 합격한 사이인 것만은 분명했으니 아니랄 수도 없었다. 진구오보다 세 살 아래였지만 동기니까 말을 놓자, 라고 했는데도 정윤민은 싹싹 웃어 보일 뿐 좀처럼 말을 쉽게 놓지 못했다. 면접 때 마주한 정윤민은 한눈에 봐도 평범해 보이는 인상은 아니었다. 작달막한 키에 얼굴이 희어 소년 같은 인상이었는데 말씨가 약간 어눌하고 행동도 산만했다. 컴퓨터 프로그래밍을 전공한 진구오와 달리 정윤민은 미대 출신이어서 첫날엔 그가 이 회사에 면접을 보고 합격했다는 사실부터가 의아하게 생각되었다.

만화가가 되고 싶어서 대학 졸업하고도 한 삼 년 정도는 미친 듯이 그림만 그렸어요. 진짜로 밤에 잠도 안 잤어요. 무엇에든 잘 집중합니다.

그의 자기소개였다.

왜 삭발을 했죠?

사장이 묻자 그는 자신의 민머리를 매만지며 머쓱한 듯 씩 웃었다.

어울릴 것 같아서요. 면접 때 잘 보이고 싶어서 깎았는데 어때요, 괜찮아요?

천진한 표정으로 웃으며 머리통을 썩썩 매만지는 그를 보며 사장이 웃음을 터뜨렸다. 부장은 예의 그 무표정을 유지했다. 그는 아랑곳없이 가방을 뒤적이며, 근데 배고프지 않아요? 빵 드실래요? 하다가는 앗, 썩었네, 아깝다, 라며 얼굴을 찡그렸다. 그가 가방에서 꺼내든 옥수수 크림빵은 정말로 절반 가까이 곰팡이가 슬어 있었다. 그때는 어이가 없어서 진구오도 긴장을 풀고 같이 웃어버렸다. 허리께인지 등인지 팔을 뒤로 뻗어 긁적거리던 사장은 그다지 많은 질문을 하진 않았다. 호쾌한 걸음걸이로 다가와 둘의 손을 동시에 잡고 위아래로 흔들었다. 둘 외에 다른 지원자가 없었던 것은 아닌가, 의구심이 들었지만 어쨌든 취직이 되어 다행이라는 안도감이 먼저였다. 짧은 면접을 마친 그날로 책상을 배정받고, 업무를 배웠다. 신축 건물 6층에 마련된 사무실은 깨끗하고 단정했지만 페인트 냄새가 미처 다 빠지질 않아 조금 어지럽기도 했다.

어느 틈엔가 세계는 인터넷으로 확장되거나 통제되고 있죠. 일상은 온라인과 오프라인으로 이분되었습니다.

사장은 열의에 가득찬 손짓으로 설명했다. 머리숱이 적은데 그는 자꾸만 머리칼을 손으로 쓸어올려 보는 이로 하여금 그 행동을 의식하게 만드는 버릇이 있었다. 진구오는 작고 두툼하고 주름진 그의 손에서 이유 모를 친근함을 느꼈다.

현대인이라면 누구나 이 둘을 관리하고, 양쪽을 오가며 생활합니다. 이제 오프라인뿐 아니라 온라인에서도 사망 신고와 장례 절차가 필요해진 시대가 됐어요.

온라인 상조회사란 게 그런 의미였네요, 하고 정윤민이 흥미롭다는 듯 눈을 빛냈다. 사장이 말을 받았다.

그렇습니다. 사망자의 사후 처리를 도맡아 해주는 장례 절차 서비스가 기존의 상식적인 상조회사라면, '온라인'이라는 말이 덧붙여졌다는 것에 그 차이가 있겠죠. 우리 '더블엔젤스'는 일정 금액을 지불하고 인터넷 계정 처리에 관한 유언을 남기면 사이버 장례식을 치러주는 외국계 사이트를 벤치마킹해 세워진 신종 사업체입니다. 인터넷 포털 사이트와의 협업 없이도 특정 개인이 온라인상에 남긴 모든 발자취를 추적할 수 있는 딜리트(delete) 프로그램을 자체 개발하는 데 성공했어요.

그렇구나.

진구오는 사장의 설명을 듣는 내내 속으로 생각했다. 확실히 그렇구나, 그런 마음만이 들었다. 사장의 말에 틀림은 없었다. 오늘날 우리는 누구나 인터넷을 접한다. 컴퓨터의 전원을 켜고, 인터넷 브라우저의 창을 열고 접속해, 가상의 세계와 맞닥뜨린다. 그것은 일상의 범주보다 훨씬 크고 거대하며 변화무쌍하다. 그곳에서도 역시 무엇이든 쉽게 부수고 건설하는 것이 가능하다. 온라인의 영역에서조차 그래서 우리는 우편함을 만들고, 집을 짓고, 이웃을 맺고, 모임을 갖고, 대화하며 기록한다. 그저 당연하다고만 여겨왔는데, 온라인 세계에 남겨지는 그 모든 제 발자국이나 흔적 같은 것들을 죽은 후에 장례를 치르듯 모조리 '처리'하고픈 마음이 들 수도 있구나, 그것을 누군가에게 부탁하고 말끔히 떠나는 일이라는 게 가능하구나, 진구오는 몰랐던 문제의 모범답안을 읽는 사람처럼 입술을 맞물었다.

'더블엔젤스'는 인터넷 유저들의 입소문을 타고 점점 많은 인기를 끌었다. 홈페이지에 가입하는 회원들이 부쩍 늘어났다. 온라인 상조의 장례 절차를 의뢰하는 회원들은 우선 간단한 신상명세와 함께 이력서, 자기소개서를 등록했다. 다음으로 자신이 온라인에 개설한 모든 이메일 주소와 비밀번호를 입력한 후, 자신의 온라인 활동 내역—미니홈피며 블로그, 카페, 커뮤니티는 물론이고, 트위터나 페이스북과 같은 SNS 주소—도 상세히 기재했다. 회원들의 대부분은 자신의 사후에 도착할 지인의 이메일이나 쪽지를 대신해 '잘 지내요'와 같은 마지막 인사말을 전해주길 바랐고, 개인 기록이 온라인상에 떠돌아다니지 않도록 관련된 모든 정보를 가능한 한 온전히 삭제해주길 희망했다. '더블엔젤스'는 회원의 사망 신고가 행정안전망을 통해 접수되었을 경우, 생전의 요청대로 그와 관련한 모든 온라인상의 정보를 처리해주었다. 친구들에게 마지막 이메일을 보내고, 각종 사이트에 올렸던 사진, 정보 들의 소유권 이전이나 관리, 삭제까지 도맡았던 것이다.

이미영씨는 진구오에게 배정된 첫 의뢰인이었다.

나이는 서른셋이고요, 여성분입니다.

신규 회원 브리핑 회의 때 부장이 이미영씨에 대해 짤막이 소개했다.

현재 위암 말기라고 적었네요. 이분은 구오씨가 맡아주세요.

냉정히 말하자면 이것은 염을 하거나 운구를 도맡는, 실제로 행해지는 타인의 장례 절차를 돕는 일이 아니다, 라고 그는 스스로를 이해시켰다. 자신은 육체의 죽음을 다루는 것이 아니라 이미 죽은 자가 온라인상에 남긴 어떤 기록이나 정보 따위를 그러모으고 정리한 뒤, 그의 요청대로 처리해주기만 하면 되었다. 어느 학교 졸업생의 생활기록부를 들여다보는 일처럼 그것은 그저 활자화된 기록을 더듬어나가는 것에 다름아니며, 컴퓨터 프로그램을 동원해 모조리 삭제한다 해도 그것은 의뢰인의 의지와 선택에 따른 것일 뿐 감정을 더해야 할 성질의 것은 아니라고 애써 마음을 다잡곤 했던 것이다. 그런데도 매일 긴장하지 않을 수 없었다. 등록된 파일의 용량으로 미루어보아 이미영씨는 자신의 신상 정보를 상당 부분 자세하게 적어둔 듯 보였는데, 사망 전까지는 회원의 아무런 정보도 열람할 수 없었으므로 진구오는 괜스레 초조하고 강박적인 기분에 시달렸다.

**잘 들어줘라**

그러지 않으려고 했는데도 하루걸러 한 번은 꼭 집 앞 포장마차에 들렀고, 소주잔을 기울였다.

온 마음을 다해 명복을 빌어주는 것만이 우리의 최선이라고, 사장님이 말씀하셨잖아요?

정윤민이 이따금 맞은편에 앉아 우동의 면발을 후루룩 삼키다가 빠져나갔다. 그랬지, 사장님이 특유의 그 작은 입을 생쥐처럼 오물거리며 오전 회의를 마무리 지을 때마다 그런 말씀을 덧붙이곤 하셨지, 진구오는 고개를 주억거리며 소주로 마른 목을 축였다. 명복을 빌어준다, 라는 것에 대해서 그래서 그는 닳아버린 지문을 들여다보듯 검식해보지 않을 수 없었다. 자신보다 겨우 세 살 많은 여자가 짧은 생을 마치고 걸어가는 저승길에 복을 받기를 기원하는, 그 마음이라는 것에 대해서. 진심은 때로 의도치 않게 고약한 뉘앙스를 풍긴다고, 그는 생각했다. 이미 죽어버린 사람의 복을 빌어주다니 그것이야말로 부질없고 허망한, 산 자들만의 격식이 아닌가 하는 마음이 들어서였다.

또 이따금은 아버지가 느릿한 걸음으로 우산을 두 개 들고 찾아와서는 그가 마시던 소주병이 마저 동나길 기다렸다가 함께 집으로 돌아가기도 했다. 그냥 뛰어가면 되는데 뭐하러 나오셨어요, 하고 그가 괜히 술기운에 불퉁거리면 아버지는 장맛비만한 독(毒)이 없지 않냐, 하고 대꾸했다. 그런 날엔 구부러진 아버지의 등을 내려다보고 걸으며, 자신의 나이와 엇비슷했을 아버지의 젊은 날을 추적추적 떠올리며 빗물을 밟고 걸었다. 아버지는 일평생 튼튼한 팔을 움직여 사람들의 머리카락을 잘라주고, 수염을 깎아주던 이발사로 살았다. 흰 가운을 입고, 손을 청결히 닦은 뒤 바리캉을 집어드는 순간의 아버지는 그 어느 때보다도 삶의 의욕으로 충만해 보였다.

제 아들 돌잔치 때 말입니다, 손님. 아들이 뭘 집었는지 아세요?

글쎄요.

한번 맞춰보세요.

아버지는 귀 뒤와 목선으로 이어지는 지저분한 머리칼을 바리캉으로 깨끗이 밀어내며 손님들에게 즐거운 얼굴로 그런 질문을 반복했다.

연필인가요, 아니면 명주실?

아닙니다, 아니에요.

그럼요?

연필도 아니고, 명주실도 아니죠. 바리캉이었어요. 바로 제 손에 들린 이 바리캉 말입니다.

손님이 웃고, 아버지도 웃었다. 어린 진구오는 이발소에 딸린 작은 살림방에서 그 웃음소리를 들었다. 엎드려 글씨를 쓰거나 그림도 그리면서 때때로 고개를 들어 아버지가 바닥에 떨어뜨리는 검은 머리칼들을 바라보았다. 그럴 때마다 자신이 돌잡이 때 정말 바리캉을 집었는지 어떤지는 모르지만 그것을 집어 아버지가 기뻐한 것만은 사실인 듯싶다고 수긍하곤 했던 것이다. 하지만 아버지가 바리캉을 들고 사람들의 머리를 손질해주는 일은 점차 그 횟수가 줄어들었다. '헤어숍'의 간판을 단 고급 미용실이 우후죽순으로 늘어나던 시절이었다. 그에 더해 남자들마저도 더이상 바리캉으로 머리카락을 깎으려 하지 않으면서 점차 이발소를 찾는 손님들은 줄고 줄어 사라졌다.

남산 중턱에 위치한 어느 오래된 이발소가 '추억의 장소'라는 타이틀을 달고 텔레비전 프로그램에 등장한 어느 날에 진구오는 놀랐다. 변화는 당연하지만 망각은 두려운 것이라고, 그는 생각했다. 사람들이 무엇을 그렇게 빠른 속도로 잊어버릴 수 있다는 사실이 다만 놀랍고도 애석했다.

가게의 월세를 내기도 힘들 정도로 손님들의 발길이 끊기자 아버지는 시대 저편의 유물처럼 서 있던 이발소의 입간판을 내다버렸다. 그러고는 어깨에 뽕이 들어간 흰 가운을 입고 꺼칠한 얼굴로 바깥으로만 돌아다녔다. 아버지는 가운을 양복의 재킷처럼 맞춰 입었는데 지나치게 싼값을 고집하느라 쉽게 늘어지고, 정전기가 심하고, 빨면 급속도로 줄어들고, 쉽게 염색물이 들었으므로 언제고 볼품없어 보였다. 아버지는 목욕탕에서 때밀이 겸업을 시작했다. 때를 밀어준 뒤, 이발도 해드릴까요? 라는 말을 두근거리는 마음으로 물었다. 댄스 교습소에서는 차차차도 수강했다. 스텝을 밟아 돌아나가며, 머리 자르실 때 되지 않으셨어요? 라는 말을 파트너에게 건넸다. 수증기 가득한 탕 안에서도, 댄스 교습소의 마룻바닥 위에서도, 사람들은 이발에는 별 관심을 보이지 않았다. 그저 그 순간을 모면하려는 듯이 즉흥적으로 물었다.

바리캉은 일본어죠?

그때마다 아버지는 흥분하며 손을 내저었다.

아니에요, 아닙니다. 바리캉은 절대로 쪽바리 말이 아닙니다.

그럼요?

프랑스어죠, 프랑스어. 불어란 말입니다.

아버지는 한평생 프랑스에는 가본 적이 없었지만 '바리캉 드 마르', 이발 기계란 뜻의 그것이 분명한 프랑스어라는 사실에 자부심을 가졌다.

바리캉이 뭐라고.

아버지의 굽은 등과, 바짝 말라버린 어깨와 허리춤을 바라보다 진구오는 불콰해진 뺨을 손바닥으로 감싸며 그런 말을 뇌까렸다.

바리캉이 뭐라고 그렇게 등이, 어깨가, 허리가, 응? 그게 뭐예요, 그게.

무슨 말이냐.

어두컴컴한 밤의 한가운데 검은 우산을 쓴 아버지가 그를 올려다보았다. 아버지의 등이 풍덩 젖어들어 있었다.

아무것도 아니에요.

내가 어때서 그러냐.

그는 픽, 웃어버리고 말았다.

하긴, 그래요. 뭐가 어떻다고.

힘이 많이 드니?

아버지가 앞만 보고 걸으며 물었다. 진구오는 순간 콧등이 시큰해졌지만, 그것을 들키지 않으려고 그 역시 앞만 보고 걸었다.

아니요.

첫 직장이니 당연히 힘들겠지.

아니라니까요.

아니면 됐다.

정말 아니에요.

그는 고집스럽게 부정했다. 비 때문에 바짓단이 젖어 축축했고, 술을 마신 탓에 위장이며 머릿속도 옴팡 젖어 더욱 축축하기만 하던 귀갓길이었다.

잘 들어줘라.

아버지가 후, 하는 숨소리와 함께 낮은 목소리로 말했다.

그것이 무엇이든, 잘 들어주는 것이 중요하다.

바람마저 강하게 불어 우산을 두 손으로 꽉 쥐고 아버지와 나란히 걷던 그 밤을, 진구오는 기억했다. 때때로 마음이, 비바람이 휘도는 날처럼 많은 것들이 뒤섞이고 얼크러져 나뒹구는 순간마다 아버지의 말이 떠올랐다.

잘 들어주는 게, 중요해.

진구오는 멍한 얼굴로 중얼거렸다.

뭐라고요?

오른편에 앉은 정윤민이 다시 고개를 내밀었다.

아니, 아니야.

그가 손사래를 쳤다.

오늘 좀 이상하신데요, 라며 정윤민이 싱글거리고는 그의 얼굴을 요모조모 살피는 시늉을 했다.

아니래도.

이미영씨의 자료를 뒤적이며 그는 아버지를 생각했다. 아버지의 등, 아버지의 귀, 아버지의 소나무, 그건 또 어떻게 처리해야 하는 것일까. 아버지가 여전히 소나무를 등에 지고 모로 누워 잠들어 있을 걸 떠올리니 긴긴 장마가 지겹고 지루하게 느껴졌다. 때로는 수직으로 때로는 휘어지며 떨어져내리고 있을 이 비의, 근원이라는 곳이 너무나 높고 멀어 아득해 보였다. 출근 시간에 늦더라도 아버지와 조금 더 대화를 나누었어야 하는 게 아니었나, 병원으로 바로 모시고 갔어야 하는 건 아니었을까 아찔하고 복잡한 마음이 들면서, 한편으로는 너무하다 이건 좀 너무, 라는 생각이 컥, 복받쳤다.

사장님이 늦으시네요.

정윤민이 손에 쥔 볼펜을 돌리며 목소리를 낮춰 말했다. 어느덧 정오가 다 돼가는데, 부장은 여전히 고개를 들지 않고 있었다.

어제 아주 늦게 퇴근하신 것 같아요. 커피잔 쌓여 있던 걸 보면.

정윤민이 말했다. 그러네, 하고 진구오는 서둘러 고개를 끄덕였다. 그리고 다시 모니터의 화면을 바라보며 이미영씨에 대해 생각했다. 그녀의 사십구재가 얼마 남지 않았다는 사실을 떠올리니 속이 갑갑해져 숨쉬기가 수월하지 않았다. 사무실 바깥에서 시위대가 틀어놓은 확성기 소리가 진한 빗소리와 함께 한층 더 크게 들려왔다.

## 꿈을 꾸면 슬퍼진다

이미영씨의 온라인 사후 기록을 열람하게 되기까지는 그리 오랜 시간이 걸리지 않았다. 그녀는 온라인상에 남겨진 자신의 모든 것들을 모조리 삭제해주길 원했다.

저의 아무것도, 남지 않았으면 좋겠어요. 온전히 잊혔으면 해요.

그녀가 생전에 미리 입력해둔 자기소개서의 말미에는 그렇게 쓰여 있었다. 아무것도 남지 않았으면 한다, 온전히 잊힌다면 좋겠다, 그러니 잘 부탁한다, 라는 부분을 그는 반복해서 확인했다. 오프라인에서의 그녀는 이미 사라졌으니 이를테면 온라인의 평지 구석구석에 남겨졌을 자신의 발자국이나 그림자의 흔적마저도 그녀는 깨끗이 지워 없애주기를 바라고 있는 것이다.

진구오는 그녀가 생전에 작성한 정보들을 토대로 천천히 온라인 장례를 준비했다. 그녀의 이력서와 자기소개를 거듭해 읽었고, 그녀의 메일 계정을 열람했다. 처음에 그는 의욕적으로 그녀의 자취를 좇았다. 그녀는 여러 개의 선택지 중 가장 간결하고 담백한 인사말을 골라두었다. *안녕, 행복해.* 그는 여남은 개의 포털 사이트를 누비며 그녀의 메일 주소록을 꼼꼼히 확인한 뒤 지인들에게 '안녕, 행복해'가 담긴 메일과 쪽지를 보냈다. 마지막 인사를 건네는 데만 꼬박 나흘이 걸렸다. 그후 그녀가 개설해둔 미니홈피와 블로그, 트위터와 페이스북, 가입한 카페며 커뮤니티, 각종 클럽을 방문해 아이디와 활동 내역을 확인했다. 일촌과 이웃, 팔로어와 같은 그녀의 '인연'들을 파악하는 가장 기본적인 절차만 해도 일주일 가까이 소요되었다.

구오씨.

사장이 두어 번쯤 어깨를 두드리고 지나갔다. 그러나 그는 속도를 내지 못했다. 그녀의 메일함을 비우고, 계정을 삭제하고, 개인 온라인 페이지들을 한 장 한 장 지워나가는 데 자신도 왜 이리 더딘지 스스로를 납득할 수 없었다. 다만 그녀를 지우기 위해서는 먼저 그녀를 알아야만 했는데, 그녀에 대해 알면 알수록 정작 그녀를 쉽게 지워버리기가 어려웠다. 수백 장에 가까운 미니홈피 사진첩 안에서 그녀는 웃거나 찡그리거나 정면을 응시했다. 블로그나 커뮤니티 게시판에 고민을 토로하고, 안부를 묻고, 일상의 소소한 기록들을 적어 올렸다. 그는 그녀가 남긴 수백, 수천 갈래의 궤적을 따라 이동하면서 키보드 위에 손가락을 얹은 채로 거듭 딜리트, 를 눌러댔으나 지워지는 것은 온라인상의 기록일 뿐 그의 머릿속에서까지 말끔히 지워지지는 않았다.

괜찮아요?

정윤민이 소보로니 크림이니 하는 이런저런 종류의 빵과 함께 걱정스러운 얼굴을 들이밀 때마다 그는 숨을 몰아쉬었다. 지우기만 하면 되는 일이야, 하고 마음을 다잡았다. 하지만 그럴수록 오히려 더 자주 망설이고 머뭇거리게 되었다. 수레에 한가득 담긴 오렌지라도 쏟아진 듯 그녀의 일생이 매일같이 구두코 앞으로 데굴데굴 굴러오는 기분이었다. 허리를 구부려 오렌지를 담고, 담고, 또 주워담다가 그것의 시큼한 향기나 껍질 표면의 우둘투둘한 질감 같은 것들을 새삼스레 의식하게 되는 과정이었다고도 말할 수 있었다.

모조리 지워주세요.

꿈에서도 그녀는 그렇게 말했다. 홀가분하다는 얼굴이었다.

모조리요?

네. 완전히 잊히고 싶어요.

완전히 말이죠.

이미 말했듯 저의 아무것도 남지 않았으면 좋겠어요.

왜요?

남김없이요. 굳이 한 번 더 표현하자면 깡그리, 랄까요. 나한테도 그럴 만한 권리쯤은, 있는 거잖아요.

미영씨는 왜…… 아나운서가 되고 싶었는데요?

권리, 라는 말을 속으로 곱씹다가 진구오가 물었다.

알면서 뭘 물어요.

가장 좋아한다는, 딸기우유색 립스틱을 바른 그녀의 입술이 오밀조밀 움직였다. 교내 방송국 제작부에서 활동했던 그녀는 대학교 축제 때 등 떠밀려 마이크를 잡았다. 그리고 수많은 관중들이 자신의 이야기에 집중하던 순간의 희열을 잊지 못해 졸업반 무렵 제법 유명하다는 아나운서 아카데미에 등록했다. 현역 아나운서를 수백 명 배출했다는 학원이었고, 등록하는 데만도 대학의 한 학기 학비에 맞먹는 금액을 지불해야 하는 곳이었다. 발성법이나 기사 원고 작성 같은 기초 교육부터 라디오나 뉴스 진행, 카메라 테스트 등의 실전 훈련을 배웠다. 학원에 등록한 초기에 그녀는 미니홈피며 블로그, SNS의 페이지에 꿈은 이루어진다, 파이팅, 과 같은 문장들을 가장 많이 게시했고, 아나운서 지망생들이 개설한 다양한 커뮤니티에 가입했다.

얼굴은 반반한데 앞니가 조금 벌어졌네? 방송용 카메라로 보면 사실 좀 아쉬운 부분이지.

학원 강사가 다가와 그녀에게만 특별히 귀띔해준다는 듯 말을 건넸다. 그녀는 깜짝 놀라 거울을 들여다보았다. 이제껏 살면서 전혀 의식하지 못했을 정도로 미세한 벌어짐이었다. 강사는 한번 가봐, 내 이름 대면 잘해줄 테니, 라며 치과 명함을 한 장 건넸다. 그녀는 '아나운서 아카데미 수강생 할인'이라고 입구에 써붙인 치과를 바지런히 드나들며 앞니를 교정받았다. 강남에 위치해 있는데다 단기간의 신속한 치료로 금액이 다소 비쌌지만 아카데미 수강생 명목으로 할인을 받아

다행이라고 생각했다.

아직 뭘 잘 모르는구나, 카메라가 잘 받는 옷은 따로 있어.

어느 날엔 아카데미 상담실의 총무가 다가와 아나운서 지망생과 실제 방송국 아나운서들만 단골로 드나든다는 맞춤 양장점을 슬쩍 소개했다. 그녀는 지난번 응시했던 첫 시험에서 떨어졌던 이유가 복장 때문이었나, 싶어 또 깜짝 놀라 거울에 전신을 비춰보았다. 깔끔하고 단정하게만 입으면 되지, 생각하면서도 적잖이 신경써서 입은 아이보리색 투피스 차림이었다.

한번 가봐, 내 이름 꼭 말하고. 그럼 잘해줄걸.

총무도 그녀에게 명함을 건넸다. 그녀는 한 벌에 백만 원 가까이 하는 고급 양장들의 가격이 부담스럽고, 부모님께 조금 더 아쉬운 소리를 해야 하니 마음이 불편했지만, 어쩔 수 없다고 자신을 설득했다. 그녀는 아르바이트 자리를 하나 더 구했다. 아카데미 강좌를 수강하는 시간 외의 모든 시간을 돈 버는 데 할애하는 셈이었다. 아카데미는 강좌 등록금 외에도 교재비와 특강비를 별도로 지불해야 해서 자꾸만 돈이 필요했고, 무엇보다 한번 가봐, 내 이름 대면 잘해줄 거야, 의 소개가 주변에서 끊임없이 밀려들었다. 헤어메이크업, 피부관리실, 주얼리숍, 이미지컨설팅, 컬러테라피연구소, 성형외과, 외국어회화학원…… 등 고치고, 바꾸고, 갈아치우고, 소비해야 하는 것들이 너무나 많았다. 이것을 좀더, 여기 이 부분을 조금 더, 하는 마음으로 그녀는 아르바이트로 돈을 벌고, 아카데미에 돈을 썼다. 그녀는 더욱 다양한 온라인 모임 사이트에 가입해 하나라도 더 새로운, 고급 정보를 얻으려 노력했다. 그러나 부족한 점을 꾸준히 메우고 보완해 아나운서 시험에 응시했음에도 불구하고 그녀는 번번이 불합격되었다.

꿈을 꾸면 슬퍼진다.

그녀가 자신의 미니홈피 다이어리에 마지막으로 올린 글은 바로 이것이었다. 꿈을 꾸면 슬퍼진다는, 그 짧고 간결한 문장 한 줄이 그녀에게 누적된 피로감 전부를 대변해주는 말 같았다. 꿈을 꾸는 것이 언제부터 슬픈 일이 되었는지는 모르겠다. 그저 그녀는 아나운서 지망생으로 이십대를 보냈고, 지나버린 청춘을 아까워하기도 전에 암세포가 온몸에 퍼져 죽었다. 그리고 꿈을 꾸어 슬퍼진 그녀는 이제 세상에 없다는 사실만이 진실이었다. 진실을 아는 것도 슬픈 일이지, 라고 진구오는 중얼거리지 않을 수 없었다. 그는 자신이 치르는 이 온라인 장례 절차라는 것이 어쩌면 타인의 생을 한 권의 책처럼 읽어치운 뒤 매몰차게 태워버리는 행위는 아닐까, 하는 마음이 들어 자꾸만 미안하고 또 미안해졌다. 딸꾹질이 멈추지 않는 시간을 망망히 참고 견디는 기분이었다.

잘 모르겠더라고요.

사무실 책상에 앉아 있을 때도, 지하철에 서서 덜컹이며 집으로 돌아갈 때도, 장마로 눅눅해진 장판에 코를 묻고 엎드려 오지 않는 잠을 청할 때도, 눈을 뜨거나 감은 시간 전부, 그래서 이미영씨의 목소리가 등뒤로 달라붙어왔다.

이 모든 게 거대한 함정은 아닐까요.

뭐라고요?

함정이요.

함정?

매일 아침 눈을 뜰 때마다 생각했어요. 애초에 내가 이루고 싶었던 것은 무엇이지, 가고자 했던 곳은 어디지, 하고 말이에요. 나는 쉬지 않고 일해 돈을 벌고, 원하는 일을 하고 싶어서 돈을 써요. 내가 돈을 쓰는 그곳이 다시 돈을 벌죠. 돈을 벌고, 또 돈을 쓰는 일이 왜 이다지도 피로하고, 고단하고, 외로운 일일까 생각하면요, 그냥, 자꾸만 모든 게 다 의심스러워져요. 결국에는 꿈꾸지만 않으면 되었던 것을요. 꿈을 가져서, 나는 어느 순간 거대한 맨홀 아래로 빠져버린 기분이에요. 맨홀 뚜껑을 들어올려주는 사람은 많지만, 그들은 결코 나에게 손을 내미는 게 아녜요.

그럼요?

손을 벌리죠.

그가 묻고, 그녀가 빠르지도 느리지도 않은 속도로 대답했다. 숨을 들이쉬고 내쉴 때마다 얇고 엷은 그녀의 눈썹이 굽이치듯 오르내렸다.

왜 고치지 않으면 안 되는지, 어째서 바꿔나가지 않으면 안 되는 것인지도 납득하지 못하면서, 매일같이 교정받는 삶을 살았어요. 이십대 시절 내내 말이죠. 뭐든 닥치면 열심히는 했는데, 돌이켜보면 사실 그건, 별로 유쾌한 시간은 아니었던 것 같아요. 즐겁지 않았거든요. 그런데 겨우 이 나이에 위암이라니 어디 짐작이나 할 수 있었겠어요?

일생이라는 것이 왜 이렇게 칙칙하게 생겨먹었는지 참 우습지 않느냐며 그녀는 쓸쓸히 웃었다.

## 그러고 보니

눅눅한데 에어컨을 좀 돌려볼까요, 하고 정윤민이 말했다. 진구오가 머리를 감싸쥔 채 좋을 대로, 라고 말하려는데 번쩍 하는 무언가가 사무실을 휘감았다.

지금 이거, 번개인가요?

정윤민이 놀란 눈을 하고 묻자마자 기어코 쾅, 소리가 나며 천둥이 쳤다. 이어 다다다, 소리가 나며 창틀이 부서질 듯 빗줄기가 거세게 내리꽂히는 소리가 들려왔다. 태풍이 오려나봐요, 라고 정윤민이 혼잣말을 하듯 입술을 달싹였다. 부장은 흘끔 고개를 들어 두리번거리다가는 다시 출무성하게 쌓아올려진 서류 더미에 코를 묻었다.

아아, 눅눅해요.

정윤민이 에어컨 앞으로 걸어가 전원을 켜고 송풍 버튼을 눌렀다. 에어컨의 바람 날개가 접혀올라갔고, 차지도 덥지도 않은 미적지근한 바람이 사무실 안을 휘돌았다. 장맛비 내리긋는 처마 아래 서 있는 것처럼 다다다, 소리가 너무나 가까이 크게 들려와 그는 도무지 아무것에도 집중할 수가 없었다. 번개가 치고, 천둥이 울리고, 비가 거세진다. 눅눅하고, 축축하고, 습해진다. 그는 아버지가 해준 말을 곱씹었다.

습기를 조심해야 한다고 했는데.

뭐라고요?

정윤민이 되물었지만 그는 입을 떼지 못했다. 아버지는 지금 무얼 하고 있을까. 날카로운 이파리의 소나무를 등에 진 채 식사를 하고,

화장실을 드나들며, 방 곳곳에 나뒹구는 젖은 수건 따위를 주우며, 이런 젖은 수건 따위를 줍다 내 하루가 끝난다고 화를 내는 중은 아닐까.

잊히고 싶은 사람이 어디 있겠니.

먼 데 시선을 두며 아버지도 쓸쓸히, 언젠가 그렇게 말했다. 이발소가 추억의 장소라니 웃기지도 않네, 라며 진구오가 그답지 않게 화를 냈을 때 아버지는 예의 그 검은 얼굴로 텔레비전 앞에 앉아 있었다. 수건을 쓰고, 빨고, 말리고, 접어 개는 일을 평생 동안 해온 아버지가 그날도 여느 때와 다름없이 어깨를 옴츠리고는, 바싹 마른 수건의 네 귀퉁이를 착착 모아 접고 있었던 것이다. 그저 그렇게 잊고 잊히는 것이 인생의 자연스러운 이치인 거라는 투의, 어른답게 타이르는 훈계나 잠언 따위를 기대했는데 아버지는 생각지도 않게, 나는 잊히고 싶지 않은데 말이다, 라고 말하며 허리를 푹 숙였다. 투정을 부리듯 조금은 분하고 억울하다는 뉘앙스로, 나는 잊히고 싶지 않은데 말이다, 하고 그러나 그것도 아주 잠깐, 아버지는 곧 허, 하고 웃으며 고개를 번득 들었다. 수건으로 얼굴을 감싼 아버지의 납작한 뒤통수와 희고 얄브스름한 머리칼 따위를 진구오는 지금도 잊지 않고 있었다. 물기 묻은 손을 들어 바짝 마른 수건의 표면을 매만질 때마다 잊히고 싶은 사람이 어디 있겠니, 하던 아버지의 목소리가 생생히 맴돌았으므로, 그래서 그는 '잊히다'라는 것에 대해 자주 고민하지 않을 수 없었다.

없네, 없군.

아버지의 목소리가 웅덩이에 차오르는 빗물처럼 귓가로 고여 들었다. 무언가 속엣것이 뭉근히 번져 색이 짙어지는 걸, 그는 느꼈다.

아, 그러고 보니.

창밖을 바라보던 정윤민이 획, 고개를 틀어 그를 바라보았다.

어제…… 다투시는 것 같더라고요.

다투다니?

사모님이시겠죠.

아, 또 전화를.

진구오는 사장이 출근하지 않은 것이 그래서일까, 생각하며 입을 다물었다. 오십이 넘은 나이에 기러기라니 한심하지, 라며 사장은 회식 때마다 잔뜩 술내를 풍기며 집으로 돌아갔다.

벌써 십 년이 다 돼가는데. 이렇게 머리칼이 후두두 빠져버리고 마는 시간이라고, 십 년은.

손바닥으로 머리를 연신 문질러대며 사장은 기러기라니, 기러기 따위, 라고 반복해 떠들어대곤 했던 것이다.

언성을 살짝 높이시더라고요. 여태 그러신 적은 없었잖아요. 나도 이제 지쳤어, 라고 하시던걸요. 일부러 들으려고 한 건 아니었는데.

정윤민이 빵 봉지를 잡아뜯으며 어물거렸다. 어라, 곰팡이, 라며 그는 실망한 얼굴로 빵을 휴지통 안으로 밀어넣었다.

이렇게 빨리 상하다니. 꿉꿉해라, 정말이지 장마는.

축축하니까, 라고 진구오가 대꾸했다. 나도 이제 지쳤어, 수화기에 대고 그런 말을 하는 사장의 얼굴은 언뜻 잘 그려지지 않았다. 그만 돌아와주면 안 되겠느냐고, 이토록 긴 시간 동안 홀로 외로워해야 할 거라고는, 아니 물론 인간은 언제 어느 때고 혼자일 수밖에 없는 미약하고 심약한 동물이지만, 사실은 우리가 너무나 오래 떨어져 지내다보니 이제는 좀, 힘이 좀 든다고, 사장은 편지지 말미의 추신처럼 아마도 그렇게 덧붙였을 것이다. 불현듯 뒤늦게 생각났다는 투로 진심을 축소시켜 꺼내 보여야 하는 건 고독한 일이다. 그것은 분명 그렇다. 한번 더 번개가 치고, 이어 한번 더 천둥이 울렸다. 창문을 때리는 빗줄기가 누군가의 다급한 노크나 구둣발 소리처럼 들렸다.

혹시 말이야.

진구오가 정윤민을 향해 천천히 물었다.

혹시?

그러니까, 혹시, 등이 가렵다거나 뭐 그런 말씀은 없으셨어? 사장님 말이야.

가방을 뒤적이다 또다른 빵 봉지 하나를 꺼내 손에 들고 부스럭거리던 정윤민이 그 순간 고개를 바짝 치켜들었다.

아, 그러고 보니.

**없네, 없군**

사무실을 나서자마자 물비린내가 훅 끼쳤다. 진구오는 우산을 푹 눌러쓰고 지하철역을 향해 되돌아 걸었다. 다 죽일 거냐, 다 죽자는 거냐, 는 외침이 여전히 확성기를 타고 퍼졌다. 하지만 거센 빗소리에 번져 앞뒤가 잘린 탓에 죽일, 죽자, 만 반복되어 들려오는 기분이었다. 국회의원 사무실의 개소식은 일찌감치 끝이 났는지 언제나 여러분 곁에 있겠습니다, 하고 허리를 굽혀대던 이들은 보이지 않았다. 화환 너덧 개만이 오종종 서서 그들을 대신하는 듯했는데 그중에 하나는 모로 쓰러진 채였다. 그는 걸음을 빨리해 시위대 틈을 파고들었다.

여기 서명 좀 해주세요.

낯모를 누군가 조심스레 그의 팔을 잡았다. SSM 입점 반대 성명서에 이름과 주소를 적고, 그는 역사 아래로 뛰듯이 걸어내려갔다. 잊어야 하는 것과 잊지 말아야 하는 것, 잊히는 것과 잊히지 않는 것의 간극에 무엇이 위치해 있는지, 그는 알 것도 모를 것도 같았다. 사라지는 것은, 잊히는 것은, 어떤 의미로든 슬픈 것이다. 그것은 연민도 무엇도 아니지만, 때로는 노력해서라도 기억해야 하는 수고가 필요한 게 아닌가, 하는 생각만이 덧없이 되풀이될 따름이었다. 그는 양말과 구두가 물에 젖어 퉁퉁 불어버린 발을 끌며 걸었다. 그리고 지하철 전동차에 올라타 차체의 흔들림을 예민하게 감지하며 구불구불 이동해 집으로 돌아갔다.

다시 역사의 계단을 오르고, 평지를 걷고, 반지하 계단을 내려가 현관문 앞에 섰을 때, 그는 잠시 어깨를 떨었다. 우산도 별 소용 없이 그의 등은 흠빡 젖어버려 한기가 돌았다.

없네, 없군. 없네, 없어.

아래윗니가 절로 부딪쳤다. 아버지의 말이 자꾸만 들리고, 그 말을 내뱉었을 때의 서운한 낯빛도 눈앞에 선연히 떠올랐다.

없네, 없군.

그는 제 손을 등뒤로 돌려 빗물에 젖어버린 와이셔츠를 떼어냈다.

없네, 없어.

그러고는 현관문의 둥근 손잡이를 오른쪽 방향으로 잡아돌렸다. 젖은 손의 물기 때문에 둥근 스테인리스 손잡이가 미끌미끌해져 자꾸 헛돌았다. 그는 질척거리는 발밑을 느끼며 구둣발을 번갈아 들었다. 빗물이 반지하 계단을 타고 스멀스멀 내려오고 있었다.

습기를 조심해야 한다고 했는데.

그는 거듭 마른침을 삼키며 습하다, 비습(卑濕)하다, 라고 중얼거렸다. 현관문에 조심스레 가만 다가서서 귀를 바짝 붙여대고, 무언가 들으려 애를 썼다. 다다다, 와 같은 소리가 들려오는 것도 아닌 것도 같았다. 노랫가락으로도, 울음으로도, 무음(無音)으로도 들렸다.

# 그리고 남겨진 것들

벽돌이 된 것도 그렇지만, 여기일 거라곤 생각 못했어요.

돌아온다네, 그리운 곳으로.

위편이 입을 뗐다. 그런 건가, 하고 나는 속으로 되뇌었다.

외로운 이는 그리운 곳으로 돌아오게 돼 있는 걸까.

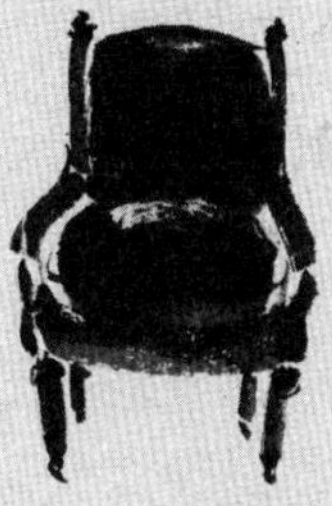

어깨를 펴야지, 했는데 펼 수 없었다. 펴지지가 않았다. 양어깨를 누군가 힘주어 내리누르고 있는 것 같았다. 비좁고, 답답하고, 찌뿌듯했다. 작은 관 속에 몸을 우그려넣고 있는 것처럼 팔다리가 저려왔다. 시야도 가뭇했다. 물안개가 번진 듯 희뿌옜다. 어쩌면 농도 짙은 눈물이 대기를 채우고 있는 게 아닐까 하는 생각이 잠깐 들었다. 짭조름하다, 고 느낀 건 그러나 눈물이 아니라 내가 흘린 땀인 듯했다. 지금이 몇시인지, 이곳이 어디인지, 아무것도 알지 못했으므로 그냥 나는 잠시 가만히 있었다. 내 몸인데 서 있거나 누워 있거나 앉아 있다, 와 같은 자세마저 확신을 가질 수 없었다. 정체 모를 큰 힘으로 어깨가 눌려서 한없이 납작해진 기분이었지만 아무려나 나 자신이 그저 가만히, 멈춰 있다는 사실만을 무정히 느꼈다.

아. 나는 죽었는데.

번뜻 그런 생각이 스쳤으므로, 머리가 지끈거리기 시작했다. 건너

편에서 손 흔드는 반가운 상대처럼 소음은 점차 가까워졌다. 어느 집에서 틀어놓은 텔레비전 소리인 것도, 타인의 술주정인 것도, 자동차의 낮은 경적 소리인 것도 같았다. 감각이란 죽어서도 생생함이나 생경함을 잃지 않는 걸까 고민하면서도 나는 보다 잘 들으려 몸을 움직였다. 그러나 거미줄에 달라붙어버린 운 나쁜 곤충처럼 전신의 근육을 잘못 쓰고 있다는 끈끈한 기분만이 나를 옭아왔다.

이봐.

나는 깜짝 놀라 두 눈만 끔벅였다. 잘못 들은 게 아니라면, 이봐, 라는 말이 분명했다. 누가 나를 부르는 걸까. 어깨를 두드리거나 팔뚝을 잡아채는 손길은 느껴지지 않았다. 이봐, 라는 말은 언제 어느 때 어떤 효용으로 쓰이는 말인지 불쑥 의아했다.

아직 정신을 못 차렸나본데.

괜찮을 거야, 시간이 필요하잖아.

참견 말고 내버려둬.

하나가 아니라 여럿인 것 같았다. 둘, 아니면 셋 정도가 무감한 대화를 이었으나 보이진 않았다. 여전히 비좁았고, 불편했고, 눈앞은 흐렸다. 입술도 쉽게 떼어지지 않았다. 어디에 있어요, 여기는 어딥니까, 묻고 싶었지만 그러지 못해 속이 탔다. 별도리 없이 뻐근한 목덜미를 간신히 움지럭거리며 귀만 기울였다. 죽었지만 귀가 멀지 않은 것처럼 눈도 멀지 않았을 테고, 말을 잃지도 않았을 거였다. 그런 확신이, 내게 절실했다. 괜찮을 거야, 시간이 필요하잖아, 하던 말을 위안 삼아 나는 다시 가만히 웅크렸다. 그들은 말했다.

금세 채워졌네.

로테이션이 빠르잖아, 요즘은.

좋은 건가.

좋기는.

나쁜 건가.

나쁘긴.

그럼 뭐야.

뭐긴 뭐야, 슬프지.

슬프지, 라고 누군가 말한 뒤에 더는 아무런 소리가 들려오지 않았다. 침묵도 언어인 듯 나는 그 말이 그치길 기다렸다. 시간을 볼 수 있다면 좋았겠지만 초침 소리를 떠올리는 것 외에 할 수 있는 건 없었다. 일 초, 일 초, 또 일 초, 다시 또 일 초, 홀로 시간의 걸음을 셌다. 규칙적이거나 정밀하지는 않았다.

내가 한동안 잠이 들었다는 걸 퍼뜩 정신이 들고서야 알았다. 어깻죽지는 여전히 뻐근히 당겼다. 팔다리를 움직이지도 못했다. 나는 가까스로 턱과 얼굴을 모로 틀어 사위를 둘러보았다. 차도, 인적도 드문 새까만 도로가 눈에 들어왔다. 가로등이 드문드문 서서 주홍 불빛을 뿌려댔지만 대체로 어두웠다. 짙은 밤안개가 졸린 짐승의 긴 눈꺼풀처럼 무겁게 내려앉아 있었다. 자정도 훨씬 넘겨 모두가 잠든 새벽녘인 듯했다. 얼음을 뺨에 댄 듯 공기가 차갑고 투명한 느낌이었다. 뭐야, 이곳이 사후(死後)인 건가, 이승이랑 딱히 다를 게 없네, 나도 모르게 입 벌려 중얼거렸다. 아, 나 이제 말할 수 있구나, 라고 순간 생각했는데 그와 동시에 깨닫고 말았다.

나는, 벽돌이었다.

혹시나 하는 마음으로 나는 의지를 다해 몸을 움직이려 해보았다. 살면서 필요한 건 의지뿐이라고, 의사는 분명히 내게 말해왔었다. 현대사회는 블루(blue)의 시댑니다. 모두가 우울하죠. 알겠지만 나는 매일 우울한 사람하고만 대화합니다. 열 명이고, 백 명이고, 그들은 그침이 없어요. 모두가 우울하다며, 파리한 낯빛으로, 어깨를 옹송그린 채 내 방에 들어섭니다. 푸르스름한 입술을 벌리곤 우울하다고, 우울하다고 말해요. 말씀드렸지만 우울증은 질병이 아닙니다. 뭐랄까, 흔한 감기 같은 거죠. 앓았거나, 앓는 중이거나, 앓을 예정이거나. 누구라도 그렇습니다. 셋 중 하나예요. 문제는 이 멜랑콜리란 이름의 감기에 인간이 결코 면역력을 가질 수 없다는 데 있습니다. 약물을 복용해도 금세 내성이 생기고, 항체는 절대로 만들어지지 않아요. 현대인이라면 누구든 멜랑콜리와 디프레션 사이에서 먹고 자고 움직입니다. 그렇게 되게끔 돼 있어요. 설명하자면 깁니다. 의아할 건 없어요. 의지만이 필요하죠. 바야흐로 명백히, 블루의 시대니까요. 의사는 노래하듯 읊었다. 걱정하지 말라고, 모든 건 의지의 문제라고, 나를 다독였다. 나는 그런 그의 말을 백 퍼센트 신뢰까지는 아니더라도, 어느 정도는 믿었다. 믿고 싶었다. 다 이해해, 걱정 마, 나쁘지 않아, 라는 얼굴을 해 보이는 타인의 친근함에 모르는 척 뭉근히 기대보고 싶었는지도 몰랐다. 그러나 의지대로 가능한 영역이 이 세계에서는 소실돼버린 모양이었다. 나는 지금 너무도 분명한 벽돌의 형상으로, 건물 외벽에 단단히 박혀 있는 채였다. 벽돌이구나. 우습지도 않고 다만 그런 생각이 머릿속을 차지게 메웠다. 나는 벽돌이 된 것이다. 직사각의, 검거나 붉지는 않고 다소 푸르스름한 빛이 돌았다.

이제야 정신이 들었나보군.

처음엔 다 그렇지 뭐.

가만 놔둬, 좀 자게.

말소리가 다시 들려왔다. 어안이 벙벙했다. 형체는 없이 어떻게 소리만, 이라고 생각했지만 이내 또다른 사실을 알 수 있었다. 내게 말 걸어오는 그들도 벽돌이었다. 평소엔 겹겹이 쌓여 있다고만 여겼는데 가만 보니 벽돌이란 건, 각각의 입장에서는 수평으로 놓인 것뿐이어서, 서로를 바라보기가 마냥 쉽지만은 않았다. 다만 각각의 위치만을, 가늠할 수 있을 따름이었다. 내가 가운데 있다고 본다면 나의 왼쪽으로 한 장, 오른쪽으로 한 장, 위로 또 한 장이 있었다.

저기.

나는 말을 건넸다.

들리세요?

아무도 대꾸하지 않았다. 멀리서 작은 승용차 한 대가 도로 위를 가벼이 미끄러져갔다. 밤은 깊고, 계속해서 깊어가는 중이었다. 밤이 깊다, 라는 말이 어쩐지 깁다, 라는 말처럼 느껴졌다. 눈 검고 머리칼 검은 어떤 성실한 이들이 날이 새도록 하염없이 헝겊 조각을 덧대듯 밤을 깁고, 또 기워내는 게 아닐까 싶을 정도로 어둠의 두께는 꽤나 두툼해 보였다. 이렇게 생각이 자꾸만 캄캄히 함몰되는 것도 병이지, 라고 생각하는 새에 누군가 킥, 웃었다.

반가워.

왼편이었다.

나도, 나도.

오른편이었다.

반가울 것까지야.

위편이었다. 나는 조금 의기소침해져서 입을 다물었다. 이게 지금 무슨 상황인 건지, 특정한 상황에 처했다고 말할 수 있다면 나는 대체 어떤 상황인 건지, 설명을 듣고 싶었다. 그러나 곧 설명 따위를 듣는다고 해서 달라지는 게 있을까 하는 울적한 마음이 사부자기 몰려와 균(菌)처럼 번식했다. 이해한다고 해서, 납득되는 것은 아니다. 이해할 수 있는 것과 납득할 수 있는 것은 다르다. 둘 모두 무언가 받아들인다는 점에서 같지만 체념이란, 납득하지 않으면 불가능하다. 사람이 죽어 일순간 벽돌이 되었다니, 단연코, 납득할 수 있을 만한 성질의 것은 못 된다. 어깨는 이제 더는 펴지지 않을 테고, 팔다리도 저릴 테고, 건물 외벽에 붙박여 한없이 납작해진 밀도로, 한 덩이의 벽돌로서 정체된 삶(이라 부를 수 있을까 의문이지만)을 이어갈 수밖에 없는 걸까 생각하니 생전(生前)에서와 같이 맹렬한 우울감에 휩싸였다. 하긴, 어느 때고 정체되지 않은 적이 없었다. 늘 멈춰 있고, 고여 있고, 젖은 걸레처럼 흉물스레 뭉쳐져 있었다.

괜찮아, 그런 얼굴 할 것 없어.

왼편이 말했다. 맞아, 맞아, 그런 얼굴 하지 마, 안 보여도 보인다, 하고 오른편이 맞장구를 쳤고, 왜 그런 것까지 상관해, 하고 위편이 시큰둥한 말투로 덧붙였다.

어떻게 된 걸까요.

나는 먼 데 눈을 두며 숨을 내뱉듯 말했다. 제아무리 주변을 톺아보아도 달라질 것은 없었다. 이내 시선을 떨어뜨렸다. 생각보다 나는 낮게 위치해 있었다. 일반적인 어른의 키 높이 정도랄까, 지상으로부터 1미터 6, 70센티미터 정도 되는 높이에 붙박인 듯했다. 기왕이면 2, 30층쯤 되는 고층 빌딩의 외벽을 감싼 벽돌이었다면 좋았을 텐데, 그랬다면 사람 입김 섞이지 않고 불어오는 미풍을 맞으며 끄덕끄덕 졸거나 깃털 고운 새의 우아한 날갯짓에 경도돼볼 수 있었을 텐데, 나는 벽돌이 되어서도 그다지 높은 위치에 오르진 못했구나, 싫어서 우스웠다.

어쩌겠어. 너무 상심하지 마. 그건 힘이 드는 일이니까.

왼편이 다감한 어조로 말을 받아주었다. 어쩐지 짠하다 싶은 말투였다. 벽돌이 벽돌을 안쓰럽게 여기다니, 지금 누가 누굴 위로합니까, 괜한 부아도 치밀었으나 금세 기력 없이 숨을 몰아쉬고 말았다. 우울함은 무력감에서, 무력감은 스스로 무용(無用)하다고 여기는 데서 온다. 벽돌이라면 제법 무용하고말고, 나는 사지를 절인 야채처럼 늘어뜨리는 기분으로 입을 다물었다. 두통이 멈추지 않는데다 어깨에 진득한 통증도 달라붙었다.

힘을 빼. 전신의 힘을 모조리 빼버리고, 근육을 쉬게 해.

위편이 말했다. 화를 내는 것 같기도 하고, 다그치는 것 같기도 한 말투여서 나는 바싹 옴츠러들었다. 그래, 그래, 힘을 빼야 돼, 하고 오른편이 속사포로 말을 부려놓았다.

모르겠어요. 힘을 뺀다는 게 뭔지.

내가 대답했다. 아마도 나는 눈썹 뼈에서부터 아랫잇몸에 이르기까지 얼굴의 모든 근육과 혈관을 일그러뜨렸을 것이다. 고통이 극심해져왔다.

숨을 길게 내쉬는 거야. 손가락 끝과 발가락 끝에 이르기까지 계속해서 숨을 뱉는다는 기분으로 깊게. 그리고 동시에 어깨를 한 뼘쯤 낮추려고 애써봐.

어깨를 낮춰요?

그래, 어깨의 위치를 한 계단 아래로 옮겨놓는다고 상상하면서 말이지.

일단, 심장 저 밑바닥까지 숨을 들이쉬어.

왼편과 오른편이 번갈아 말했다. 나는 조언대로 후우 하아 후우, 숨을 여러 번 깊이 들이쉬고 내쉬었다. 몰랐는데 내 어깨는 지나치게 높이 솟은 터여서, 한 계단쯤 내려놓는다는 생각으로 움직이자 정말로 몸이 한결 편해졌다.

차차 익숙해져.

맞아, 맞아.

응원하듯 양편에서 번갈아 말을 보태왔다.

차차, 말입니까?

그래, 차차.

좁은 도로를 타고 차들이 다시 몇 대쯤 지나갔다. 과열된 엔진 소리와 타이어 구르는 소리, 간간이 경적을 울리거나 급히 속도를 줄이거나 하는 등의 소음을 연이어 들었다. 간간이 빨간 등을 켜거나 끈 택시들이 얼음을 지치듯 직진했고, 크고 질푸른 현수막으로 등을 감싼 트럭이 모래알을 재채기하듯 흘리며 어딘가로 향했다. 나 같은 건 이제 어디로도 자유로이 이동해가진 못하겠구나, 하니 절로 긴 숨이 쉬어졌다. 숨을 내쉴수록 그간의 내 어깨가 높이 올라 있었다는 걸 느꼈다. 어깨는 항상 나도 모르는 새 솟아 있구나, 매일같이 이렇게 잔뜩 힘을 짊어진 채로 경직되어 있었다면 어깨는 많이 아팠겠구나, 싶었다.

어째서 이런 꼴일까요?

어깨에 짐처럼 잔뜩 실었던 힘을 뺀 뒤 제법 편안해져서 나는 말했다. 먼 데 도로를 바라보며, 뾰족뾰족 날을 세운 밤의 도시 한가운데에 눈을 두고, 이런 건 생각도 못했는데, 라고도 덧붙였다.

이런 꼴이라니?

갑자기 위편이 목소리를 키웠다.

그러니까 제 말은……, 벽돌이라는 거 말입니다. 벽돌이 되리라고는 한번도, 라고 말하다 나는 조금 떨었다. 처음엔 다 그래, 나아지는 때가 와, 하고 왼편이 달래듯 말했다.

몰랐어요, 벽돌이 되리라고는 전혀.

나도, 나도. 나도 몰랐어.

오른편은 웃었지만 위편은 책망하듯 뭐야, 그럼 세계의 이 많은 벽돌들이 다 어디서 왔다고 생각하는 거야?라며 툴툴거렸다. 무어든 짓고, 부수고, 또 짓고 또 부숴, 무한 반복이야, 물줄기의 방향을 바꾸고, 모래를 퍼내고, 댐과 보를 짓고, 건물을 올리느라 부산스럽지, 세계는 그 자체로 인간에게 공사장일 뿐이야, 대지 위에 사는 인간이 어째서 벽돌을 그렇게 빨리 갈아치울 수 있다고 생각해? 우린 너무 많이 죽고 또 자주 태어나, 하고 위편이 씩씩거렸다.

이제 와 어쭙잖은 감상은 집어치워. 번거로우니까.

아니 그게 아니라.

그만, 그만, 하며 왼편이 나를 말렸다.

근데 아직 파랗구나.

오른편이 말했다.

네?

오랜만에 파란 걸 보니 색다르네. 나도 그랬던 때가 있긴 하지만.

그러고 보니 모두들 검붉었다.

처음엔 다 그렇게 푸르스름하지. 그러다 금방 때에 절어. 진눈깨비와 빗물과 바람에 쓸리고 먼지와 꽃가루가 달라붙고, 신발 밑창이나 오물에라도 치이면 머지않아 이런 검붉은색으로 변해. 고벽돌이란 건 별게 아니야. 오래되면 고벽돌, 깨지면 파벽돌이지.

오른편의 말을 들으며 나는 멍한 기분을 가라앉혔다. 멍청했던 정신도 가다듬었다. 그리고 서서히 납득하게 되었다. 그랬구나, 벽돌이 되는 거구나, 세계를 둘러싼 이 많고 많은 벽돌에 대해서 나는 살며 단 한 번도 진지하게 생각해본 적 없었지만, 오랜 기간 정비되고 건설되며 낮거나 높다랗게 쌓아올려진 벽돌들의 무던함과 끈질김에 관해 조금이라도 관심을 가져봤다면 좋았을걸, 하는 마음이 들었다. 지속된다, 는 것에 대해서도.

그런데, 하고 나는 문득 생각나 물었다.

아까, 금세 채워졌다는 말은 무슨 뜻이죠?

뭐?

로테이션이 빠르다고.

아, 그거.

왼편이 말했다.

그 자리 말이야. 사흘 전까지 계셨지. 맘씨 좋은 형님이셨는데.

맞아, 맞아. 벌써 그립지 뭐야.

오른편이 말꼬리를 흐렸다. 그게 무슨, 하고 나는 갸웃거렸다. 위편이 머뭇거리지 않고 부서졌어, 하고 말해주었다.

부서져요?

그래.

자정 다 돼서 웬 놈팡이가 술에 취해서는, 손에 해머를 쥐고 다가오지 않겠어? 그러더니 갑자기 시발 시발, 개새 개새, 욕을 바가지로 쏟아내며 발길질을 하고는 끝내 그걸 휘둘러 형님을 쳤어. 깡, 깡, 부딪는 소리가 엄청났지. 나도 좀 깨지긴 했는데, 형님이 가장 많이 부서졌어.

그런데 웃긴 건 따로 있잖아.

뭐.

뭐긴 뭐야, 형님이 부서지면서.

웃기긴 뭐가 웃겨.

그럼 그게 웃기지 안 웃겨?

뭐라고 했는데요?

아들아, 피 난다, 손에 피.

아들?

코미디지.

멍청이가 지 애비도 몰라보고.

위편이 그새 또 흥분했다.

지 애빌 실컷 때려 부숴놓고는 술탈이 나서 토악질까지 해대는데 정말 미치겠더군. 그러곤 허청허청 걸어가더니 제설용 모래자루 더미 위로 고꾸라져버렸어. 엎어진 채로 한 시간 넘도록 대성통곡을 해대는 게 아주 가관이었지. 아마 한 대만 덜 맞았더라도 형님은 손 찢어진 아들내미 안타까워 일단 빨간약부터 찾으라느니, 응급차라도 부르라느니 난리쳤을 텐데.

아들이 왜 그랬을까요, 하고 내가 묻자 왼편이 글쎄, 하고 말을 멈췄다. 형님이 첫애 낳고 장만한 살림집이었다던데 여기, 재개발로 허물어져버렸다던가, 언제였지, 잘은 몰라, 하는 식의 확신 없는 말들이 몇 마디 오갔다. 모두들 한동안 고른 숨을 내쉬며 침묵했다. 야밤에 한데 섞이는 벽돌들의 숨에선 먼 데 뜨거운 가마 안의 불내가 아득히 풍겼다. 진흙과 모래로 반죽해 구운 벽돌이 된 꼴로, 나도 덩달아 숨을 들이쉬고 내쉬며 맘씨가 참 좋았다던 형님을, 술 취한 아들에게 해머로 맞아 부서져버렸다던 형님을, 부서지면서도 아들 손등에서 피가 흐르는 걸 걱정했다는 형님을 떠올려보았다. 시발 시발, 개새 개새, 하며 벽돌과 함께 제 주먹도 부숴댄 형님의 아들도 상상해보는 사이, 죽어서도 존재란 건 참 위태로워, 하고 누군가 나직이 중얼거렸다.

부서지면 끝이야.

맞아, 맞아.

물론 언젠가는 닳고, 깨져나가겠지만 그래도 어깨에 힘을 빼고, 단단히 쌓여 있지 않으면 안 돼.

네.

나는 고개를 끄덕이며 물었다.

그래도, 부서지면요?

뭐?

부서지면, 그다음엔 어디로 갑니까, 하고 나는 물었다. 눈발이라도 흩날릴 것처럼 밤은 새까맣고, 적막했다. 죽었는데 의외로 쓸쓸하지 않아서 나는 놀랐다. 보이지는 않아도 왼편, 오른편, 위편 모두 나와 같은 곳을 바라보고 있을 거란 생각이 들어서였다. 수평이니까, 수평으로 놓여 있으니까. 혼자가 아니란 건 행일까 불행일까 고민하다가도 그래도 수평이니, 라는 생각이 거듭 들었다. 수평으로 놓인 모양새가 어쩐지 키가 줄어든 채로 어깨동무라도 하고 있는 꼴 같아서 나는 큼, 큼, 밭은기침을 해댔다. 하얀 입김이 퍼졌다.

어디로든 또, 가게 되겠지.

생각지 못했던 곳으로.

죽어 벽돌이 되리라고는 아무도, 예상하지 못했던 것처럼 말이야.

그렇군요.

비밀을 하나 말해줄까?

오른편이 장난스러운 말투로 운을 떼었다.

비밀?

죽기 전에 뭐라고 했는지 기억나?

왼편이 급히 끼어들었다.

뭐라고 하다니요?

떠올려봐, 분명 뭔가 말했을 텐데.

위편마저도 짐짓 놀리는 투였다.

뭐지?

골똘히 생각했지만 좀처럼 기억나지 않아서 나는 모르겠는데요, 하고 말했다.

외톨이가 되었군.

오른편이 말했다.

그렇게 말했지?

네?

외톨이가 되었군, 하고 말이야.

나는 아, 하고 짧게 탄식했다. 발뒤축이 밟혀 신발이 제꺽 벗겨진 사람처럼 당황스러웠다. 어깨에 다시 힘이 들어갔다.

확실하진 않지만, 마지막으로 그렇게 말한 이들만이 벽돌이 된다고 들었네.

어딘지 모르게 한층 너그러워진 말씨로 위편이 말했다. 머리를 쓰다듬어주는 기분이었다. 어때, 어때, 우습지, 하고 추임을 넣은 건 오른편이었다. 요즘엔 우울한 사람들이 많아서, 자리가 부족할 정도지, 로테이션이 빠르단 건 그 얘기였어, 왼편이 말했다.

그러고 보니 마지막으로 그런 말을, 했던 것도 같았다. 외톨이가 되었다…… 고, 눈뜬 시간 오롯이 그 생각뿐이었다. 2년쯤 전부터 나는 우울증에 시달렸는데 불이 붙듯 번져 일상이 타들어가는 덴 그리 오래 걸리지 않았다. 초반엔 금세 털어낼 수 있을 줄 알았다. 만성피로에 절어 잠을 좀 많이 자는 것 외에 별다른 증상은 없었다. 피로가 누적된 것 같으니 적당한 운동으로 스트레스를 풀어주면 될 거라고 가벼이 여겼다. 하지만 어느 순간부터 잠이 줄어들었다. 뜬눈으로 밤을 지새웠다.

나는 D자동차 생산 공장에서 일했는데 문짝 조립 라인의 맨 마지막 줄을 맡았다. 스피커처럼 아직 모듈이 안 된 일부 부품을 드라이버로 끼워야 하는데, 부품에 손도 대지 않고 그대로 내보내는 경우가 빈번해졌다.

이러면 곤란해.

작업과장이 여러 번 다가와 주의를 주었다.

죄송합니다, 하고 나는 허리를 숙였다. 곤란하다, 라는 마음은 나부터도 들었다. 업무에 분명한 지장을 주었으므로, 스스로가 느끼기에도 곤란함의 정도는 제법 위협적이었다.

집에서도 마찬가지로 나는 힘에 부쳤다. 전신의 혈류가 멈춘 듯 치약 발린 칫솔을 쥐고 두 시간 가까이 세면대 앞에 서 있기 일쑤였다. 아내와의 소소한 대화조차 버거웠다. 시시때때로 울음이 터졌다. 차츰 사지를 움직일 기력도 없이 서글프고 황망하고 두려운 감정에 휩싸였다. 고립감에 짓눌린 채 거의 매일 불면에 시달렸다. 간간이 잠에 빠져들더라도 어김없이 가위에 눌리거나 악몽을 꾸었다. 어느 날엔 말끔히 식욕을 잃었다가도, 또 어느 날엔 식탐을 제어하지 못해 폭식하고 말았다. 나는 내 몸을 다스릴 수 없는 지경에 이르렀다.

제발 이러지 마요.

아내는 나 대신 회사에 가서 사표나 다름없는 병가를 써내고 돌아와 애원하다시피 매달렸다. 이렇게는 안 된다고 나도 생각했다. 나는 아내의 손에 이끌려 더듬거리며 병원으로 향했다. 반복된 수면장애와

폭식으로 급격히 살이 쪄서 걸음을 떼기조차 힘이 들었다. 아내는 성실히 그리고 묵묵히 나를 병원으로 이동시켰다.

우울감이 과도해 정신적으로나 신체적으로 어떤 증상을 일으켜요. 그것이 매사 의욕을 떨어뜨리고 일상 기능을 저하시킬 정도로까지 이어지면 심각한 수준이 되는 겁니다, 하고 의사는 말했다. 그리고 잘 읽고 해당되는 부분이 있다면 브이 표를 해보라며 '우울증 자가진단 테스트'지를 내밀었다. 나는 불안하다, 공허하다, 자주 운다, 피로하다, 초조하다, 무기력하다, 절망적이고 염세적인 기분에 휩싸인다, 집중력 및 기억력 향하, 체중의 과도한 감소 또는 증가, 죽음에 대해 반복해서 생각한다, 등 대부분의 사항에 체크했다. 의사는 테스트지를 넘겨받은 뒤 고개를 끄덕였다. 보름가량 입원해 치료받았고, 이후 몇 달간 주 1회씩 의사와 이야기를 나누고 알약을 처방받아 복용했다.

매 진료 때마다 서로,

오셨네요.

네.

좀 어떠세요?

네?

기분요, 오늘 기분이 좀 어떠시죠,

와 같은 인사를 나누었다. 그런 뒤 의사는 으레 내게 0에서 10까지, 우울의 강도를 몇으로 느끼는가에 대해 물었다.

오늘은 어떤 것 같으세요?

엄지와 검지로 콧잔등에 내려앉은 안경을 밀어올리며 그는 내 눈동자 깊숙한 언저리를 들여다보았다. 무언가 길어올리려 두레박 쥔 손에 바짝 힘을 주듯 집중하는 눈. 나는 최선을 다해 정상인처럼 말하고 행동하려 애썼지만 사실은 누군가와 대화를 나누고 있다는 상황 자체가 힘들었다. 뼈와 근육이 덴 듯 움츠러들었다. 급작스레 울음이 터져 나와 책상 아래로 숨어드는 건 말할 것도 없고, 어느 날엔 나도 모르는 새 의사의 멱살을 그러쥐고 욕설과 폭언을 퍼부어댔다. 수다스러우며 다정한 의사는 다행히 인내하는 자세로 나를 이해해주었다. 의사인 그에게 나는 지극한 상태의, 환자였다.

영에서 십까지로 본다면 말입니다. 어떠세요?

구……, 아니 팔 정도요.

나는 땀을 닦으며 대답했다.

팔에 가까우십니까?

아니, 구요.

구 말입니까?

네. 그런 것 같습니다.

아직은 좀, 힘이 드시는 거죠?

네.

알겠습니다.

진료는 대체로 평온하고 무난했지만 다른 무엇과는 달리 의사의 이런 질문 방식에는 좀처럼 적응이 되지 않았다. 의사는 매번 내가 느끼는 우울의 강도가 몇인지 물었다. 그때마다 단순 수치로 환산된 고통의 크기가 나는 낯설었다. 고작해야 0에서 10만큼의 우울과 고통을 두고 이처럼 괴로워해야 하는 것일까 생각하면 나 자신이 아둔한 동물의 세포만큼 아주 작고 납작한 크기로 전락해버린 기분이 들었다.

의사와 대화를 나누고 약물을 복용하면 병은 자연히 나아질 테지만 약을 끊고 나면 나는 또다시 파열되어 고통 속에 놓이고 말 거라는 자괴에서 헤어나오지 못했다. 고통은 과연 줄어드는 성질의 것일까. 회복이란 진실로 가능한 영역에 위치해 있는 것일까. 우울증은 감기이거나 때로는 어린애 얼굴의 수두 자국과 같으니 앓고 지나가서 나쁠 게 없다고 의사는 친절히 말해주었다.

아시겠지만 세계적으로, 오늘날의 이 사회가 얼마나 유독(有毒)합니까, 안 그래요?

빙글대며 웃는 의사 앞에서 나는 절망했다. 이 세계가 내게 요구하는 것에 대해서, 그리고 이 사회가 내게 행하는 가해(加害)의 정체에 대해서 아무것도 알아차릴 수가 없다는 혼란만을 느꼈다. 매일 같은 시간에 약봉지를 뜯어 입에 털어넣으며 나는 끊는다, 끊어진다, 라는 것에 대해 생각해보는 때가 잦아졌다.

인생에 단계랄 것이 있다면, 그것은 내게 주어진 적정수의 계단을 성실히 밟아오르는 과정이라고 생각했던 때가 있었다. 계단의 수가 지나치게 많거나, 계단 간의 높이 차가 크거나 하는 식의 힘이 들 만한 요소는 있겠으나, 그래도 한 계단 또 한 계단 천천히 밟아오르는 방식일 거라고, 인생이란 그렇게 차곡차곡 내 다릿심만으로 몸을 이동시켜, 그럭저럭 괜찮은 어른으로 호명되는 걸 거라고 여겼다. 고등학교를 졸업하고 D자동차 생산 라인 매대 앞에 위치했을 때, 나는 앞으로 밟아올라야 할 인생의 첫 계단 위에 서 있다고 뿌듯이 느꼈던 것이다. 하지만 아니었다. 사회에 첫 발을 내디뎠다는 설렘이 채 가시기도 전에 인생의 단계에는 내려가는 시간만이 존재한다는 걸 깨달았다. 한 계단, 또 한 계단, 내 몸의 무게중심을 아래로 옮기며, 와락 넘어져 발목을 접질리거나 어느 한군데 부러지지 않기 위해 애쓰며, 다리 한쪽을 차례로 내려딛는 과정만이 미래였다.

모두들 명절을 끔찍이 여겼어요.

모두요?

의사는 상담 시간 동안 다감한 태도를 유지했다.

동료들 말입니다. 설과 추석……, 일 년에 두 번 큰 명절이 지날 때마다 회사가 새로 기계를 들여왔거든요. 명절 휴일이 끝나고 난 뒤 출근하면 어김없이, 무거운 차체를 들어 조립하는 기계나 주어진 시간에 정확한 속도로 타이어를 끼워대거나 빠르게 페인트칠하는 로봇들이, 차게 식은 제사 음식처럼 배달돼 있었어요.

기계요. 그렇군요. 그래서요?

무엇을 말하든, 말하고 듣는 그 자체로 의사는 흥미롭다는 투였다. 나는 자주 식은땀을 흘리고, 머뭇거리고 멈칫대면서도 느릿느릿 말을 이었다. 오로지 나를 말하게 하기 위해 아내가 돈을 내고 진료실 밖 대기 의자에서 기다리는 시간이었다.

회사는 전 사원의 양해를 구한다, 고 말했어요. 생산 효용을 높이고, 사원 업무의 효율성을 증대시키기 위해서라고요. 물론 그건 부인할 수 없는 사실이었지만, 기계 한 대가 사람 열 몫, 스무 몫, 백여 몫을 하는데…… 손놓고 숨만 쉬며 월급을 받아갈 수 있는 사원이 어디 있겠어요. 하지만 양해를 구한다니 우습지 않습니까? 양해를 구한다, 라니. 아, 그간에 제가 참 실례가 많았습니다, 하고 허리를 수그린 뒤 뒷걸음질이라도 쳐야 할 것 같잖아요.

퇴직은 주로 비정규직 사원들을 대상으로 이뤄졌다. 나는 오랜 근속으로 단순계약직 신분은 아니었지만 혹시나 다음 명절이 지나면 정리해고자 명단에 포함되지 않을까, 구형 모델이 단종되고 신차 출시 계획이 나돌진 않을까, 모듈화 자동화 첨단화는 또 얼마나 더 이뤄질까, 초조해하며 집과 회사를 오갔다. 온종일 매대 앞에 서서 기계가 해낸 일의 성과를 검토하고 확인하는 업무란 간단명료하면서도 지루했다. 기계는 쉬는 시간을 필요로 하지 않았고, 잡담을 늘어놓거나 실수하지 않았다. 시간 외 야근 수당이나 명절 보너스를 별도로 지급받길 원하지도 않았다. 그것만은 확실히, 회사로선 흐뭇한 광경이었을 것이다.

뭐가 문제였죠? 떠나간 동료에 대한 동정심이었나요, 아니면 살아남은 소수에 포함돼 여전히 남아 일하고 있다는 양심의 가책 같은 것?

의사가 물었다. 아닙니다, 하고 나는 대답했다. 목소리가 떨려 나왔지만 확신이 없어서는 아니었다.

즐겁지가…… 않았어요. 그저 그뿐이었습니다.

즐겁지가 않았다, 라.

그랬어요. 그랬죠. 일하는 시간의 단 일 분 일 초도 즐겁거나 긴장되거나 뿌듯하지 않았어요. 입사한 지 이십여 년이 가까워오도록 자동차 조립을 한답시고 땀을 흘렸는데 말입니다. 편해지지 않았냐, 좋은 거 아니냐, 라고 말할 수도 있겠죠. 손에 기름때 묻힐 일 없고, 정해진 시간에 출퇴근을 했으니까요. 자동차 생산량이 늘고, 제작의 완성도도 높아진데다 판매량도 호조라고 들었어요. 그런데.

그런데요?

모르겠어요. 시시때때로 멍하고, 기운이 없어졌습니다. 남은 사원들 사이에서 '명절이 지나면'이라는 말은 '십삼 일의 금요일'과도 같았어요. 우리는 파리 목숨이다, 끝내 아무도 남아나지 않을 거다, 라는 말도 짜증나죽겠어, 지겨워죽겠어, 와 같이 습관처럼 입에서 입으로 돌았고요. 하지만 딱히 그 점이 불안하고 힘에 부쳤다기보다는…… 뭐라고 해야 할까요. 대체된다는 것, 대체되었다는 그 사실 자체로 맥이 탁 풀렸나봐요. 그렇게 충격을 받았다고는 전혀 생각하지 않았는데, 나 자신이 하나이고, 고유하며, 단일한 생물체이자 인격체다, 인간은 누구나 제각각 대체 불가능한 존재다, 하는 명제에 어느 순간 슬쩍 금이 가서 자꾸만 빗물이 새어들고, 축축해져 마르지 않고, 곰팡이가 피고, 얼룩이 지고, 그 얼룩이 자꾸만 번지고, 그랬던가봐요. 금이 간 부분은 메워지지 않고…… 그랬던 것 같습니다.

그러셨군요.

의사는 내 눈동자 어느 깊숙한 곳에 무언가 숨기듯 빤히 나를 바라보았다. 가르쳐준 것도 아닌데 나는 홀로 심취해 주절거리다가도 의사의 그런 눈과 마주하면 오늘 상담은 여기까지구나, 하고 알아차렸다.

식사 조절은 잘하고 계시리라 믿습니다. 야채 섭취량은 좀 늘렸습니까?

그냥…… 양배추를 잘게 썰어서 먹고 있어요.

양배추요. 괜찮습니다. 마요네즈를 많이 뿌려 드시진 마시고요. 당근이나 브로콜리와 같이 쪄 드셔도 좋습니다. 양배추란 건 어떻게 해 먹어도 맛이 좋으니까요.

의사는 차트를 넘기며 이것저것 적어넣었다. 우울증과 비만 치료를 병행했으므로 의사는 하루 세끼 식단표를 짜주고, 내게도 식사 일지를 작성해오라고 권했다. 15분가량 의사와 대화를 나누고, 간호사의 손에 이끌려 체중계에 올랐다 내려온 뒤 처방전을 받아들고 다시 집으로 돌아오는 과정이 주기적으로 반복되었다. 병원에 다니고 약을 먹는 것만으로도 아내는 안도하는 눈치였다. 집안일만 하던 아내는 대형 마트의 점원으로 취직해 카운터 계산원으로 일했다. 이후 나는 제법 오랜 시간 미동도 없이 한자리에 머물러 있는 기분으로 지냈다. 의사 앞에서 우울의 강도를 7에서 6, 5 정도까지 이야기하게 되면서는 조금씩 동네 주변을 걸어 다니거나, 공원 벤치에 잠시 앉아 햇볕도 쬐었다. 아주 좋습니다, 의지만이 살아가는 데 꼭 필요한 도구인 거예요, 이제 겨우 서른아홉 아닙니까, 너무도 창창하죠, 라며 의사는 윗니를 드러내고 웃어주었다.

그러다 어느 날 문득 중요한 기념일을 깜박 잊고 있던 사람처럼 아내는 가버렸다. 피로하고 착잡한 얼굴로 아내는 떠나고, 나는 홀로 남았다. 내 몸집이 너무 거대해서, 아내는 나를 어디론가 이동시키기보다 자신이 떠나는 것을 선택했는지도 모르겠다. 나는 다시 어깻죽지가 무거워지고 이내 시무룩해졌다. 허리를 꼿꼿이 펼 수 없었다. 다음엔 울적해졌고, 그다음엔 침울해졌으며, 마지막엔 곱다시 우울해졌다. 나의 심정적 상태가 심층으로, 심해로 가라앉는 경과를, 상태를, 나는 고스란히 느꼈다. 나는 소모적인 하루를 살고, 나는 고인 물처럼 정체되어 있으며, 나는, 무용하고 무력하다. 생이 전진하고 어딘가로 나아간다는 사실을 믿기 어렵다. 혼자다. 많은 것이 두렵다. 그 느낌이, 존재의 비루함이 온전히 나의 것이라는 진실이, 우울했다.

하루 중 대부분의 시간에 떠나간 아내를 생각했다. 새삼 미안하고,

안쓰러운 마음이 크게 느껴지는 한편으로 여보 서운해, 라고도 중얼거려보았다. 아내의 우울은 몇이었을까. 코라도 부러져나간 듯 온종일 얼굴을 감싸쥔 채 방바닥에 몸을 문대던 남편 곁에서 아내가 느낀 고통의 강도는 몇이었을까. 최대치를 10으로 둔다면 정말이지 10에 가까워, 그것을 견딜 수 없었던 걸까.

이제 조금 나아진 것 같아 다행이에요. 하지만 여보, 나는 당신이랑은 달라요. 이렇게는 못 살아요.

떠나기 전에 아내는 말했다. 나는 당신과 다르다, 우리는 같지 않다, 못 산다, 함께 살 수 없다, 간다, 떠난다, 나는 너를, 떠나간다. 아내가 단출한 모양새의 짐 가방을 들고 방에서 나와, 굽 없는 신발을 꿰어신은 뒤, 망설임 없이 현관문을 나서는 모습을 보면서 나는 순간적으로 옴짝달싹못했다.

나보다 두 살이 어렸던 아내는 오빠 우리 진짜 닮은 거 같아, 어떻게 이렇게 비슷한 점이 많지, 하고 종알대며 웃길 잘했다. 두 사람이 가진 사소한 습관이나 인식을 찾아내고, 찾아낸 것 사이의 연관성을 다시 찾아내고, 그 모든 걸 의미화시키며 애교 섞인 표정을 지었다. 아내가 그 표정을 짓는 순간을 나는 소중히 여겼다. 낡고 오래된 어느 카페 외벽에 기대 이어폰 한쪽씩을 나눠 끼고 비틀스를 들으며, 당신이나 나나 좀 닮지 않았나요, 우리 좀 닮지 않았나요……, 하는 가사를 몇 번이고 함께 흥얼거리던 우리의 지난 시간을 나는 잊지 않고 있었다. 그러나 아내의 말대로라면, 우리는 달라진 것이다.

애초에 달랐던 것인지, 시간이 지나 달라져버린 것인지 따지기에는, 체력이 달렸다. 몇 달간의 상담 치료나 약물 복용은 한순간에 형편없어지고 나는 다시 제자리로 돌아왔다. 방바닥에 모로 누워 망망히 눈물을 질금거렸다. 아내를 붙잡아 데려와야 한다고, 아내의 손 위에 내 손을 겹치고 제발 돌아오라 사정해야 한다고 생각했지만 나로서도 나 자신을 어찌하지 못했다. 시간이 지나 육중한 몸을 일으켜 벽에 기대어 앉았을 때에야 나는 힘겹게 콧구멍을 벌름거릴 수 있었다. 우울이 나를 좀먹는다, 그런 생각만이 덥석 베어문 썩은 사과의 향처럼 공기중에 시큼히 몰려든 까닭이었다.

아내가 떠난 뒤 나는 시간을 담처럼 쌓았다. 그것을 허물어뜨리는데 꽤 오래 집중하고 애써야 한다는 걸 알았지만 담은 견고했다. 잠이 고파 허기가 졌고, 주린 배가 뒤틀렸다. 근육이 파열되는 것과 같은 통증이 전신으로 몰려왔다. 고통스러워 이불을 뒤집어쓰고 울부짖는 일 외에는 손가락 하나도 내 의지대로 움직이지 못했다. 파열된 근육이 저 스스로 다시 달라붙어 회복되는 듯 고통이 줄어들면 조금쯤 무감하게 시간을 보낼 수 있었지만 그나마도 잠시였다. 우울함은 비정하고도 무정한 숙주처럼 몸에 달라붙어 떨어지지 않았다.

외톨이가 되었다.

그런 말이 입가에 마른 빵 부스러기처럼 매달렸을 때, 나는 눈꺼풀이 무거워져왔다. 어디선가 매끄러운 선의 강화 플라스틱 차체와 검고 단단한 고무 타이어로 무장된 한 대의 잠이 고속으로, 빨간 비상등을 켠 채 삐오삐오 달려오는 광경을 보았다.

밤이 물러가고 빛이 비춰 날이 환해져서야 나는 나의 위치를 알아차렸다. 아내와 이어폰을 나눠 끼고 외벽에 기대 비틀스의 노래를 듣던 곳이었다. 처녀 적에 아내가 가족들과 함께 살던 아파트로 들어서던 초입에 위치한 4층짜리 카페 건물이었다. 주변에 초중고등학교가 인접해 있고, 작지만 시장통도 있는데다 단지 내에 아파트들이 밀집해 있어서 번화하고 번잡스러운 동네였다. 하지만 꽃집이며 음식점이며 카페며 전자제품 마트며 눈 둘 곳도, 들어가 앉을 곳도 꽤 많아서 활기 넘치는 장소이기도 했다.

아. 여기. 예전 처갓집 근처예요. 아내와 자주 데이트하던 곳인데.

찻물이 번져나가듯 아련해지는 마음 한편으로 나는 쓸쓸해졌다.

이 카페, 홍차가 맛있지. 밀크티도 괜찮고.

왼편이 말했다.

그건 그래. 원두는 별로야.

오른편이 맞장구쳤다.

벽돌이 된 것도 그렇지만, 여기일 거라곤 생각 못했어요.

돌아온다네. 그리운 곳으로.

위편이 입을 뗐다. 그런 건가, 하고 나는 속으로 되뇌었다. 외로운 이는 그리운 곳으로 돌아오게 돼 있는 걸까.

하릴없이 나는 벽돌로서의 삶을 인내했다.

어깨에 힘을 빼는 법을 배우며 갑갑함과 찌뿌듯함에 천천히 적응해 나갔다. 벽돌은 그 자체로 습도 조절과 공기 정화 능력을 지니고 있어서 숨쉬는 것 하나는 진실로 편안했다. 벽돌이 되었을 뿐인데, 새삼스레 이제야 제대로 숨을 쉬며 살고 있지 않나, 하고 생각했다. 폐부 깊숙이 들어오던 차가운 공기가 유연해지고, 꽃가루가 날리고, 햇볕의 기운이 나날이 드세졌다. 점차로 더는, 우울의 강도를 가늠해보지 않게 되었다.

나는 보통 사람의 평균 키 정도 되는 자리에 붙박여 있었으므로 때때로 사람들은 제 몸을 쉽게 부대껴왔다. 키 작은 여자들이 기대면 머리칼이나 목덜미의 잔털 때문에 코가 간지러웠다. 건장한 남자들은 유별나게 등이나 허리춤으로 턱, 턱, 부딪쳐와서 성가실 때가 종종 있었다. 교복 입은 아이들과 넥타이 차림의 중년들이 똑같이 피로한 얼굴로 자주 머물렀다. 마시고 남은 커피를 버린답시고 어느 커플이 그걸 내게 들이붓고 희희낙락 가버렸을 땐 뺨이라도 맞은 듯 얼얼했고, 일회용 플라스틱 컵이나 빨대 같은 쓰레기로 과녁을 노리듯 던져댔을 땐 컥, 하고 화도 났는데, 그 두 번을 제외하곤 대체로 무탈한 일상이었다. 코가 간지럽다거나 성가신 기분이 든다거나, 사내애들이 몰려들어 수다를 떨어대는 바람에 귀가 시끄러워도, 그때는 그것대로 마냥 심심하지 않아 좋았다.

봄의 끝물에 아내를 보았다. 새파란 하늘에 크고 몽실한 구름 한 점이 그림처럼 떠 있던 어느 날의 오후였다.

좋구나.

시리도록 한참 올려다보다 눈을 돌렸을 때, 누군가 붓질해놓은 듯 아내가 카페 앞 벤치에 앉아 있었다. 뜨거운 커피를 손에 쥐고 조심히 마시는 아내의 콧등에 땀이 어렸다.

시원한 홍차를 마시지.

아내와 눈을 맞추고 싶어 마음이 졸아들었다. 아내의 머리 위로 하얀 민들레 씨가 날아와 홀홀 떠돌다 어딘가로 사라졌다. 여보 미안해, 하고 나는 말했다. 아내는 한동안 우두커니 앉아 시간을 보냈다. 그러다 전화를 받았고, 그래 그쪽으로 갈게, 라고 말하며 천천히 일어났다. 아내의 발목을, 보폭을, 횡단보도 앞에 멈춰 신호를 기다리는 호리호리한 뒷모습을, 나는 주의깊게 바라보았다. 안녕, 이라는 말을 쓰디쓴 약처럼 목울대로 삼켰다. 파란불이 서너 번 바뀌는데도 미동도 없이 서 있던 아내를, 나는 견뎠다. 아내는 딱 한 번 뒤돌아보곤 멀어져갔다. 그후로는 다시 보지 못했다.

선거가 있거나 계절이 바뀔 때마다 인도와 자전거도로의 보도블록이 다투어 파헤쳐지고 다시 깔렸다. 카페 앞을 지나는 보도의 멀쩡한 블록들을 부수어 교체하는 공사는 1년 내내 쉼이 없었다. 푸슬푸슬한 먼지가 끊임없이 부유했다. 날마다 수수깡처럼 색 입혀진 벽돌들이 우두두두, 무거운 소리를 내며 부딪고 나뒹굴었다. 이 많은 수의 벽돌들이 다 어디에서 왔나 싶어 나는 놀랐다. 현대사회는 블루의 시댑니다, 모두가 우울하죠, 하던 의사의 말을 자연스레 곱씹어보게 되었다. 그러나 이들이 그리워한 곳이 겨우 더운 입김 복대기는 아파트 단지 앞이라는 걸까, 우리의 그리움이란 건 고작해야 이렇게 멀지 않은 곳에서 부대끼고 어그러져 있구나, 하고 생각하니 콧등이 시큰해졌다. 어느 날엔 아파트 단지의 초입에 조경(造景)을 새로 꾸민다며 부녀회장단 몇몇이 몰려나왔다. 강남 어디에서 해놓은 것처럼 우리도 벽돌로 속도방지턱을 만들자, 며 길이를 잰다 어쩐다 부산스레 굴더니 공사 진행 중간에 등짐을 져 나르던 사내가 흡, 소릴 내며 쓰러졌다. 어라, 어라라, 하며 지켜봤는데 그는 다시 일어나지 않았다. 엎어진 그의 등짝 위로 아지랑이가 이글이글 돋아났다. 공기보다 가벼이 위로, 위로 떠올랐다. 폭염이 오래 이어지던 어느 날이었다.

외벽 모서리의 귀퉁이 어디쯤에 바투 매달렸던 세모꼴의 귀벽돌이 어느 날 늦가을 초입의 비바람에 툭, 소리를 내며 떨어져나갔다. 며칠 지나지 않아 새로운 귀벽돌이 회색 줄눈을 온몸에 바르고 들어왔다. 갑갑해, 하고 울먹이는 그에게 어깨에 힘을 빼는 방법부터 일러주었다. 일단 심장 저 밑바닥까지 숨을 크게 들이쉬어요, 하며 후우 하아 후우, 모두가 함께 오버하며 숨을 쉬었다.

난 이제 안 되려나봐, 라는 말을 마지막으로 위편이 부서져버린 건 우리가 함께한 지 다섯 계절째로 접어들 무렵이었다. 안 돼, 안 돼, 하고 오른편이 소리쳤지만 당연히도 붙들 수는 없었다. 새로운 위편도 이내 채워졌다. 후우 하아 후우, 어깨에 힘을 빼는 방법을 다시 가르쳐주었다. 로테이션이 빠르잖아, 라고 말하던 위편의 새치름한 말투가 환청처럼 들려왔다. 그리고 그때에야 나는 내가 어느새 푸르스름했던 빛을 잃고 검붉어졌다는 걸 알았다.

나는, 고벽돌이었다.

# 노래하는 밤 아무도

평생 단 한 곡의 노래만을 반복해 귀를 열고 들어도
마찬가지일 것이다. 결국엔 많은 것이 지나간다.
지나가버리고야 만다. 인생은 불가해한 것이니.

문 닫을 시간이다.

가야겠지.

가야겠지, 생각한다. 가야 해, 고개를 끄덕인다. 무릎을 펴고 자리에서 일어난다. 나는 아주 오랜 기간 한곳에만 머물러 있는 기분이다. 제자리에, 변함없이, 어제와 다르지 않게, 붙박여 있다. 매일 조금씩 걷고 움직여 이동하는데도 돌아보면 언제나 그렇다. 아마도 나는 내일도, 이곳으로 와 있겠지. 그 사실엔 틀림이 없다. 마찬가지로, 라는 것이다. 일상은 그제도, 어제도, 오늘도, 마찬가지로 차려진다. 내일도 마찬가지일 것이다. 시간을 보낸다는 건 그래서 형편없는 식사를 할 때의 기분과도 같다.

문을 닫아야 할 때다.

가야겠지.

가야 한다는 것에, 의식을 집중한다. 가야 하는 것이다. 어디로든 가고, 무엇에라도 닿아야 한다.

나는 가요, 아버지.

말하고, 돌아선다. 그래, 하는 아버지의 목소리에 잠시 멈춘다. 이내 문을 열고 밖으로 나간다. 차들이 속도를 내서 도로 위를 달려가고 있다. 헤드라이트의 불빛들은 성난 동물의 눈빛처럼 선득하다. 축축이 젖은 낙엽들이 바퀴에 차여 나뒹군다. 아직 가지에 매달린 이파리들은 엉켜드는 찬바람에 몸 뒤치며 낙하하는 밤이다. 매달려도, 떨어져도, 모두가 멍이 드는 때이다. 유리문을 잠그고, 셔터를 내린다. 고집스레 버티던 셔터가 드르륵 제 허리를 늘여 하강한다. 운동화 밑창을 아스팔트 바닥에 문대며 머뭇댄다.

얼른 가.

아버지가 말한다.

갈게요.

손을 턴다. 맞부딪친 손바닥을 선선히 바지춤에 문댄다. 몇 번쯤 헛기침 한다. 가야 할 것이다. 그러나 망설여진다.

여기 있고 싶다.

여기에, 이곳에, 밤새 머물고 싶다. 떠나고 싶지 않다. 생각을 떨치려 고개를 흔들어버리면서도 나는 꼼짝하지 못한다. 때로는 별것 아닌 것을 간절히 원할 수조차 없게 된다. 원한다는 사실조차 이루지 못하는 꿈이 돼버리는 것이다. 그저, 있고 싶을 뿐인데.

집으로 돌아가는 길을 생각한다. 그리 복잡하지 않다. 신호가 바뀌면 횡단보도로 내려선다. 걷는다. 가로등은 이미 켜진 지 오래인데 밤의 도시는 얼룩져 있다. 불빛이 닿지 않은 곳은 어둡고, 황량하고, 추워 보인다. 가로등이 더 촘촘히 세워져야 한다고 중얼거린다. 느릿느릿 직진한다. 좌회전한다. 몸을 틀어 을씨년스런 시장 골목으로 들어선다. 한 평이나 두 평 정도의 상가들이 빼곡하니 들어서 있지만, 문 닫은 곳이 더 많다. 바닥에 놓인 좌판을 밟지 않으려고 요령 있게 움직인다. 배추나 시금치, 깐 마늘과 강낭콩, 자잘한 귤 따위를 피하느라 조심한다. 시장 골목의 끄트머리에 다다라야 낡고 해진 헝겊 같은 빌라 앞에 서게 될 것이다. 매일 밤 집으로 가기 위해서는 묵묵히 방향을 틀고 틀어서 걸어나갈밖에는 도리가 없다. 누군들 그러지 않을까.

가야겠지.

가야 한다고, 거듭 나를 설득한다. 몇 발짝 떼어본다. 그러나 하릴없이 나는 다시 되돌아온다. 셔터를 올리고, 유리문의 잠금장치를 푼다. 안으로 들어와 테이블에 올려두었던 의자를 내리고 앉는다. 밖을 본다. 안에서도 바깥은 달리 보이지 않는다. 바람이 불고, 낙엽이 뒹굴고, 행인들이 종종거리며 지나간다. 불빛이 번지고, 어둡고, 춥다. 하지만 이렇게 밤을 새워 앉아 있게 될지라도 오늘은 집으로 돌아가고 싶지 않다는 생각만을, 나는 하고 있다.

세상은 불가해한 곳이야.

이 고등어처럼 말이다, 하고 아버지는 털어놓듯 말했다. 내가 지금으로부터 아주 먼 옛날의 아이였을 즈음이다. 고등어의 살을 발라 입에 넣어주며 아버지는 그런 말들을 부려놓았다. 그러니 많이 보고 듣고 배워야 해, 라고도 아버지는 덧붙였다. 그때의 나는 당연히 '불가해(不可解)'라는 단어의 뜻을 알지 못했다. 앞뒤로 잘 구워진 고등어와 불가해한 세상 사이에 어떤 연관이 있는지도 이해할 수 없었다. 하지만 작은 식탁에 아버지와 나란히 앉아 고등어를 먹는 때에는 다만 그렇구나, 하고 생각했다. 삶이란 두려우며 인생은 불가해하다고, 아버지는 누누이 에둘렀던 것이다. 떠올리면 다소 기묘하고도 서글픈 장면으로, 그것은 내 안에 각인되어 있다.

그래도 겁내지 마라, 현. 겁내서는 안 된다.

아버지의 단호한 어조에 나는 수긍하듯 고개를 끄덕였다. 어쩌면 나는 고등어의 뼈에서 부드러운 살점만을 고집스레 발라내던 아버지의 손과, 불가해와 같은 말에서 어떤 불길한 리듬감 같은 걸 느꼈던 게 아닐까. 그러면서도 아버지의 미소 띤 노란 얼굴을 바라보며 우리는 둘이서 함께 있다, 라는 사실에 조금쯤 안도하지는 않았을까. 그러나 고백하건대 언제고 고민하며 자라왔던 것 같다. 정말이지 그런 걸까,

세상에 벌어지는 모든 일련의 상황들은 이해 불가능한 성질을 내포하고 있는 걸까, 그런 것뿐일까, 하고.

당시의 나는 어렸지만 아버지가 그 커다란 손으로 나의 작은 머리통을 쓰다듬던 날의 언저리쯤에서 아마도 체감해버린 것이나 아닌지 모르겠다. 돌아볼수록 나는 깨달아왔던 것이다. 안심하다, 라는 말 이전에는 필히 두려움이 먼저 온다는 것. 그러니 두려움이란 건 날마다 우리의 어깨 위에 얹히는 피로와 동일한 무게가 아닐까 하는 것.

가끔씩 혼자서 고등어를 구워 먹곤 했다. 아버지처럼 겉은 바삭하면서도 속이 촉촉하게 굽지는 못했다. 살을 발라 입에 넣으면 그 살점이 너무도 퍽퍽해 목이 메어왔다. 세상은 불가해한 곳이야, 이 고등어처럼 말이다. 그건 대체 무슨 의미였을까. 그때에 아버지가 발라 내 입에 넣어주던 것이 고등어가 아니라 삼치나 가자미였대도 달라지는 건 없었을까. 시간이 흐르는 건 두려운 일이지만 그러나 시간은 아무런 힘도 없다는 걸 나는 체감했다. 불가해하다는 것에 대해 나는 여전히 깨닫지 못하고 있다. 온전한 이해는 어려우며, 이해한다는 것은 가혹하다. 나는 종종 가혹하다, 라는 단어마저 입에 넣고 씹어 뱃속으로 삼켰다.

가야겠지.

머리로는 그래야 한다고 생각하면서도 나는 가지 못한다. 고개를 젖혀 테이블 위의 주홍빛 조명을 올려다본다. 천장에 매달린 전체 조명엔 불이 들어오지 않는다. 어둠과 공허와 고요에 쌓여 있는 여기는 소울 키친이다. 사람 한 명이 겨우 들어가 요리할 수 있는 비좁은 부엌과, 따로 떼어도 이어붙여도 좋을 테이블 두 개 그리고 엉덩이가 닿는 면과 등받이 부분에 쿠션을 덧대고 보랏빛 벨벳을 씌워놓은 의자 네 개가 전부다. 이곳에 있는 건 뭐든 작고, 낡았다. 아버지가 직접 나무를 자르고 이어붙여 손수 만든 것들인데, 그중 의자 하나는 다리 한 쪽이 부러져나갈 듯 아슬아슬하다.

나는 매일 아침 이곳으로 온다. 간판에 적힌 soul kitchen에서 'u' 라는 글자는 떨어져나간 지 오래다. 그러나 고작해야 알파벳 하나가 없다고 해서 소울 키친이 아닌 것은 아닐 것이다. 그렇게 믿고 있다. 영혼이라는 게 정말 있다면 떨어져나간 u 따위, 신경쓰지 않겠지. 그렇게 믿고 싶다. 그래도 안타까우니 종이라도 잘라서 붙여볼까, 올려다보고 있으면 언제나 아버지가 온다.

뭘 보고만 있어.

그냥.

나는 서둘러 셔터를 올린다. 테이블 조명을 켜고, 의자를 꺼내 앉는다. 아버지는 봉긋한 흰 모자를 쓰고, 앞치마를 두른 뒤 부엌으로 들어간다. 이어 밤새 잠가둔 가스 밸브를 열고, 가스레인지의 레버를 돌린다. 경쾌한 손길이다. 다다다다, 소리가 식당 가득 울린다. 힘있고도 뜨거운 불꽃이 금세 솟아오른다. 아버지는 이내 양파와 마늘을 썰어 볶은 뒤 계란물을 부어올린 덮밥이나, 알 덴테로 삶은 면발에 오일을 담뿍 두른 스파게티 같은 걸 희고 둥근 접시에 담아 내어줄 것이다.

요리에 영혼을 불어넣는 게 뭔지 아니?

아버지는 냄비 뚜껑을 열어보듯 말한다.
몰라요.
나는 냅킨을 접으며 대꾸한다.
상대야.
상대?
나와 같이 요리를 먹는 사람 말이다.
응.
가장 중요한 건 누구와 먹는가, 하는 것이지.
달걀 두어 개쯤 볼에 깨어 풀고, 중불에 프라이팬을 달구며 아버지는 말을 잇는다. 찬찬히 완성되는 요리를 눈으로 즐기듯 나는 아버지의 동작을 본다.
혼자일 때는?
나는 묻는다.
누구와 먹는가가 중요한 거라면, 그럼 혼자일 경우엔 어떡하나?
아버지는 몸을 내 쪽으로 한껏 기울이며 대답한다.
혼자가 아니야.
나는 머리칼에 손을 집어넣으며 갸웃한다.
혼자가 아닌 거다. 누구라도, 인간은, 평생 자기 자신과 함께 식사하는 거야.
아버지는 노랫말을 읊조리듯 말한다. 나 자신과 함께 식사하는 거라니 우습다, 하고 생각하면서도 나는 그저 고개를 주억거리고 만다. 때마침 잘 꽂혀 있던 포크 몇이 우르르 테이블 아래로 떨어진다. 주워 올린다.

틀까?

내가 말한다.

좋지.

아버지의 어깨가 들썩인다. 나는 플레이어에 시디가 걸린 것을 확인한 뒤 재생 버튼을 누른다. 전주처럼 위잉, 소리가 지나고 짐 모리슨의 목소리가 흘러나온다. 그때 내 나이 몇이었을까. 아마도 열둘, 혹은 열셋. 걸음마를 시작했을 때부터 그즈음까지 줄곧 아버지와 둘이서 짐 모리슨을 들었다. 중학생이 된 후로는 친구들과 어울리거나 늦도록 학원을 오가느라 자주 들르지 못했지만, 스트레스를 받거나 마음이 가라앉을 때면 어김없이 이곳으로 와서 도어스를 틀었다. 아버지가 유독 좋아했던 소울 키친과 같은 노래는 하루에도 몇 번씩 듣곤 했다. 질리지도 않고 반복해서, 지치지도 않고 되감기해서, 언제나 귀를 열고 들었다.

*자 이제 가야 할 시간이야*
*가야겠지*
*밤새 여기 있고 싶은데*
*차를 타고 지나가는 녀석들이 힐끔힐끔*
*가로등은 퀭한 빛을 흩뿌려*
……

와 같은 가사를 흥얼거리며 소울 키친 안에서 아버지와 함께 복작거렸더랬다. 오래라고 생각했지만 지나고 보니 아찔하도록 짧은 시간이었다. 생은 느리지만 충만한 기분으로 흘러왔다. 개인으로 보자면 그랬다. 안온하고 아늑했다. 아버지의 검은 머리칼과 너른 등짝과 뜨거운 손 따위가 불꽃처럼 흔들리는 이곳을 좋아하지 않을 수 없었다. 양송이버섯이 잔뜩 들어간 진한 수프와 브로콜리를 잘게 썰어넣은 볶음밥처럼, 간단한 접시가 놓인 단출한 식탁이 평화로웠다. 짐 모리슨이 노래하는 소울 키친에서, 아버지가 요리하는 소울 키친에서, 나는 뼈가 자라고 살이 붙어왔던 것이다.

아버지.

나는 찬찬히 입을 벌린다.

아버지.

재차 부른다.

대답을 좀 해줘.

틀까?

튼다.

홀로 묻고, 대답한다. 시디플레이어의 전원을 누른 뒤 음악을 재생시킨다. 짐 모리슨이 연주하는 기타 선율만이 침울히 사위를 메운다. 소울 키친은 휑하니 비어 있다. 요리는 만들어지지 않고, 테이블은 채워지지 않고, soul kitchen의 u는 떨어져나갔다. u가 사라졌듯 아버지도 자취를 감춰버렸다.

아버지는 세계에서 가장 긴 점심을 먹기 위해 떠났다.

천여 명 가까이 되는 많은 사람들이 다 같이 모여 점심을 먹는 거란

다. 'The world's longest lunch'라고 하는데, 해마다 3월이 되면 호주의 멜버른이라는 도시에서 열리지. 축제에 참여하는 거야.

붉게 상기되었던 아버지의 얼굴이 잊히지 않는다. 참여, 라는 말에 방점을 찍던 아버지는 들떠 있었다. 나는 뭐가 뭔지 몰라서 그저 눈만 끔벅이지 않았을까. 호주니 멜버른이니 하는 그 이국적인 단어의 이질감만이 잠시나마 내 머릿속을 옭았을 거였다. 그날은 내 고등학교 졸업날이었다. 2월 중순쯤이었고, 다소 뜨뜻미지근한 바람이 불어와 인중을 간질이던 날이었다고 기억한다. 어때, 기가 막히지, 하고 아버지는 발개진 광대를 실룩였다.

혼자?

나는 물었다.

그래.

아버지는 턱을 끌어당겼다.

괜찮겠어?

그럼.

언어는?

다 통하게 돼 있어.

걱정할 건 아무것도 없다는 투로 아버지는 눈을 크게 떠 보였다.

고작해야 밥 한 끼를 먹으러 그렇게 멀리까지 가다니.

고작해야 밥 한 끼는 아니야.

아니면?

축제라니까.

학교 앞 가까운 중국집에서 탕수육을 시켜놓은 채로 나는 아버지와 그런 대화를 나눴다. 졸업한 아이들을 앞세운 손님들 탓에 정신없고 산만해서 도저히 먹는 데 집중할 수 없었다. 불어터진 자장면은 반도 채 먹지 못하고 남겼다. 일단 먼저 가보고, 좋으면 내년에는 꼭 같이 가자고 아버지는 손 붙들듯 말했다. 나는 대체로 심드렁했다. 아들에겐 자장면 한 그릇을 사주면서 자기는 호화로운 점심을 먹으러 간다며 구두덜거렸지만 속으로는 사실 아무렇지도 않았다. 세계에서 가장 긴 점심, 이라는 것에 순간적인 호기심을 느끼긴 했지만 그뿐이었다. 당시의 나는 당연하게도 머나먼 나라에서 열리는 축제 따위엔 관심이 없었다. 이제 막 어린애의 사슬을 끊고 성년이 된 터라, 이 땅에서 하고 싶고 할 수 있고 해야만 하는, 새로이 주어질 무궁무진한 기회에 가슴 뛰던 시기였다. 아버지랑 엮혀서 캠프 떠날 나이는 지났다고 어쩌면 나는 버릇없이 대꾸하지 않았을까. 그건 그렇고, 라는 말을 수수깡처럼 이어붙이다 건과 곤을 만나 옷이라도 사러 가겠다며 용돈을 조르지는 않았을까. 어쨌거나 내 머리칼을 흐트러뜨리며 방그레 웃던 아버지는 2월의 마지막 날에, 배낭 하나만 달랑 둘러메고 집을 나섰다. 가벼운 짐을 꾸려넣은 것만큼이나 아버지의 걸음은 가뿐해 보였다.

얼마나 걸려?

스무날 정도 이어진다던데.

내 밥은 어쩌고?

아버지가 떠나는 당일이 돼서야 생각났다는 듯 나는 물었다.

다녀와서 맛있는 걸 만들어주마.

나는 입을 내밀며 선물 사와, 라고 투정 부렸다. 두 달 치 용돈을 두둑하게 올려 받았으므로 아버지에게 너그러워야 했다. 나는 공항 로

비를 종종거리며 통신사 서비스 센터를 찾아 아버지의 휴대전화를 로밍해주었다.

이렇게 번호를 이어 누르고, 이렇게 또 버튼을 누르면 국제 전화가 연결되는 거야.

그래, 그렇단 말이지.

아버지는 뭉툭한 눈썹을 꿈틀거리며 수첩에 국제 전화 거는 법을 받아적었다. 긴장돼 보였지만 설렘이 어린 표정이었다. 그러곤 손을 높이 흔들며 멀어졌다. 작아지는 그의 뒷모습을 바라보다가 불현듯 내가 지금까지 내 아버지의 어깨 너머에 집중해본 적이 없었다는 사실을 깨달았다. 그것은 아버지가 지고 있던 생활의 저편에 대해 내가 단 한 번도 깊이 생각해본 일이 없다는 뜻과도 같았다. 미안하고, 뭉클했다. 나는 하루빨리 아버지가 세상에서 가장 긴 점심을 먹고 돌아와 그보다 더 길고 긴 무용담을 내게 들려주길 바랐다.

멜버른에 도착한 직후에 아버지는 무사히 전화를 걸어왔다.

플린더스 역이야.

잘 도착했어?

이제 야라 강으로 가볼 거야.

야라?

응. 서울의 한강 같은 건데, 좀 작대.

야라, 라는 이름을 가진 여자를 만나러 가는 건 아니고?

내 농담에 아버지는 호쾌히 웃었다. 아무런 위험신호도 감지할 수 없던, 밝고 평온한 통화였다. 아버지는 적어도 이틀에 한 번은 전화를 걸어와 내가 밥은 먹었는지, 무엇을 어떻게 해 먹었는지 챙겼다. 나는 걱정하지 말라며 큰소리를 쳤다. 혼자 먹어도 혼자 먹는 게 아닌 거야, 인간은 누구나 자기 자신과 함께 먹는 거야, 라는 말을 아버지가 수화기 너머로 몇 번쯤 더 반복했던 것 같은데 잘 귀담아듣지는 않았다. 건과 곤을 데려와 밥을 볶아 먹거나 간단히 물만 끓여 부은 컵라면 따위를 먹었다. 요리사도 손님도 없는 소울 키친에서 찧고 까불며 끼니를 때웠다.

3주 정도 지나서는 아버지가 보낸 것이 틀림없는 우편도 받았다. 엽서 한 장에, 폴라로이드 사진 한 장이 더해져 봉투에 담겨 있었다.

*잘 지내고 있니. 이곳엔 가로수들이 즐비해. 나뭇가지가 뿌리처럼 뻗어나와 있어. 축제의 첫날, 세계에서 가장 긴 점심을 먹었다. 감격스러운 시간이었어. 무려 천이백 명에 가까운 사람들이 끗도 없이 이어진 테이블 위에 앉아 먹고, 마시고, 이야기하지. 놀라워. 길고 긴 점심을 먹는 동안에 야라 강에서는 석양이 진다. 강렬한 빛을 등지고 곤돌라 한 척이 유유히 흘러가고. 매일 샴페인을 마셔. 아무리 마셔도 취하지 않네.*

아버지의 필체는 낯설어 보이는 한편으로 정다웠다. 맞춤법이 틀린 몇몇 부분들을 손으로 짚어가며 읽었다. 애틋했다. 사진 속의 아버지는 한 손에 목이 긴 샴페인 잔을 들고 있었다. 석양이 지는 때인지 아버지의 뺨과 입술과, 그가 곧 마셔버릴 한잔의 달콤한 술마저도 강렬히 붉어 보였다. 외국인 서넛과 나란히 서서 웃고 있는 아버지는 진정으로 즐거운 얼굴이었다. *대학 입학 준비는 잘하고 있겠지, 곁에서 도*

*와주지 못해 미안하다, 금방 돌아갈게,* 라고 아버지가 말미에 써넣은 엽서를, 나는 베개 아래 넣어두었다. 매일 밤 한 번씩 읽고 잠들었다. 그러나 아버지는 약속한 날짜가 지나도록 돌아오지 않았다. 전화도 끊겼다. 전원이 꺼져 있다는 음성만이 반복해서 들려왔다.

나는 망설이다 두려운 마음으로 경찰서를 오갔다. 동네에서 오랜 벗으로 지내온 아버지의 친구들 몇 분이 걱정스러운 표정으로 소울 키친에 발을 들였다. 먹을거리를 가져다놓고, 어깨나 머리를 쓸어준 뒤 돌아갔다. 건과 곤도 찾아와 말없이 테이블에 앉았다 갔다. 나는 아무것도 아는 게 없어서, 아무런 말도 하지 못했다. 다만 아버지가 보내온 엽서만을, 종일 들여다보았다. 엽서엔 '제12회 멜버른 푸드 앤 와인 페스티벌'이라는 글자들이 새빨간 이탤릭체로 인쇄돼 있었다. 방문자들에게 나누어준 기념엽서인 것 같았다. 엽서 한 장으로 알아낼 수 있는 사실은 없었다. 두 달이 지나고, 세 달이 지났다. 그리고 올해로, 7년이 흘렀다.

이달이 지나면 곧 새해가 될 것이다.

그간에는 혼자서, 많은 것들을 하거나 하지 못했다. 아버지가 돌아오지 않는 기나긴 나날에, 나는 대부분 무력했다. 도무지 간이 되지 않은 음식을 마주 대하고 있는 기분을 끝도 없이 느꼈다. 대학에는 미련을 두지 않았다. 집과 소울 키친을 오가고, 씻고, 잠들고, 먹었다. 작고 낡고 비좁은 테이블에 앉아 밥을 먹을 때마다 아버지의 말을 떠올리지 않을 수 없었다. 혼자가 아니라는 것, 누구라도 인간은, 자기 자신과 함께 식사하는 거라는 말. 나는 반박하고 싶었다. 결국은 혼자인 거라고, 자신과 함께 식사하다니 그것은 다르다고, 말을 건네고 표정을 나누고 감정을 교류하는 타인과 하나의 식탁에 앉아 있는 것에 비해 그것은 분명 외롭고 쓸쓸한 거라고 항변하고픈 마음으로, 나는 지내왔다. 초 단위로 허락되는 시간 전부를 그래서 나는 생각하는 데 할애해야 했다. 그렇다면 아버지는 왜 그토록 긴 점심을 먹기 위해 떠났느냐고, 어째서 천여 명이 넘는 수의 사람들과 어깨를 나란히 한 채로 긴 시간 같이 식사하고 싶었던 거냐고, 소리쳐 따져묻고 싶었다.

그래서 가끔은 이미 알고 있는 말에 대해 곱씹으며 시간을 보냈다. 가령 안다, 이해한다, 와 같은 것들. 낱말 속의 뜻을 헤아려봐야만 새삼스레 그 의미의 잔인함을 알아차릴 수 있는 말들 말이다.

안다.

이해한다.

이제껏 살며 얼마나 자주 이 말들을 사용해왔는지는 모르겠다. 그저 난감했다. 나는 아버지에 대해, 멀리 떠나 이만큼이나 오랜 시간 돌아오지 않고 있는 아버지에 대해 그간 얼마나 알고 또 얼마나 이해하고 있었을까. 이해란 무얼까. 아는 걸 이해하기 어려운 것처럼 모진 경우가 또 있을까. 나는 세상 그 어떠한 것에도 자신할 수 없었다.

*이제 갈 곳은 빤하잖니*
*소울 키친에서 하룻밤만 재워줘*

*밤새 있고 싶어 밤새 있고 싶어 밤새 있고 싶어……*

여전히 짐 모리슨은 노래한다. 그는 결코 지치지 않는다. 가야지, 중얼거리면서도 나는 꼼짝하지 못한다. 테이블에 턱을 괴고 앉아 홀로 듣는다. 탁하고도 거친 기타 선율을, 혀끝에서 갈라지는 몽환적인 목소리를, 음과 음 사이의 휴지를 메우는 가쁜 숨을, 듣지 않을 수 없는 것이다. 시디는 돌고, 일단 플레이된 이상, 소울 키친은 맹렬히 반복된다. 듣는데, 소울 키친의 문이 열린다.

뭐해?

건과 곤이 들어선다.

그냥.

나는 손바닥으로 마른 얼굴을 훔치고 일어난다.

우리도 하루만 재워줘.

이곳, 소울 키친에서.

둘이 랩을 하듯 손짓한다. 웬일이야, 나는 묻는다. 언제나 손이 무겁게 들어오는 둘은 부산스레 움직인다. 곤이 단단히 붙든 의자 위로 건이 올라선다. 천장 조명의 소켓에서 전구를 빼내고 새것으로 갈아 끼운다. 곤이 스위치를 올리자 불이 들어온다. 뭐하러, 하고 내가 손사래를 치지만 건은 그저 소울 키친의 멜로디를 흥얼댈 뿐이다.

오늘 도장 찍었다며.

건이 말하며 의자에서 내려온다.

응.

나는 고개를 끄덕여 대답한다. 곤이 말없이 날 바라보다 흔들리는 의자를 찾아내 매만진다.

내버려둬.

나는 만류한다. 곤은 들은 체 않고 나사못을 박는다. 이러면 몇 년은 더 끄떡없지, 라며 곤이 말한다. 대학을 가지도, 취업을 하지도 않고, 소울 키친에 남았지만 운영은 언제나 적자였다. 나는 아버지의 맛을 낼 수 없었다. 간단한 가정식 요리였을지언정 아버지의 소울 키친은 쉽사리 내 것이 되지 못했다. 안다. 그것은 당연하다. 예상하지 못한 것은 아니었다. 감칠맛이란 마음을 끌어당기는 맛일 테니까. 그래도 무리해서 버텨왔다. 차츰 손님이 끊기고, 더는 영업을 해나갈 수 없는 소울 키친에서 고장나고 부서지는 것들을 수리하며 지금껏 있어왔다. 언제까지 끄떡없을 수 있을까. 곤의 말대로 소울 키친을 안고 기다려보는 일이 가능한 것일까.

더는 삐거덕거리지 않는 의자에 곤이 앉는다. 건도 함께 앉는다. 얼굴 생김새도, 체격도, 하물며 왼쪽 눈썹의 꼬리에 박힌 새까만 점까지도 둘은 똑같다. 우리가 어렸던 날에 아버지는 땅에 닿지도 않는 발을 휘적거리며 포크로 테이블을 찔러대는 건과 곤을, 흐뭇한 얼굴로 바라보곤 했다. 그 시간이 때로는 지나치게 하염없어서 슬퍼 보일 정도였다. 뭐해, 하고 내가 옆구리를 찌르면 아버지는, 꼭 네 엄마의 눈썹 같구나, 하고 중얼거렸다. 되새기거나 음미하듯 천천히. 나는 이미 몇 번이고 들어왔으면서도 부러 모르는 척 받아넘겼다.

눈썹?

그래. 너도 사진을 봐서 알겠지만, 네 엄마가 미인은 아니더라도 귀엽고 애교 있는 얼굴 아니냐. 아침마다 열과 성을 다해 눈썹을 그렸지. 그리고 눈썹의 빈 공간을 채워 우아한 곡선을 그릴 때면 항상 주술처럼 중얼대는 거야. 눈썹은 서로 사이좋은 자매나 다정한 사촌지

간처럼 보여야지 쌍둥이처럼 양쪽을 너무 똑같게만 그려서는 안 된다고 말이야.

그게 뭐야.

나도 잘 몰라.

눈썹은 양쪽이 똑같아야 자연스러운 건데.

글쎄 뭐, 네 엄마에게도 철학이 있었겠지.

철학이라니.

나는 매번 핀잔을 주었지만, 아버지는 엄마의 소소한 말버릇 하나까지도 소중히 추억하는 사람이라는 걸 나는 일찌감치 알고 있었다. 추억이란 신비하다고, 그래서 생각하지 않을 수가 없다. 건과 곤이 내 곁에 머무는 한, 그들과 어울려서 갖게 된 시간 속의 기억들이 결코 마모되지 않을 것이기에 그렇다. 이들과 더불어 사는 시간 안에서라면 나는 의도하지 않더라도 아버지가 들려주는 엄마의 눈썹 따위를 무심코 떠올리게 될 테니까.

이게 없으면 섭섭하지.

건이 품에서 소주 한 병을 꺼낸다.

아주 차가워. 정신이 번쩍 날걸.

곤의 품에서도 한 병이 더 나온다. 손뼉을 부딪치듯 둘이 짝을 맞춰 말한다. 나는 찬찬히 일어나 부엌으로 가서 잔 세 개를 가져온다.

괜찮아?

곤이 내 어깨를 두드린다.

어차피 더이상 꾸려가기는 벅찼어.

나는 짐짓 가벼이 대꾸한다.

그래, 시간을 좀 가져도 괜찮잖아. 산뜻한 마음으로 다시 시작하는 거지 뭐.

건이 목소리를 키운다. 딴은 그렇다. 시간을 번다, 새로 시작한다, 라는 게 말마따나 나쁠 것은 없을 것이다. 누가 뭐래도 도시는 하루가 다르게 부서지고 다시 세워진다. 동네랄 것이 없이 허물고, 부수고, 짓고, 정비된다. 토박이들과 자영업자들이 떠나도, 새로운 영업주들이 들어와 시장을 형성하면 그뿐이다. 시간이 지나면 부러졌던 뼈도 붙어버리는 것처럼 그것이 현재다. 땅은 영원히 꺼져들지 않고, 도시는 성실히 제 살집을 불려간다.

소울 키친도 그 흐름에서 비껴날 순 없어서, 나는 오늘 건물 신축 동의서에 도장을 찍었다. 긴장이 좀 됐는데, 싱거운 절차였다. 고등어를 사는 것과 다를 바가 없었다. 볕이 반짝 들다 금세 사그라져 더욱 스산하던 정오에 부동산 중개인이 왔다.

인주는 아저씨가 가져왔어.

그가 옆구리에 끼고 들어온 노란 서류 봉투를 내밀었다. 나는 천천히 주머니를 뒤졌다.

땅주인이 허물고 다시 짓겠다잖아. 겉면만 새로 싹 바르고 구조 변경만 하는 게 싸게 먹힐 거라고, 요샌 그렇게들 많이 한다고 설득했는데도 계속 고집을 부리지 뭐야. 어쨌든 상가 소유주들에게 동의를 구해야 하는 거니까 함부로 멋대로는 못할 테지만. 어떻게 할까. 일단은 그렇게 돼버렸어.

그가 찾아와 이런 말들을 부려놓았던 때가 한두 달쯤 전이었던 것 같다. 어렵겠지만, 하고 그는 아물대며 양해를 구했다. 지어진 지 꽤 오래된 3층짜리 건물이었다. 면적을 쪼개고 쪼개서 상가가 다섯 개쯤 들어앉았는데, 그중 소울 키친은 1층의 절반 크기 정도를 차지했다. 옆집은 화장품 가게지만, 도로 맞은편에 새로 지어올린 건물에 뷰티 스토어가 입점하며 손님을 거의 잃었다. 2층은 속셈 학원이었다가 수학 전문이며 수리 특별반, 논술 첨삭 지도 등으로 간판이 자주도 바뀌었다. 원장이 애를 쓰는 듯 보였지만 강남의 유명 강사가 한 블록 건너 있는 재건축 건물에 분점을 내면서 역시 원생들을 대부분 빼앗겼다. 3층은 평소엔 비어 있고, 선거철에만 반짝 깨끗해지고 북적거리길 반복했다. 그나마 사람들이 꽤 드나드는 곳은 지하 1층이었다. 괴상하게도 기원(棋院)과 만화방이 붙어 있는 구조여서 노인과 아이들이 번갈아 오갔다.

네 마음이 어떨지 잘 알지만.

고개 숙인 채 들으면서도, 그의 눈시울이 벌게지는 것을 모르지 않았다. 그는 아버지의 오랜 친구이자 건과 곤의 아버지였다. 나는 알았다고 대답했다. 아버지였어도 어쩔 수 없었을 거라고 나는 생각하고 싶었다.

여기. 여기. 그리고 여기도.

그가 서류를 넘기며 검지로 짚어주는 곳들을 따라 나는 손을 움직였다. 부드러운 인주를 발라 꾹꾹 눌러 도장을 찍었다.

밥은 잘 먹니?

그가 서류를 세워 매만지며 물었다. 우리집 냉장고엔 건과 곤이 날라대는 밑반찬이며 찌개 따위가 가득차 있다는 걸 알고 있을 텐데도, 그는 마주칠 때마다 걱정스레 눈을 빛냈다.

네.

나는 고개를 끄덕였다.

잘 챙겨먹어야지.

네.

좀 쭉 펴고. 사내자식이.

그가 잠시 가만히 날 바라보다 커다란 손바닥으로 내 등허리를 훅 쳤다. 돌아서는 그에게 들어가세요, 하고 나는 허리를 굽혔다. 그래, 오늘은 일찍 닫고 들어가라, 하고 그가 손을 흔들었다. 도로 반대편으로 멀어져가는 뒷모습을 보는 때에 지금쯤 아버지의 뒷모습도 저렇게 작아져 있을까 생각했다. 뭘 잘 챙겨먹어야지, 하던 그의 목소리가 짐 모리슨의 노랫말과 뒤엉켰다. 그랬다. 오늘도 언제나처럼 그렇게 온종일 짐 모리슨을 듣고, 아버지를 떠올리고, 소울 키친에 머물렀다.

*가야겠지.*

*가로등이 퀭한 빛을 흩뿌려.*

소주를 나눠 마시며 나와 건과 곤은 고개를 끄덕거려 박자를 맞춘다. 한 곡의 노래만을 반복해 틀어놓아도 누구 하나 불평하지 않는다. 소울 키친에는 소울 키친. 그저 그런 맹물 같은 마음들로 여태껏 흘러왔다고도 할 수 있다. 우리는 말없이 밖을 내다본다. 금방 눈이라도 쏟아질 듯 겨울밤은 어스레하다. 바람이 세게 부는 탓에 잔가지처럼 공중을 뻗어나간 전신주의 전선들이 애먼 방향으로 휘청댄다.

일하는 건 좀 어때?

나는 묻는다.

다를 게 없어.

특별하다고 할 만한 것도 없지.

둘이 입을 모아 대꾸한다. 나는 고개를 주억거린다. 다를 것도, 특별하달 것도 없는 나날을 보내고 있다. 너와 나의 나날이 다르지도 특별하지도 않아서, 때때로 울적해지는 거라는 걸 우리는 안다. 울적함의 근원이 다르지도 특별하지도 않다는 건 불행한 일이다. 건은 한 블록 건너 신축 빌딩의 맥도날드에서 매장 관리자로 일한다. 곤은 얼마 전까지 그 옆 빌딩의 커피 전문점에서 바리스타로 일했는데, 증축 공사에 들어간다며 폐장되는 바람에 그만두었다.

언제까지 아르바이트만 할 수도 없는 노릇인데.

깔린 건 편의점밖에 없으니.

생애 단 한 장, 아버지가 내게 보낸 엽서처럼 나는 새삼스레 건과 곤의 얼굴을 가만 들여다본다. 이 둘과 많은 시간을 보냈구나, 아니지, 이 녀석들이 무조건적으로 내게 자기들의 시간을 많이도 할애해 주었구나, 그런 생각이 든다. 어쨌거나 참 오래도, 함께해온 것이다.

저긴 거의 다 지어졌네.

건이 창밖에 눈을 두고 말한다.

반년도 넘었지 아마.

곤이 고개를 끄덕인다.

차타드.

건이 생소하다는 듯 중얼거린다. 1층에 은행이 들어서는 모양인지,

고객을 최우선으로 모신다는 내용의 노란색 현수막이 내걸렸다.

스탠다드 차타드.

나와 곤도 따라 발음해본다. 은행 이름이 너무 어렵네, 하고 우리는 떠든다.

그런데 차타드, 라는 게 뭐지?

건이 고개를 갸웃한다. 어디서 들었는데 은행이란 건 대출을 해줘야 돌아가는 사업이라나, 사람들이 은행의 돈을 대출해가지 않으면 망하는 시스템이라더라, 믿기진 않지만, 하고 곤이 말한다.

빚이다.

다 빚이야.

그런 시답잖은 얘길 술잔에 따르듯 나눈다.

또 뭐가 들어설까?

뻔하지.

소주가 바닥을 보이는데도 우리는 자리에서 일어서지 못한다. 소울키친이 반복 재생되듯 우리의 밤도, 우리의 시간도, 한자리에서 영영 반복되고 있는 기분이다. 도시는 새 건전지를 막 갈아끼운 시계처럼 매일 규칙적으로 소란스럽지만 우리는 매 순간 방전된다.

기억나?

갑자기 건이 피식 웃는다.

예전에 일자리 구하려고 했을 때 말이야.

아아, 하고 우리도 덩달아 어깨를 움츠린다. 건은 신축 건물만을 드나들며 다량의 이력서를 써냈다. '급구'나 '직원 구함'이라는 알림장이 내붙는 곳마다 가리지 않고 달려가 면접을 보았다. 일해야지, 라는 단순한 마음이었으나 쉽지 않았다.

홀 서빙 경력은 있나요?

커피란 무엇이라고 생각합니까?

토익 점수는 몇이죠?

영어회화가 가능한가요?

파스타를 맛있게 먹는 자신만의 노하우가 있다면 말해보세요.

제대로 할 줄 아는 운동이 있나요?

인생의 가치관은 무엇입니까?

……

그 외에도 무수한 질문들을 받았다. 건은 이 세계가 선뜻 대답할 수 없는 질문만으로 이루어져 있는 것 같다고 느꼈다.

영어는 못하지만 서빙은 잘할 자신이 있습니다.

건은 씩씩하게 대답하려 애썼다. 업주는 어깨를 펴고 타이르듯 말했다.

외국인 손님이 오니까요.

외국인 손님이 오니까요, 그러더라니까? 여태 그것도 모르냐고, 너도 참 알쪼다, 라는 식이었지. 분명히 기억해. 주근깨가 송송 박힌 콧대 위에 안경이 모형처럼 얹혀 있던 놈이었어.

웃긴 놈이지, 하고 나와 곤은 맞장구친다. 근데 너도 만만치 않게 웃긴 놈이야, 하고 곤이 또 키들대며 건의 빈 잔을 채워준다. 당시에 건은 두툼한 두께의 이력서 뭉치를 뒤적이며 지루한 표정을 짓던 업주들 앞에서 시무룩이 돌아나왔다. 가는 곳마다 영어회화 가능자를 우대한다는 통에 어디에도 채용되지 못했다. 한동안 건은 술만 마시면 여기는 한국이 아니냐, 근데 이 나라에서는 현지인이든 이방인이든 왜 모두가 영어를 씨부리지 않으면 안 되는 거냐, 고 소리를 질러댔다.

그래도 뭐 어때. 기회는 많았어.

건은 고개를 젖혀 가볍게 소주를 털어넣는다. 건의 말은 틀리지 않았다. 한 블록 건너에도, 두 블록 건너에도, 또다른 건물들이 기존의 낡은 저층 건물을 밀어 넘어뜨린 뒤 기초공사를 다지고 있었으므로, 건은 꾸준히 기회를 노렸다. 그러다 얼마 지나지 않아 맥도날드에서 햄버거를 만들었고, 성실한 근속으로 신규 개업 지점으로만 여남은 군데를 불려다녔다. 아르바이트로 시작해 매장 관리자로 승진했던 날에도 오늘처럼 이렇게 밤늦도록 함께 소주를 마셨다.

나도 좀 나가볼까.

얼굴이 달아오르는 걸 느끼며 나는 중얼거린다.

어딜?

건과 곤이 고개를 돌려 나를 바라본다.

다시 문 열기 전까지 말이야. 뭐라도 해야지.

이력서 쓸 거면 도와준다, 선배로서.

요리나 배워.

허기지는데?

현, 뭐라도 좀 만들어줘.

건과 곤이 말한다.

그래. 그럼. 만들어볼까.

나는 테이블을 짚고 일어선다. 취기 탓인지 허리춤이 뻣뻣이 저려온다.

*가야겠지.*

*여기 있고 싶은데.*

밤은 깊고, 깊어만 간다. 시간이 흐른다. 시간을 보낸다. 복잡할 것은 없다. 어쩌면 그것만이 전부이지 않을까, 생각한다. 소울 키친의 밤은 소울 키친의 선율에 잠겨 흘러간다. 나뭇가지가 뿌리처럼 뻗어 나와 있다는 가로수 밑에서, 강렬한 석양의 빛을 등지고, 아버지는 여전히 길고 긴 점심을 먹고 있다. 끝없이 이어진 식탁에서, 끝도 보이지 않는 수의 사람들과 함께 앉아 아무리 마셔도 취하지 않는 샴페인을 마시고 있다. 축제는 오늘도 내일도 계속될 것이다. 야라 강의 물살이 휘도는 그곳에도 소울 키친이 너울거리고 있을까. 아버지는 어쩌면 짐 모리슨과 너무나 닮은 상대를 만나 좀처럼 끝나지 않는 대화를 나누고 있는 건 아닐까. 나도 이곳에서 마신다. 쓰디쓴 찬 소주가 밤마다 목울대를 건드린다. 건과 곤이 곁에 있다. 낡아빠진 좁은 식탁에, 오래된 친구 셋이 노래하고 마시고 떠들어대며 하루를 사는 것이다. 나는 부엌으로 들어가 냉장고의 문을 연다. 뺨에 닿는 냉기가 제법 시원하다고 느낀다.

고등어가 있어!

나는 홀에 대고 소리친다.

그놈의 고등어는.

건이 칭얼댄다. 아무거나 괜찮아, 라는 곤의 말이 들린다. 취해서

일까.

형편없는 식탁을 만들어줘선 안 되지.

아랫입술을 깨물며 나는 다른 재료를 찾는다. 우유에 재워두어 물큰해진 닭고기를 꺼내고, 양파와 당근을 가져와 썬다. 잘 닦은 프라이팬을 스토브 위에 올려둔다. 잠가둔 가스 밸브를 열고, 레버를 돌린다. 다다다다, 소리가 퍼진다. 새파랗게 일렁이는 불꽃에 아버지의 모습이 겹쳐 아른거린다. 소울 키친을 듣고 있을 때만은 아무것에도, 그 무엇에도 방해받고 싶지 않다고 느끼던 그 얼굴이 떠오른다. 잊히지 않는다. 올리브유를 꺼내들다가 나는 잠시 손을 멈춘다.

왜, 왜?

건과 곤이 바투 다가든다.

아니야.

아니야, 하고 나는 고개를 젓는다. 아버지는 외로웠던 것일까. 모르겠다. 나는 끝끝내 답을 구하지 못할 것이다. 평생 단 한 곡의 노래만을 반복해 귀를 열고 들어도 마찬가지일 것이다. 결국엔 많은 것이 지나간다. 지나가버리고야 만다. 인생은 불가해한 것이니.

어라, 눈.

온다.

누구랄 것 없이 몸을 뒤틀어 캄캄히 그것을 본다. 깊고 어둑한 밤 창밖으로 눈발 흩날린다. 가야겠지, 하고 다시 생각한다.

가야겠지.

문을 닫고 어디로든.

배가 희고 등이 푸른, 한 마리 고등어와도 같이.

# 나라의 오후

그리고, 쓰나미는 누구에게나 온다.
그걸 피할 재주 있는 인간은 없지, 안 그래, 라고도 탄이 낮은 어조로 말했을 때,
나는 뜻밖에도 그의 말에서 오롯한 상처를 감지해야 했다.

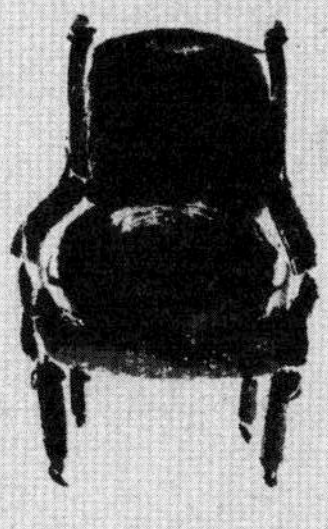

빛. 정오를 지난 시간의, 가장 강렬하고도 드센, 그러나 동시에 나른하고도 건조한 오후의 빛. 이마를 타고 내려와 콧잔등과 입술 언저리에 머물, 노란 빛줄기를 상상한다. 환한, 그러나 쉬이 내게 도착하지 않는 빛의 행보에 대해. 그때에 나는 가장 외롭고, 외로워 두렵다.

좀처럼 발아되지 않는 빛의 씨앗을 품고, 나는 오후의 화분 속에 축축한 흙으로 담겨 있다.

여, 겨울이 다 됐다.

탄은 그런 말을 입김처럼 내뱉으며 왔다. 두 달, 하고도 보름 만에.

엄청난데?

탄이 제 머리칼과 어깨를 손바닥으로 탁탁 털었다. 걷기도 힘들었어, 도시 전체가 희뿌예, 하고 그가 마임을 하듯 두 팔을 공중에 휘둘렀다. 중국발 미세먼지 농도가 최고조에 이르렀다는 기사는 조간으로 읽어 알고 있었다. 우윳빛 연무에 휩싸인 거리를 걸어서, 송곳으로 찌르면 금방이라도 끈끈한 고름이 주르르 흘러내릴 듯 팽창된 대기를 헤치고, 나 또한 새벽녘, 이곳으로 몸을 옮겼다. 한껏 부풀어오른 도시의 아스팔트를 마스크도 없이 대강 걷자니 조금 울적해져서 버스를 탈까, 망설이다가는 외투의 앞섶을 여민 뒤 고집스레 걸어왔다. 구두코에 힘을 바짝 주어 콘크리트 바닥을 밀면서 안 그래도 탄은 뭐 하고 있을까, 생각했었다. 그런데 온다 간다 연락도 없이 이 망망한 오후에, 거대한 잿빛 스모그를 뒤집어쓰고 나타나다니.

반가워 좀 해라.

딱히.

어떻게 지냈어?

탄이 물어도 대꾸할 말이 없어서 그럭저럭, 이라고 답했다. 무릎 위에 펼쳤던 노트를 접어 밀쳐놓고, 나는 크게 숨을 들이쉬었다. 이러쿵저러쿵해도, 탄이 돌아왔다는 사실만으로 나는 어떤 위안을 받았다고 할까, 마음이 조금은 안정되었다. 나는 고개를 숙이고, 배며 엉덩이며 흠칫흠칫 털어대는 탄의 손길을, 덩어리져 튀어오르는 먼지와도 같은 그의 존재를 느꼈다.

엄마는? 하고 탄이 다시 물었다.

뭐……, 여전하지.

부러 그런 것은 아닌데 막상 엄마, 라고 하려는 순간에 목울대에 뜨끈한 뭔가가 차올라서 나는 말을 삼켰다. 추워졌는데 괜찮나, 하고 탄이 사위를 도리반거렸다. 차가운 공기에 탄의 뜨거운 입김이 더해지는 모습을 보노라니 정말 겨울이네, 하는 마음이 들어 새삼스러웠다. 탄의 입김이 대기중에 한번 또 한번 불어나오는 걸, 보았다.

포개진다.

나는 무심코 말했다. 탄은 단단히 잠근 겉옷의 단추를 풀고, 온장고에서 따끈한 두유 한 병을 꺼낸 뒤 뚜껑을 힘주어 돌려땄다. 딱, 하는 소리가 들렸다.

포개진다, 라는 것에 대해 문득 생각했다. 놓인 것 위에 놓인 것. 놓이고, 놓이고, 또 놓여 있는 상태. 한 겹 또 한 겹, 헤아릴 수 없이 여러 겹으로, 세계는 접혀 있는 거겠지. 그 점선들을 잠시 잠깐 머릿속에서 그려보다가, 조금 우울해졌다. 결국에 우리는, 착착 포개진 채로 한데 뒤엉켜 맞물리고 마는 걸까. 시간의 압력에 풍화되어 사그라진다는 건, 화석이 돼버린다는 건, 아마도 그런 의미일 테니. 단단하게 굳어버린 퇴적암이나 수면 아래로 가라앉은 코코넛 열매 따위를 떠올리다가 나는 머리를 흔들어버렸다. 이 끝 간 데 없는 동굴 속에 들어앉아 있자면 쓸모없는 생각들이 테이프 되감기듯 절로 재생되곤 해서, 골이 아팠다.

괜찮아, 엄마는.

나는 탄을 안심시켰다. 두 눈을 씀벅이던 탄이 찬찬히 고개를 주억거렸다.

추운데 이리 들어와.

나는 좁으나마 곁을 내어주었다. 전기장판을 켜고 들어앉은 역내 매점은 딱 한 평만큼의, 터전이었다. 그 크기가 너무도 협소하고 왜소해, 처음엔 적잖이 당황스러웠다. 그랬다. 지금보다 엄마가 훨씬 젊고, 생을 향한 의욕으로 충만했던 시절, 이만큼 작은 삶의 평수라도 괜찮다, 괜찮다, 돌림노래처럼 읊조리던 때였다. 나와 탄은 어렸고, 앞으로 밟아나갈 정규교육의 기간이 양 손가락을 다 합쳐도 모자랄 햇수가 남아 있던 나날이었다. 어린 마음에도 이 작은 공간으로 엄마가 허리를 굽혀 몸을 우그려넣는 모양새를 꽤 슬프게 느꼈다. 그랬다고, 기억하고 있다. 그 많은, 지나간 날들을, 엄마는 어떤 마음으로 살아냈던 걸까. 어쩌면 하루하루 견뎠다, 라고밖에는 설명할 도리가 없는 나날들이었을지도 모르겠다.

두유를 마시는 탄의 곁에, 나는 가만히 앉았다. 러시 아워가 지난지도 한참이어서, 12분 간격으로 열차 진입 신호음이 울렸다. 겹겹이 옷을 껴입은 사람들이 전동차를 타고 내리는 분주한 발걸음을, 입을 다물고 들었다. 탄도 잠자코 있었다. 시간을 패스포트 삼아 12분이 더 지나가야 다시금 부산스러워질 터였다. 여기는 해가 떠오르거나 꽃이 피지 않는 곳, 개가 짖거나 사람이 울지 않는 곳. 아무리 볼품없어도 짖지 않고 살 수 있는 개는 없는데, 우리는 누구나 그것을 아는데, 엄마는 짖지도 울지도 않고 버텨왔구나, 생각하며 멍하니 앉아 있노라면 가슴이 먹먹해지는 때가 잦았다. 엄마는 역사 내에 홀로 앉아 일평생, 어떤 신호를 기다렸을까. 우유나 생수, 신문이나 가십 잡지 등을 팔며 잔돈 벌이를 하기 일쑤인 이곳에서, 온종일 똑같은 자리에 머무르는 일이 이따금 안온했을지 모르나, 대부분은 권태로웠을 거였다.

경.

왜?

아랫입술을 깨물다 고개를 틀었을 땐, 의외의 것이 탄의 손바닥 위에 놓여 있었다.

강이야.

강?

그렇게 지었어.

강에서 주웠거든, 모래톱 위에서, 하고 탄은 덧붙였다. 강이라니, 너 이름을 잘도 그렇게, 하고 말하면서도 나는 내가 무슨 말을 꺼내는지도 모를 만큼 한눈에, 그것에 사로잡혔다. 태어난 지 한 달도 채 되지 않았을 조막만한 검은 고양이 한 마리가 엉덩이에 제 꼬리를 말고 잠들어 있었다. 새끼 고양이를 패딩점퍼 안주머니에 넣어오다니 너도 참 너야, 당장 먹일 사료도 없는데, 구박하면서도 나는 놀라움 반 설렘 반의 마음으로 강을 품에 안아보았다. 잠에 취해 잔뜩 웅크린 털뭉치가 보드랍고, 따스하고, 말랑말랑해서, 떨렸다.

나는 경, 너는 탄……, 얘는 강.

내가 말하자, 우린 다 한 글자로 돼 있구나, 하고 탄이 냉큼 덧붙였다.

돼 있다, 라니. 그게 뭐야.

탄이 쓴 말이 낯설어서 곰곰 되씹어보았다.

한 글자잖아, 이름이.

두유 병의 주둥이를 천연덕스레 빨며 탄은 말했지만, 나는 설명하긴 뭐하지만 아무래도 맞지 않는 표현이야, 하고 답했다. 되어 있다, 돼 있다, 우리는 한 글자로 되어 있다, 돼 있다……, 영 이상해, 하고 중얼대자 그런 사소한 것에 집착하니까 가사를 못 쓰지, 라며 탄이 타박했다. 뜬금없다고, 왜 얘기가 그쪽으로 흘러가느냐고 목소리를 키우려다 스타킹 주세요, 하는 말소리에 황급히 몸을 일으켰다. 짧은 머리의 손님은 난처한 얼굴로 천 원짜리 지폐 몇 장을 내밀었다. 나는 품에 안은 강 때문에 어정쩡한 자세로 거스름돈을 내주고 도로 앉았다.

가사를 못 쓴다니 좀 야속해져서 절로 입이 삐죽여졌다. 하기야, 기분이 상하고 말고 할 것도 없었다. 노랫말을 짓고 싶은 건 이루고픈 내 꿈인데, 그건 동시에 결코 이루어지지 않을 거란 자조 섞인 절망이기도 했다. 이제 와 돌아보면 이십대 초반 즈음에 한국작사가협회인지 아닌지, 공신력이랄 게 없는 어느 단체의 단기 강좌를 반년간 수강한 경험이 전부여서, 작사가 지망생이라는 말도 섣부르고 낯간지러웠다. 가끔은 실용음악학원이나 전문대학의 교육원 과정에 등록해 배워보면 어떨까, 하는 마음도 들었는데 엄마가 집에서만 운신하게 된 이후로는, 그마저도 욕심이거니 해서 접었다.

그래서 얘는 강이라고 지었냐. 너의 센스도 그다지.

샐쭉대는 날 보던 탄이 크크, 소릴 내며 웃었다.

마을에 고양이가 많았는데 말이야, 이 어린 걸 두고 어미가 어딜 갔는지, 오후 내내 기다려도 안 보이는 거야. 제대로 울지도 못하고 추워서 벌벌 떠는 걸 내버려두고 올 수가 있어야지.

탄이 강의 세모난 귀 언저리에 시선을 고정하곤 말했다. 그저 우연히 눈에 띈 새끼 고양이를 모르는 척할 수가 없어서 데려왔다는 줄 알았는데, 들을수록 희한했다.

누가 어밀까, 보이기만 하면 자 네 새끼 여기 있다, 내주고 일어서려고 했는데 도무지 가까이 와서 덤비려들거나 가르랑거리는 고양이가 없었어. 내놔, 하는 눈빛만 보이면 냉큼 건네줄 생각이었는데. 그러다 버스 발차 시간이 다 되어가는 바람에 마음이 졸아서 그냥 품에 안고 돌아섰지. 그때에야 보이더라. 저만치 웅크리고 앉아서 내 쪽으로 눈빛을 쏘던 어미 고양이가 말이야. 흔한 황토색 줄무늬라서 이 석탄 같은 새끼 고양이를 낳은 어미일 거라고는 언뜻 예상이 되지 않았지만, 그래도 가만 지켜보니 이상하리만치 잘 알겠더라고. 나를 경계하거나 위협하는 게 아니라, 그건 꼭, 데려가주기를 바라는 눈이었다고 할까. 어쩐지, 그랬어. 부탁이니 데려가줘, 하는 눈빛이었어.

탄의 말을 듣다가 척추가 찌르르해져오는 걸 느꼈다.

데려가줘, 라니.

나는 한 손을 뒤로 돌려서 허리께를 매만졌다.

글쎄 그냥, 그랬어. 나는 그렇게 느껴지더라.

말도 안 돼, 라는 내 말에 탄은 어깨를 으쓱해 보였다. 이러니저러니 해도 귀엽잖아, 키울 수 없을까, 하고 말하며 탄은 강의 작은 엉덩이를 손으로 쓸었다. 동물이라는 게 단지 귀엽다고, 키우고 싶다는 마음만으로 키울 수 있는 건 아닌데, 생각되면서도 하굣길에 병아리를 사들고 부모 앞에 선 어린애처럼 주눅든 탄의 모습이 안쓰러워 거기서 더 책망하진 않았다. 고양이도 고양이지만, 탄이 머물렀던 곳이 어딘지 너무 잘 알아서, 나도 더는 핀잔을 주지 못하고 말을 줄였다.

그간에 탄은, 경북 영주에서 두 달 넘게 머물며 나무를 옮겨 심었다. 2015년이라던가, 영주댐이 완공되면 마을 전체가 수몰돼버린다나봐, 사람이 살았나 싶게, 마을이 있었나 싶게 전부 없어져버리고 마는 거지, 거기에 보호수로 지정된 나무들이 있는데 물에 잠기도록 놔두면 안 되니까 다른 지역으로 옮겨 심어야 한다나, 라는 말을 허밍처럼 부려놓고 탄은 고속버스에 훌쩍 올라탔다. 그런 뒤 드문드문 전화를 걸거나 문자메시지를 보내오곤 했다. 힘깨나 쓰느라 고달프지만 공기가 맑아서 숨쉬기는 좋다는 둥, 사람들이 이미 많이 떠나버려서 아무 집에나 들어가서 자도 된다는 둥, 인부 아저씨들이 이 바닥에 젊은 놈은 희귀하다며 저녁마다 막걸리를 깔때기로 들이부어준다는 둥, 하며 탄은 수다히 떠들었다.

사람이 쫓겨나는데 나무는 돈 들여서 고이 파내 옮겨주는구나.

나는 빈번히 쭝긋거렸는데, 그러면 탄은, 나무 중에서도 천연기념물로 지정된 귀한 것들이 있다나, 수장시켜버리기엔 아까운 경제적 가치가 있다는 거겠지, 라며 무감하게 대꾸해왔다. 경제적 가치라니, 그런 유식한 소리는 또 어디서 주워들었어, 하고 둘이서 웃어버리는 게 서로 간에 오가는 대화의 고작이었다.

*그래도 아직 여기 농사짓는 사람들이 남아 있어……*

*고양이들이 헤집는데도 대추를 막 제멋대로 말려놔……*

*직박구리들이 떼 지어 감나무를 습격하는 바람에 혼쭐났다……*

와 같은 메시지가 도착할 때면 나는 오래오래 마음을 써서 들여다보았다. 그런 날엔 가보지 않아도 탄이 일하는 마을의 정경이 훤히 그려졌고, 멀리 있는 그의 일상도 이리저리 짜맞춰 짐작해보기 수월했다. 금빛 모래 위로 텃새가 줄지어 날아드는 장관을 떠올리다가, 그러다 그 황홀경 속 밑바닥 깊이 가라앉아 있는 내 두려움을 발견하곤 했다. 탄이 단발성 또는 일정 기간에만 잡부로 취업해 바삐 일하는 경우는 고교 졸업 후 다반사로 이어져왔지만 간혹 탄이 영영 떠나버릴까봐, 돌아오지 않을까봐, 나는 겁을 냈다. 일그러진 내 얼굴이 글자처럼,

탄이 보내온 메시지 사이로 솟아오를 때면, 괜한 석간 무더기를 들쑤셔대다가 손가락을 베였다.

편지는, 더는 없어?

간간이 탄은 전화기 너머 호기심 어린 목소리로 그런 걸 물어왔다. 없어, 하고 말면서도 나 역시 궁금했다. 끊겨버린 편지, 더는, 소인이 찍혀 망망대해 위를 날아오지 않는 이국의 소식에 대해서. 동남아에 거대한 해일이 덮쳐 피해가 극심하다거나 하는 뉴스가 알려진 날이면, 먼 나라도 이웃나라도, 세계 어디나 물이 문제로군, 이 마을도 이젠 거의 다 떠나버렸어, 많이들, 하고 탄이 떠들었지만 잠잠히 듣고 말 뿐이었다. 편지에 대해서라면, 무슨 말로도 응하지 못할 만큼 정돈되지 않은 생각들로 머릿속이 출렁거렸던 것이다. 그 출렁임은 곧, 숨구멍 끝까지 차오를 어떤 '목멤'과도 같아서 고개를 수그리지 않을 수 없었다.

지하철 역내엔 열차 진입 신호 외에도 제법 다양한 소리들이 존재했다. 주중이나 월중 행사로 열리는, 일반인 밴드가 주축이 되어 진행하는 '노래자랑'이나 '동대문구의 밤' 같은 이벤트를 포함해 엇비슷한 행사들이 끊임없이 이어졌다. 역 주변 인근의 유치원이나 학원 들에서 주최하는 시화나 사진, 꽃꽂이 전시회 등으로 언제나 붐볐고, 인권보호나 환경사랑을 모토로 하는 봉사단체에서 이젤을 죽 세워 늘어놓고 행인들의 시선이나 발걸음을 붙들었다. 의식하지 않아도, 그래서 나는 매일, 아프리카 아이들의 생명을 살리기 위해 털실로 모자를 떠주세요라든가, 당신이 외면하고 걸어가는 이 시각에도 지구 반대편에서는 전쟁이 계속되고 있습니다, 하는 문구들과 대면해야 했다. 오랜 기간 나는 그런 소리들을 소음처럼 느꼈다. 나와는 아무런 상관이 없는, 관여하고 싶지 않은, 동떨어진 세계. 서명해주세요, 후원해주세요, 같은 말과 함께 낯선 이들에게 손목이나 옷깃이 수도 없이 붙들릴 때면 그래서, 어쩌라고요, 나도 여기 갇혀 있다고요!라고 사납게 외쳐대고픈 때도 많았다. 그럼에도 불구하고 나는, 1994년 체첸 전쟁 당시 황량한 숲속에 버려진 피아노를 연주하는 군인이나 흙 묻은 콩밥을 먹으며 금맥을 캐는 데 동원되는 콩고의 아이들을 찍은 사진 앞에서 종종 머물러야만 했다.

온종일을, 아니 어쩌면 기나긴 인생의 대부분을 지하철 역사 내에서 보내는데도 나는 전 지구적인 난제들을 손쉽게 접했다. 땅 밑에서 땅 위의 기아나 전쟁의 참혹함을 알기란, 세계 곳곳의 재난과 재해를 목도하기란, 어렵지가 않았다. '투발루'라는 나라의 이름을 알게 된 것도 여느 날과 다름없이 서 있던 바로 그 이젤들 앞에서였다. 한국내셔널 트러스트라는 단체에서 써붙인 '투발루가 물에 잠겨요'라는 글귀 그리고 아홉 개의 섬으로 이루어졌다는 그 나라의 지도에 홀연 마음이 쓰였다. 오스트레일리아 북동쪽, 남태평양에 위치한 섬나라, 지구온난화에 따른 해수면 상승으로 국토의 상당 부분 침수, 2001년에 이미 국토 포기 선언, 이웃나라로부터 이민 거부, 등의 사진 속 짧은 글귀들을 손바닥 위에 올려놓은 낙엽 불듯 후루루 읽었다. 한 나라 전체가 물에 잠기다니. 대체 얼마만한 물의 압력으로 아홉 개의 땅덩어리를 내리누르기에, 국토의 상당 부분이 수몰돼 사라진다는 걸까. 그런 건 짐작하지도, 가늠하지도 못한 채로 살아왔다. 듣도 보도 못한 이국의 재난보다는, 매해 여름 장마 때면 수도꼭지 터지듯 불어나는 이 땅의 물난리에 더 신경을 곤두세우며 지내왔던 것이다.

소액일지언정 투발루 주민들의 식수 제공을 위한 후원금을 내기 시작했던 건, 그러나, '편지를 쓰면 전달해드려요'라는 자원봉사자의, 덤으로 얹어준 말 때문이었다. 그런 말에, 어째서 홀리듯 온 정신이 이끌렸던 건진 모르겠지만, 아무려나 열 달 가까운 동안에 나는 투발루의 낯모를 여자와 다섯 통의 편지를 주고받았다. 세 통은 발신, 두 통은 수신이었다. 아니 어쩌면 그것은 편지라고 하기엔 너무나 비루한 성질의 것이 아닐까. 주고받았다고 하기에도 영 이상스러운 모양새가 아닐까. 나는 편지를 썼지만, 그건 딱히 답장을 기대해서도, 진정 그녀를 위문하기 위해서도 아니었다. 나는 그저 그동안에 내가 만든, 쓴, 노랫말을 두어 장이 좀 못 되게 줄지어 적어내려갔을 뿐이어서, 편지라고 부르기엔 다소 멋쩍었다. 그것을 한국 내셔널 트러스트에서 일하는 어떤 자원봉사자가, 어떠한 형태의 언어로 번역해 전달했는지는 확실히 알 수 없으나, 나는 두 달쯤 뒤에 '유리'라는 이름의 여자에게서 첫 답장을 건네받았던 것이다. 나는 아무래도 나의 지루함을 달래려던 것뿐이었는지도 몰라서, 예상하지 못했던 상황에 적잖이 놀란 채로 봉투를 뜯었다. 그 안엔 두 장의 종이가 들었는데, 한 장은 원본인 듯했고, 다른 한 장은 그것을 한국어로 번역해놓은 거였다.

*안녕. 나는 코코넛나무를 길러요. 해리와 나는 자매이고, 가족은 우리 둘뿐이에요. 고마워요.*

나는 짧은 내용의 그것을 거듭 읽었다. 안녕, 과 고마워요, 의 간극 사이에서 뜻 모를 부끄럼을 느꼈다. 편지를 접은 뒤엔 봉투 겉면에 쓰인 'Urey'라는 철자를 골똘히 바라봤다. 유리라고 읽는 게 맞나, 낸시나 바넷사 같은 이름까지는 아니더라도, 이런 이름은 어쩐지 좀 미심쩍은데, 하고 갸우뚱거리지 않을 수 없었지만 왜, 유리 가가린이라는 러시아 비행사도 있잖아?라며 탄은 유난히 들떠 했었다. 어떤 말을 쓸까, 머릿속이 뒤죽박죽이었지만 유리에게 보내는 두번째 편지에도 나는 역시나 내가 지은 노랫말을 적어 보낼 수밖에 없었다. 안녕, 나는 지하철 역내 매점에서 일하며 지내요, 탄과 나는 쌍둥이남매이고, 가족이라곤 아픈 엄마를 포함해 셋이에요, 고마워요, 따위의 내용을 차마 쓰지는 못했다. 구체적인 이유를 설명하긴 어렵지만 나의 어느 문장에도, 진심이 담기지 않을까봐 의기소침해졌다고 해명해야 할까. 다만 보다 더 몰두해서 운율을 살려가며 노랫말을 써냈고, 오역 없이 전달되기를, 그리고 그것을 받아든 그녀가 좀더 리듬감 있게 읽어주었으면, 하고 바랐다.

그로부터 한 달 반 뒤에 다시 내가 손에 쥔 두번째 답장은, 지난번보다 더 짤막했다.

*땅 밑에서 거품이 솟아요. 이 나라는 결국, 거대한 산호 더미가 되겠죠. 잘 지내기를.*

거품이 솟는다는 건 바닷물이 점점 차오르고 있다는 의미일까, 생각하며 나는 시선을 떼지 못하고 암송하듯 재차 읽었다.

의기소침해진 사람은 네가 아니라 이쪽인 것 같은데.

말을 보탠 탄도, 어깨를 늘어뜨리며 유리의 편지를 들여다보았다. 고심 끝에 나는 노트에 써놓은 내 노랫말 중에서 좋다고 생각되는 것만을 골라 정성들여 베껴적은 뒤, 한국은 가을로 접어들어요, 부디 건강해요, 와 같은 왜소한 추신을 달아서 다시 편지를 보냈다. 세번째 답장은 오지 않았다. 기대하지 않는다고 생각했는데, 막상 편지가 도착하지 않으니 나 자신을 돌아보게 되었다.

이후로 역내에 내셔널 트러스트의 부스가 세워질 때마다 잠깐씩 바투 다가가보았지만, 그에 대해 속 시원한 까닭을 듣지는 못했다. 자원봉사자들은 아마도 시일이 오래 걸리거나 아니면 더는 답장이 오지 않을지도 몰라요, 이민 가지 못하는 주민들 중에는 타국으로 몰래 넘어가는 경우도 많다던데요, 라는 말들을 들려주었다. 탈출이죠, 하고 심드렁히 덧붙인 그의 말이 귓불 언저리에 뜨끈히 고였다. 역내에 들어서는 열차와 사람이 드문 오후에는, 그래서 유리의 오후를 떠올렸다. 코코넛나무의 뿌리를, 밑동을, 휘감고 오를 바닷물과 수면의 토양 위로 내리꽂힐 뜨거운 빛 그리고 그 아래, 키가 큰 타국의 여인이 제 발목을 적시며 하염없이 머물러 있을 오후……, 그녀의 그 미미한 오후를.

편지는, 아직도?

영주에 내려가서 나무를 옮겨 심으면서도 탄은 전화를 걸어와, 유리에게서의 답장 여부를 궁금해했다. 유리가 네 친구냐, 하고 면박을 주면서도 나 역시 가슴 한 부분이 허전했다.

무슨 일이 있는 건 아닐 거야.

그러나 이따금씩 탄이 아무렇지 않게 던지는 그런 말들에, 나는 오히려 놀라서 펄쩍 뛰곤 했다. 그건 꼭 내가 얼굴도 모르고, 목소리조차 들어보지 못한 이국의 여자를, 그녀의 안부를, 초조히 걱정하고 있다는 것과도 같았다. 그럴 때면, 하루 벌어 하루 먹고사는 내가 누굴 신경써, 라고 거칠게 대꾸하고 말았지만, 시간이 지날수록 깨닫게 되었다. 오지 않는 한 통의 답장, 그것이 나를 서글프게 만들고 있다는 걸. 애초에 이런 쓸데없는 펜팔 따위를 시작하는 게 아니었어, 후회스러웠지만 이제 와 돌이킬 수 있는 성질의 것이 아니었다. 인생이란, 반복은 되어도 번복은 되지 않아서 괴로운 것일 테니까. 나는 그것을 너무도 잘 알았다. 그래서 늦은 밤, 집으로 돌아가 신음하는 엄마의 곁에 누워 잠드는 날에 나는 자주, 머리칼이 보랏빛에 가깝게 붉은 여인이 두 손바닥으로 얼굴을 가린 채 울고 있는 꿈을 꾸었지만 잠에서 깨어난 뒤, 머리를 흔들어 쉽게 털어버리지는 않으려 애를 썼다.

유리의 답장은, 하고 탄이 또 불쑥 말하기에 면박을 주었다.

몇 번을 물어.

혹시나 했지.

이제 안 오려나봐, 하고 나는 말하고 싶었지만 입 밖으로 꺼내진 않았다. 대신에 나는 싱거이 딴청을 피우는 탄에게 물었다.

그럼 어미 고양이가 너한테 맡겼다는 거야, 제 새끼를?

데려가주기를 바라는 눈빛이었다니, 되묻지 않을 수 없었다.

인간한테 말이지.

그런데 탄이 도리어 아리송한 얼굴이었다. 인간한테, 라는 탄의 말이 기묘하게 들려서 나도 덩달아 고개를 외로 기울였다. 원래 길고양이인 건지, 아니면 주인이 거두지 못하고 마을을 떠나버린 것인지 알 수는 없었지만 그래도 인간한테, 라면 거두지 않을 도리가 없다고 우리는 결론 내렸다. 도리, 라고 한번 더 탄이 방점을 찍었다.

그나저나 얘는 어쩜 이렇게 잘 잘까.

감긴 눈에 낀 눈곱을 조심히 떼어주어도 강은 옴짝달싹하지 않았다. 이 녀석이 눈을 뜨면 뭘 먹여야 하나, 이런저런 고민이 되었다. 한동안 귀를 바짝 대고 강의 쌔근거리는 숨소리를 들었다. 꽤나 리드미컬하게 들렸다. 강에서 주워 강이라는 이름을 갖게 되다니, 때로 이름은 야속할 정도로 고지식하게 붙여진다고 나는 생각했다. 아버지만 해도 그랬다. 나와 탄, 둘이 합쳐 '경탄'이라니. 제아무리 쌍둥이라도, '대한민국'이나 '독립만세' 따위가 아니라면 굳이 하나의 단어를 둘로 쪼개 지을 필요가 있었을까. '성탄'이나 '연탄'이 아닌 걸 다행이라고 여겨야 할지 어떨지는 모르겠지만, 경탄이란 말이 마음에 꼭 드는 것도 아니어서, 덕분에 어릴 적부터 나는 탄과 동시에 이름이 불리는 걸 좋아하지 않았다.

경탄. 몹시 놀라 감탄하는 것.

그 단어에 대해 곱씹을 때마다 그 의미와는 상관없이 도무지 한 가지 의문만이 들었다. 탄의 말마따나 아버지가, 우리를 낳고 비로소 '아버지'가 돼버린 순간에, 그는 이 세계가 몹시 놀라 감탄할 만한 그 무엇이라고 여겼던 것일까? 이 세계의 무엇에 그토록 탄복했을까, 아버지는?

아버지가 정말 그런 마음이었다고 해도, 그러나, 나는 세계를 그런 눈으로 바라보는 건 허황하다고 믿는 축에 속했다. 그건, 그런 아버지의 '마지막'이 내게 보여준, 뒤미처 알게 해준, 어떤 신앙 같은 거였다. 엄마가 지하철 역내 매점에서 하루의 대부분을 움지럭대던 시절에, 아버지는 그와 같은 한 평짜리 공간을 점유했다. 서울 시내에서 도급 택시를 빌려 몰았는데, 마음껏 이동해 자유로이 바깥바람을 쐰다고는 해도, 끝내는 같은자리로 되돌아와야 했다는 점에서 아버지도 엄마와 별반 다르지 않았다. 분 단위로 열리고 닫히는 순환선을 바라보며 아마도 엄마는 사대문 안을 뱅뱅 돌고 있을 아버지를 떠올리지 않을 수 없었을 것이다. 궤도를 이탈하지 못하는 뭇별이나 동네의 어귀를 벗어나지 못하는 뭇개나 된 듯 흡사 뭇-인간처럼, 뭇-사람처럼, 한자리를 맴도는 자신과 자신의 남편이, 다만 안쓰러웠을 것이다. 끼니때마다 아내와 함께 점심을 먹으러, 머리를 맞대고 뒤늦은 저녁을 챙기러, 매일같이 지하철역의 계단을 걸어내려오는 남편을 그럼에도 불구하고, 사랑하지 않을 수 없었던 여인이 나의 엄마였다. 휠체어를 다리 삼아 움직여야 하는 여자를 위해 아버지는 결혼 당일, 자신도 휠체어에 앉아 식장 안으로 입장했던 사람이니까.

매일을 살며 이 세계의 존속이, 나의 존재가치 자체가 허무하게 느껴질 때마다, 그래서 스스로 물었다. 아버지의 마지막이 그렇지 않았다면, 나는 이런 회의론자는 되지 않았을까, 하고. 적어도, 조각보 같은 이 세계의 어떤 작은 부분에서라도 나 스스로 경탄할 만한 무엇을 찾아내려고 애를 쓰지나 않았을지. 인생에 대해 탐(貪)을 내지 않는다는 면에서, 나는 어쩌면 명백히 아버지의 마지막을 나의 죽음과도 같이 느꼈을지도 모를 일이다.

강을 안아든 손바닥이 뜨끈해지는 동안에, 나는 말끄러미 탄을 바라보았다. 그 밤, 2008년 설날 연휴가 끝나는 저녁 여덟시에도 지금의 탄보다 훨씬 더 많은 수의 사람들이 짙은 연기를 뒤집어쓰고 역사 안으로 들어섰다. 중국발 미세먼지보다 더한 농도의, 참을 수 없이 과격한 냄새의 스모그였다. 그게 화재 때문에 생긴 유독 가스의 향이란 사실을 알게 된 건 얼마 지나지 않아서였다. 탄다, 국보가 불탄다, 숭례문에 불이 붙었다, 라고 내지르는 온갖 비명과 기함 들이, 개찰구 아래로도, 계단 언저리까지도 그침 없이 들려온 탓에, 나와 탄과 엄마도 불안한 걸음과 바퀴를 옮겨 역사 밖으로 올라섰다. 사방천지가 잿빛 먼지로 매몰돼 있었다. 기왓장이 불길에 어그러지는 소리도 뼈 부러지듯 들려왔다. 소방차가 진입하고, 굵은 물줄기가 흩뿌려지고, 그 소리들에 더해 막무가내로 공중에 포개지고 또 포개지는 탄식들……, 두 눈으로 직접 보면서도 좀처럼 믿기 어려운, 광경이었다. 그러나 그 밤에 내 아버지의 택시마저 전소돼, 앰뷸런스와 함께 도로 한 곁에 나뒹굴고 있었을 줄은 전혀, 생각할 수 없었다. 짐작도, 예감도, 하지 못했던 처참한 밤의 시간에 숭례문이 불타고, 나의 아버지도 불탔다. 혜화동에서 동대문으로 넘어오는 언덕길에서의 6중 추돌, 구급차의 성급한 끼어들기로 인한 급작스러운 사고사였지만, 그 어떤 신문이나 텔레비전에서도 아버지의 죽음까지 취재해 다루지는 않았다. 다만 숭례문이 검은 재로 타오르는 장면만이 경악스러운 목소리의 리포터에 의해 공들여 재생되었고, 굵직한 헤드라인으로 신문에 인쇄돼 뿌려졌다. 엄마를 대신해 나와 탄이 경찰서와 병원을 오갔던 검은 심연과도 같은 시간 속에서 아버지는 어디에도, 기록되지 못했다.

누각이, 지붕이, 처마가, 기둥이 화재로 스러지는 시간에 아버지도 매캐한 화마에 휘감겨 있었다는 사실은 시간이 지난 뒤에도 고스란히, 나를 끝없는 공포로 몰아넣었다. 어쩌면 이렇게나 아무것도, 할 줄 아는 게 없을까, 라는 허망과 무력에의 공포감. 몇 달 전, 그러니까 2013년 5월의 초나흘, 상층이 90퍼센트나 훼손되었다던 숭례문의 복구 기념식이 열렸던 날에는 전국이 축제 분위기였으나, 나와 탄과 엄마만은 기뻐할 수 없었다. 대통령도 방문한다던, 그 기념식에 참관하려는 방문객들로 지하철역이 북새통을 이뤘던 날에, 당연하게도 내 아버지는 복구되지 않았으니까. 그래서 나는 마음 깊이 절감해야 했다. 인간은 부서진 문루나 망가진 서까래 따위가 아니라서, 한번 부상을 당하거나 상처를 입으면 온전한 복원이란 불가능하다고. 그 어떤 진보한 기술로도, 이미 죽어버린 인간을 되살려낼 수는 없는 거라고. 숭례문이 다시 그 깨끗한 자태를 드러낸 순간에 등 돌려 집으로 돌아가버린 뒤 다시 바깥으로 나오지 않고 있는 엄마의 마음도, 나와 같을까. 부피를 헤아릴 수 없는 어떤 '분함' 때문에, 엄마는 지금껏 신음하기를 멈추지 않고 있는 걸까. 그간에 나는 '개인'이라는 말에 대해, 작고도 작게 졸아드는 그 몸피에 대해, 오래오래 곱씹었다.

얘 좀 봐. 눈 떴다.

탄이 소리를 낮춰 얘기해왔다. 고개를 잘 쳐들지도 못하고 끼, 끼, 울어대는 강을 보자니 어째야 할지 나는 잠시 당황했다.

밥, 밥을 줘야 하잖아.

우유라도 줄까?

강이 올라앉은 손바닥을 내밀었더니 탄이 온장고에서 따뜻한 팩 하나를 꺼내들었다. 고양이에겐 사람이 먹는 우유를 주면 안 된다고 들었던 것 같았지만, 하는 수 없었다. 탄이 종이컵의 밑부분을 가위로 바짝 잘라 전기 매트 위에 내려놓았고, 나는 조심스레 우유를 부어주었다. 그 앞으로 강을 밀어주자 다시 끼, 끼, 소리를 내며 우유를 핥았다. 입 주변을 흠뻑 적셔가며 먹는 모습을, 탄과 함께 넋을 잃고 보았다.

당장 모래도 사와야 할걸.

아직 어린데, 신문지라도 깔아주지 뭐.

내일은 화장실을 마련해주자.

그런 대화를 나누는 사이에도 전동차가 역내에 들어서고, 사람들이 내리거나 탔다. 간간이 손님들에게 음료수와 휴대용 라이터와 신문 따위를 내주고, 강에게서 눈을 떼지 못하는 동안에, 시간이 갔다. 대기를 감싸는 미세먼지 농도 수치가 꽤 높은지, 마스크를 착용한 이들이 제법 눈에 띄었다. 사람들은 분주히 몸을 움직여 외투나 모자, 신발 따위에서 먼지들을 털어댔다. 방, 하고 퍼지는 먼지 입자들이 눈에 보일 정도였다.

강은 뜨끈한 매트 위에서 배를 드러낸 채 늘어져 자다가도 어느 순간 화들짝 일어나 우유가 든 종이컵을 핥고는 다시 졸기를 반복했다. 점심때가 훌쩍 지나버린 터라, 탄과 나는 매점에서 무엇이든 허기를 때울 만한 것으로 집어들고 먹었다. 오랜만에 누군가와 함께 있으니 든든해서 먹는 둥 마는 둥하고 남은 걸 탄에게 더 밀어두었다. 탄이 먹는 모습을 보다가, 또 아버지의 얼굴이 떠올랐다. 너도 나도 나이를 먹었구나, 우리도 벌써 이십대 후반이 되었네, 하, 세월이 정말 빠르다……, 열없이 그런 마음에 휘둘렸다. 늘 그렇지만 이 작은 부스 안에 들어앉아 있으면 시간이 흐른다는 걸 믿기 어려웠다. 그저 규칙적으로 열차가 머물고 지나간다고 여겨질 뿐, 시침과 분침이 바지런한 보폭으로 제 몸을 한 칸씩 이동시키고 있다는 걸 체감하기란 힘이 들었다. 언제나 빛도, 볕도 잘 들지 않는 헛헛한 오후의 쳇바퀴를 줄달음치는 기분이었다. 괜찮아, 뭐 어때, 라고 위안하려 했지만 그래도, 종종대며 어딘가로 향해 떠나거나 도착하는 사람들을 바라보노라면, 불쑥불쑥 쓸쓸해졌다. 그것을 부정하진 못했다.

언제까지, 여기 머물러 있을 수 있을까.

내 말에, 이런저런 종류의 주간지를 뒤적거리던 탄이 고개를 돌렸다.

뭐라고?

되묻는 탄의 얼굴을, 나는 빤히 응시했다. 왜 이래, 하며 탄이 웃었고, 나는 나직한 한숨을 내쉬었다.

나, 그런 생각을 한다.

무슨 생각?

그냥, 뭐랄까, 유리에 대해서 말인데.

유리?

탄이 다시 손에 든 주간지로 시선을 돌렸다. 몇 페이지쯤 훌렁훌렁 넘겨가며 눈알을 굴렸다. 나는 맞물었던 입술을 떼었다.

편지에 써 보냈잖아, 이 나라는 결국 거대한 산호 더미가 되겠죠, 라고.

그랬지.

그 말이 참…… 잊히지 않고 떠올라. 노트를 펼치면 몇 줄이고 그

문장만을 베껴적을 만큼 무슨 강력한 주문 같기도 해. 곧 거대한 산호 더미가 돼버릴 나라에서 코코넛나무를 기르다니, 그마저도 역시 지금은 얼마쯤 물에 잠겨버린 건 아닐까. 탄이 네가 수몰될 마을에서 나무를 옮겨 심었듯이 유리도 제 코코넛나무를 옮기려고 기를 쓰고 있지는 않을까. 편지를 쓸 시간도 여력도 더는 남아 있지 않은 게 아닐까. 수염이 꼬여버린 모래무지처럼 그런 잡념들이 잔뜩 어그러져.

이렇게 긴 문장을 입 밖으로 내뱉은 게 오랜만이지 싶게 느껴질 정도로, 나는 잠든 강의 등허리에 손을 얹고 느리게 말했다. 강이 고 작은 팔을 뒤척여 제 얼굴을 감쌌다. 탄은 주간지를 덮고 입술을 삐죽거렸다. 뭔가 어려운 말을 들었다고 여길 때 으레 나오는 탄의 습관이었다. 물론 중고등학교 때 수학 시간에, 아마도 나 역시 줄곧 저 표정을 지었을 거였다.

어쨌든, 유리의 답장을 기다렸다는 거네.

탄이 한껏 내밀었던 입술을 집어넣고 대꾸했다. 마음 같아선 코코넛나무가 아니라 유리를 파내서 옮겨주고 싶지만 말이지, 라고도 덧붙였다.

그런데 만약에 말이야. 수몰 예정 지역인 A에서 파낸 나무를 이웃한 지역인 B에다 옮겨 심었는데, 만일, B지역에 아무도 예상치 못한 쓰나미가 덮친다고 한다면 말이야, 어떻게 되는 거지?

탄이 미간을 찌푸렸다.

쓰나미?

내가 되묻고, 탄이 고개를 끄덕였다.

어, 그렇잖아. 일하면서 말이야, 하루에 한 그루도 옮겨 심기 어려운 날들이 많았거든. 그때마다 그런 생각이 들지 뭐야. 천연기념물에 보호수라고 이렇게 힘을 쓰고 공을 들이는데, 재난을 피하기 위해 옮겨 심은 나무가 뜻하지 않은 또다른 재난에 분질러지거나 매몰돼버릴 수도 있는 거잖아. 그런 일은 벌어지지 않는다고, 아무도 장담할 수 없을걸. 그 마을에 살던 사람들만 해도 그래. 그들이 어찌 알았겠어, 댐을 짓는다며 한평생 뿌리박고 살던 고향에서 내쫓길 줄? 인생이 그렇다고. 한 치 앞도 모르는 게 세상사야.

한 치 앞도 모르는 게 세상사, 트로트풍의 가락에나 어울릴 탄의 그 말에 설핏 웃지 않을 수 없었다. 결국 우리는 거대한 산호 더미가 돼버릴, 세계라는 바닷속에 심긴 작은 물풀에 불과한 것인지도 모르지, 그래서 이렇게 날마다 흔들리고 또 흔들리는 것인지도……, 그런 생각이 밀려들었다. 수면에 일렁여오는 크고 작은 웨이브처럼.

그리고, 쓰나미는 누구에게나 온다, 그걸 피할 재주 있는 인간은 없지, 안 그래, 라고도 탄이 낮은 어조로 말했을 때, 나는 뜻밖에도 그의 말에서 오롯한 상처를 감지해야 했다. 아버지의 장례를 치르고 엄마가 몸져누운 뒤로 나와 탄은 한번도, 무거운 얘길 나누거나 술잔을 기울이거나 힘겨워하는 모습을 보인 적이 없었다. 우리는 그저 서로에게 서로가 조금의 위로로나마 기능하길 바랐을 뿐, 그 어떤 요구나 기대도 보이지 않아왔다. 하지만 탄도 나도, 힘에 부쳤다는 것만은 분명해 보였다. 살고 싶지 않아, 라는 엄마의 열에 달뜬 목소리를 들을 때마다, 허공을 향해 휘휘 내젓는 엄마의 깡마른 팔을 붙들어쥐고 소리쳐보고도 싶을 만큼, 매일 밤, 나는 울적했다. 탄이 일용직을 핑계로 집밖으로만 나도는 것도 같은 이유일 거라고 나는 짐작하고 있었다.

하지만 탄이 그랬듯 나 또한 엄마, 나도 상처받았어요, 나도 너무 아파요, 라고는 말하지 못했다. 엄마는 아마도 영원히, 내 말을 들을 수 없을 테니까. 엄마의 통각은 전신에 퍼져 있어서, 타인에게로 눈 돌릴 수 없이 난폭했으니까.

탄.

왜?

더 늦기 전에.

나는 숨을 골랐다.

대학에 가는 건 어때?

탄의 등짝에 대고 말했다.

미친 소리.

내 딴엔 오래 별러온 말이었는데, 탄이 조금의 망설임도 없이 단호히 외면하는 바람에 힘이 빠졌다.

전문대라도 가.

그건 더 미친 소리고.

너 지금 누나한테.

누나라니.

누나 맞지.

좋겠다, 누나라서.

……

……

너라도 공부해, 너는 그걸 좋아하잖아, 라고 중얼거렸지만 탄은 별다른 대답 없이 매대 앞만 쳐다보았다. 마침 열차 진입 신호음이 역내에 가득 들어찼다. 아버지를 닮은 탄의 얼굴을 온 신경을 집중해 응시한 건, 승강장에 도착해 내리는 이와 전동차에 올라타서 출발하는 이가 한데 뒤섞여 옷깃을 스치는 때였다. 그럴까, 네 말대로 쓰나미는 누구에게나 오는 걸까. 그걸 피할 재주 있는 인간은, 정말 없는 걸까. 그렇게 생각하니 탄이 오지 않던 날과 같이 쓸쓸해졌고, 불현듯 다시 유리에게 편지를 쓸 수 있다면, 그녀에게 세상에서 가장 쓸모없는 것을 선물해주고 싶다는 생각이 들었다. 가령 추위와 관련된, 손뜨개 목도리나 털모자, 일회용 손난로 따위의, 방한용품 같은 것들. 그래서 그녀가, 세계는 넓고도 크며, 지구 반대편에서는 자신에겐 쓸모없는 이런 물건을 유용하고도 달갑게 사용하는 사람들이 있다는 걸 알아주었으면, 하고 바랐다. 소용없을지라도, 가끔씩 떠올랐다 잊히는 유머처럼 날 간직해주기를.

유리는 여전히 투발루에서 자신의 코코넛나무를 바라보고 있을까. 나는 강이 먹고 자며 커가는 속도를 힘들이지 않고 따라갈 수 있을까. 아마도 탄은 또다시 어딘가로 이동해갈 테고, 우리는 누구라도 서로 먼저 안녕을 고하지는 않겠다는 듯이 지속적으로 대화를 이어갈 것이다. 끝날 듯 끝나지 않고 잡힐 듯 잡히지 않는, 안개 속 같은 인생의 대화를.

탄.

왜.

……

왜.

그냥, 불러봤어.

그러니 그가 떠난 자리에서, 언제고 다시 돌아올 자리에 머물며 나는 외롭고, 또 두려울 것이다. 지금처럼 손사래 치는 먼지가 부유하고, 열차가 들어서는 건조한 바람에 수장된 물풀처럼 내 몸이 흔들리는, 한겨울 빛바랜 오후로 접어드는, 이런 때에.

# 완전한 불면

허겁지겁 잠이 몰려옴을 인지하며 정인은,
영원히 내 것으로 소유할 수만은 없는 이 잠이라는 것에 대해,
자신이 곧 깨어나 세상 위에 놓아지고 말리라는 것에 대해
마음 깊이 허망함을 느꼈다.

AV, 에로의 세계는 깊다.

정인은 텔레비전 화면에 박힌 문구를 오래도록 바라보았다. 그것은 성인 영화 한 편이 방영되는 동안 화면 왼쪽 상단에 작은 글씨로 앙증맞게 떠올라 사라지지 않는, 케이블 채널의 캐치프레이즈였다. 에로의 세계는 깊다, 고 정인은 소리내 웅얼거렸다. 턱끝까지 끌어올렸던 이불을 가만 내리고 불안한 눈으로 사위를 둘러보았다. 여러 채의 가구가 다붓이 붙어 있는 다세대주택의 원룸이기 때문일까, 아니면 방안의 조도가 잘 맞지 않아서일까. 방안엔 정인 혼자였지만 침대에 누울 때면 꼭 보이지 않는 누군가가 함께 텔레비전의 화면을 보고 있거나 혹은 그렇게 느끼는 자신을 바라보고 있는 기분이 들곤 했다. 정인은 팔을 뻗어 머리맡에 놓인 스탠드의 불빛을 조절했다. 덩치 큰 타인이 천천히 몸을 말고 웅크려 앉듯 불빛이 잦아들었다. 문득 현의 말이 떠올랐다.

방안의 조도를 적절히 맞추는 게 중요합니다. 수면에 영향을 주니까요.

천장 중앙에 등을 매달고, 책상과 침대 머리맡 쪽에 스탠드를 하나씩 놓았는데도 전체적으로 방의 밝기가 고르지 않은 것이 정인은 늘 불만스러웠다. 여덟 평 정도의 작은 방은 물이라도 쏟아져 흠빡 젖어버린 종이 상자처럼 벽면과 모서리가 얼룩덜룩해 보였다. 불이 켜져 있거나 꺼져 있거나 그것은 마찬가지였다. 정인은 이불 안에 깊숙이 몸을 묻고 무거운 눈을 감은 뒤 잠이 오길 기다렸다. 그러나 잠들고 싶은 마음이 간절할수록 신경은 더욱 곤두섰다. 액자 하나 없는 빈 벽면에 형체 모를 그림자가 어룻거리는 걸 정인은 느꼈다. 불면의 통증은 고독이나 외로움의 감정보다도 더 날 선 아픔이었다. 정인은 눈을 뜨고, 천장을 올려다보았다. 그러자 하루에도 수백 번씩 남의 집 천장을 올려다보며 일한다던 현의 모습이 다시 그려졌다.

코가 가려워요.

현과 처음 만난 날 우습게도 정인은 불쑥 그렇게 말했다. 현이 의자에 올라서서 두 팔을 위로 뻗었을 때였다. 왜 그런 말을 내뱉었는지 딱히 이유를 설명할 수는 없지만 그때 정인은 코가 가렵다고요, 코, 코 말예요, 코, 라며 한숨을 쉬듯 구두덜거렸다. 투정을 부리는 연인처럼 코, 라는 단어에 악센트를 주는 정인에게 현은 뭐라고요, 하고 되물었다. 뭐라고요, 란 물음이 노크 소리처럼 들렸다.

현은 조도 전문 기술자였다. 유명 전구 브랜드 R의 A/S팀 소속 설비기사로, 공간의 적절한 밝기를 측정하고 조절해주는 것이 주된 업무였다. 방이 지나치게 밝다, 어둡다, 라는 식의 조도가 균일하지 않다며 피로와 불면을 호소하는 사람들이 많아서 현은 시간을 쪼개 일한다고 했다. 정인은 현이 피곤함을 지우려 쌍꺼풀진 눈을 크게 깜빡일 때마다 그의 좁고 납작한 이마가 절로 찌푸려지던 모습이 기억났다. 정인도 방의 조도가 맞지 않아 불편을 느끼는 일이 잦았다. 잠을 자지 못하는 것도 그 때문이 아닌가 생각하며 R에 설비 의뢰를 했으나 일주일이 지나도록 감감이었다. 두통이 몰려오는 머리를 감싸쥐며 다음날 아침엔 꼭 R의 고객센터로 전화를 걸어 따져물어야겠다고 정인이 다짐하던 밤에 초인종이 울렸다. 자정이 다 되어가던 때였으므로, 정인은 깜짝 놀라 숨을 죽였다.

죄송합니다. 조도 조절 신청하셨죠? 에이에스 기삽니다.

현관 바깥에서 누군가 목소리를 낮춰 말해왔다. 정인은 망설였다.

저기, 지금이 몇신데.

죄송합니다. 정말 죄송해요.

먼 길을 걸어 고향에라도 돌아온 사람처럼 현은 무거운 말투로 거듭 사과했다. 그러고는 제 몸 구석구석에 쌓인 모래먼지를 털어내기라도 하듯 자신의 이름은 현이며, 우연인지 모르겠으나 정인의 옆집에 살며, A/S 설비 의뢰가 많이 밀려서 일정대로라면 2주 정도 더 기다려야 할지도 모르는데 혹시 지금 이 시간도 괜찮다면 조도를 좀 봐줘도 되겠냐고 물어왔다.

잠도 오지 않고 해서요.

현이 덧붙였다.

정인은 당황했지만 머뭇대며 현관문을 열었다. 오랜 시간 잠들지 못한 듯 현의 눈동자엔 비늘처럼 실핏줄이 도드라져 있었다. 저는 괜찮지만 이웃에서 시끄럽다고 하지 않을까요, 라는 정인의 대꾸에 현은 괜찮습니다, 저희가 쓰는 드릴은 특수 제작된 것이라서 시멘트벽을 뚫어도 소리가 나지 않아요, 라며 방으로 들어섰다. 그날 밤 현은 바지런히 형광등을 갈아끼우고, 부엌과 화장실 천장 가까이에 구멍을 뚫어 작은 할로겐등 두 개를 달고, 현관 입구에 고깔 모양의 벽등 한 개를 설치했다.

불빛이 어른거릴 때마다 말예요, 코가 가려워요.

코요?

네.

왜요?

글쎄요, 모르죠.

코라면. 아, 얼굴에서 가장 튀어나온 부분이라서 그럴까요?

정인이 내준 의자는 등받이가 길었을 뿐 높이는 턱없이 낮아서 현은 까치발을 든 채로 형광등을 갈아끼우며 대답했다. 정인은 의자가 기우뚱 흔들릴까 등받이를 붙들어주었다. 그리고 두 발을 가지런히 모아 발가락 끝에 힘을 주고 서 있는 현을 말끄러미 바라보았다. 이 사람은 도대체 하루에 얼마나 많은 시간을, 발끝에 힘을 모으고 살아가는 걸까. 자칫 방심한다면 의자 위에서 떨어지고 말 것이다. 먼지 더께가 앉은 오래된 형광등을 익숙한 손놀림으로 교체하는 현을 보며 그가 온몸으로 풍기는 삶의 긴장이라는 것, 그것의 밀도에 정인은 조급함과 안도감을 동시에 느꼈다. 그날 현은 정인에게 5만 원 남짓한 설비비 영수증을 끊어주었다. 정인은 불평하지 않고 지갑을 꺼내 값을 지불했다.

정인은 몸을 뒤척이다 아예 스탠드를 껐다. 다시 텔레비전 화면으로 시선을 고정시켰다. 볼륨을 최대한 낮춰놓은 탓인지 화면 속 영상은 그저 무감하게만 느껴졌다. 볼륨을 조금이라도 높인다거나 전화통화를 크게 한다거나 두어 번쯤 발을 구르기만 해도 현관문에 시끄러워요, 라거나 조용히 해주세요, 같은 내용의 노란색 쪽지가 붙었다. 딱히 포르노 영화광이라거나 그쪽 방면에 과도한 흥미가 있어서랄 것은 아니었지만 정인은 이따금 혹은 자주 케이블 채널을 돌려 AV를 보았다. 흥분을 하거나, 감정을 이입하지도 않았다. 무의미하게 시간을 흘려보내기엔 무의미한 영화를 시청하는 것도 나쁘지 않다고 단순히 생각했을 뿐이었다.

케이블 성인 채널은 한번 방영한 비디오를 몇 번이고 반복해서 틀어주는 일이 잦았는데 정인은 그중에서도 '유키'라는 이름의 배우가 주인공인 일본 AV가 나올 때를 기다렸다. 인터넷 홈페이지에서 방송 편성표를 미리 확인한 뒤 방영 시간을 체크해두고, 시간이 되면 어김없이 텔레비전 앞에 앉아 리모컨을 들었다. 이미 수차례 보았으면서도 정인은 유키를 화면 속에서나마 유심히 관찰했다. 일본인이라면 아닐 텐데, 고개를 갸웃대면서도 정인은 어느 날 우연찮게 보게 된 그녀의 얼굴이 낯익어 미간을 찌푸렸다. 중고등학교 시절의 동급생인 것도 같고, 과거의 어느 때 아주 가깝게 알고 지내던 언니 또는 동생인 것도 같고, 그도 아니라면 아주 어릴 적 집안 결혼식에서나 마주쳤을 법한 먼 친척인 것도 같았지만 확신하지 못했다.

그녀는 유키라는 이름을 가졌고, 일본어를 구사하며, 다양한 국적의 상대 배우와 알몸으로 뒤엉켜 연기했다. 어깨까지 닿는 밝은 갈색의 머리칼, 역시나 갈색 눈썹과 갈색 눈동자를 지녔다. 마른 몸매에 풍만한 가슴, 잘록한 허리, 매끄럽게 뻗은 다리, 길고 긴 손가락, 잘 다듬어 산뜻한 분홍 매니큐어를 칠해놓은 반달 모양의 손톱까지. 정석이랄 수도 있을, 어쩌면 너무나 전형적으로 만들어진 것 같은 AV배우의 몸이었다. 때때로 정인은 화면 가까이 붙어 앉아 인형과도 같은 그녀의 몸을 유심히 들여다보았다. 사람이라기엔 땀구멍이나 솜털조차 보이지 않는 지나치게 차끈한 피부였다. 인간미가 없어 보이기도 했지만 그와 동시에 그녀는 어딘지 모르게 가냘프고, 설명하기 어려운 애잔한 인상을 풍겼다.

유키를 처음 본 직후, 정인은 인터넷 포털 사이트에서 그녀의 이름을 검색해보았다. 사라 유키, 1980년생, 미국계 일본인, 후쿠오카 출생, 일본의 유명 AV배우. 웃을 듯 말 듯 아리송한 표정으로 정면을 응시한 그녀의 얼굴이 프로필 사진란에 올라와 있었다. 정인은 이런저런 검색 페이지를 들춰보면서도 자신이 왜 그녀에게 관심을 기울이는지 이해하지 못했다. 요즘 같은 때에는 어디든 널리고 널린, 흔하디흔한 AV배우일 뿐이었다. 딱히 기묘한 얼굴도, 기이한 이력도 갖고 있지 않은, 다만 일본 AV계에서만은 제법 인기가 있다고 알려져 있는 배우였다. 그렇다 해도 그녀의 얼굴은 거듭해서 정인의 시선을 붙들었다. 밤만 되면 정인은 붉어진 눈으로 유키의 움직임을 좇았다. 그러면서 일본은 얼마든지 건너갈 수 있는 가까운 거리의 나라이며, 이민도 귀화도 개명도 하다못해 신분 세탁 또한 얼마든지 가능한 일이니 그녀가 아는 사람이 아니라고 단언할 수만은 없을 거라고, 정인은 생각해보았다. 에로의 세계는 깊다, 는 문구를 유념하며 정인은 케이블 성인 채널에 등장하는 AV배우 '유키'를 유심히 관찰해왔던 것이다.

침대에 나른히 누워 텔레비전 리모컨을 만지작거리는 시간은 정인에게 하루 중 가장 고통스러웠다. 몸이 천근만근 무거워도 눈꺼풀은 감기지 않았고, 피로에 찌들어 눈밑이 거뭇거뭇해져도 정신이 몽롱해져올 뿐 잠들지 못했다. 최면에라도 걸린 듯 하얗게 지새우는 불면의 밤은 괴로웠다. 잠을 원하는 이에게 불면은 굶주림보다 가혹했다. 정인은 한숨을 내쉬며 목에 걸고 있던 빨간색 체크무늬의 수면안대를 빼버리고, 신고 있던 베이지색 수면양말도 발과 발을 비벼 신경질적으로 벗겨냈다. 안대와 양말은 긴 밤 내내 이불과 함께 접혀 나뒹굴 것이다.

아무런 효과도 없다는 걸 알면서 정인은 오로지 잠을 자고 싶다는 일념만으로 시중에 판매되는 온갖 상품들을 사들였다. 안대와 양말은 물론이고 족욕기, 마사지기, 입욕제, 보디로션, 양초, 향수, 아로마 오일, 각종 포도주와 유기농 야채주스, 기능성 잠옷, 쾌적한 수면을 위한 명상과 체조를 알려주는 수많은 서적들이 좁은 방안을 가득 메웠다. 온전히 잠들고만 싶다……, 눈뜬 시간 오롯이 그 생각만으로 취한 듯 하루를 보낼 때가 많았다.

제발이지 잠이 필요해.

정인은 무력감과 패배감에 시달리며 거울 앞에서 되뇌었다. 그것은 식욕보다 간절하고, 성욕보다도 강렬했다. 하루 스물네 시간 정인의 뇌를 자극하는 것은 그 어떤 생의 탐욕보다도 거센, 잠을 향한 욕망이라고 해도 좋았다.

언젠가부터 현대사회에서 발생하는 모든 질병의 원인은 수면 부족이었다. 많은 이들이 잠들지 못했고, 꿈꾸지 않았다. 잠들지 못해 허우적거리다 자동차의 운전대를 비틀거나 차도 위에서 갈지자로 걸어다니는 사람들로 사건 사고가 넘쳐났다. 날이면 날마다 새로 개원하는 수면 클리닉은 잠이 고픈 환자들 탓에 어디든 성황이었다. 섭취하면 수면을 돕는다는 각종 한약재며 식재료 들은 품귀 현상을 빚었고, 기 수련과 단전 호흡을 가르치는 학원은 몰려드는 수강생들로 북새통을 이루었다. 밤은 낮보다 더 번잡하고 혼란스러웠다. 불면을 호소하며 거리로 쏟아져나온 사람들로 밤의 거리는 혼잡했고, 강도와 아리랑치기 등 온갖 범죄도 기승을 부렸다. 상점들은 밤늦도록 셔터를 내리지 않고 영업을 계속했다. 밤 시간대의 시청률을 차지하기 위한 경쟁도 과열되어 방송사들은 수많은 광고를 줄줄이 이어붙여 온종일 전파를 송출했다. 불면증을 앓는 사람들의 수는 급속도로 늘어났다. 그들이 수면제를 과다복용한 뒤 깨어나지 못하는 일도 비일비재했다.

잠들지 못하는 시간과 그에 따른 고통이 비례하면서 사람들은 점차 수면제 한두 알만으로는 아무런 효과도 보지 못했다. 병원에서 끊어주는 처방전을 들고 약사 앞에 선 사람들은 어느 날엔 세 알, 다음날엔 다섯 알, 그다음 날엔 열 알을 요구했다. 그중에서도 수면제 A는 유명 제약업체에서 독점하다시피 제조해 판매하던 것이었다. 출시 이후부터 광고가 오랜 기간 이어져왔고, 또 짧고 중독성 강한 시엠송 덕분에 수면제는 곧 그 회사 제품인 A가 최고라는 인식이 크던 때였다. 그 외 수면제 B와 C, D, E와 같은 제품들이 A와 비슷한 정도의 효과를 보이면서도 가격은 저렴해 꾸준한 판매율을 보였다. 불면을 앓는 사람들은 A만으로 성이 차지 않자 B, C, D, E 등의 제품을 모조리 구매해 섞어서 복용했다.

수면제 A의 회사는 곧 신제품 A플러스를 시장에 내놓았다. 제품은 크게 히트했지만 호의적 반응은 오래가지 못했다. 수면제 A플러스를 복용한 환자들이 혼수상태 혹은 사망에 이르렀다는 뉴스가 줄지어 보도되었던 까닭이었다. 식약청은 검식을 위해 수면제 A플러스의 유통과 복용을 한시적으로 금지시켰다. 얼마 지나지 않아 수면제 A플러스에서 인체에 해로운 다량의 발암 및 독극 물질이 검출되었고, 면역력이 낮은 이에게는 치사량에 가까운 수치라는 자체 검식 결과를 발표했다. A플러스가 높은 판매율을 보이는 것에 고무돼 경쟁적으로 출시되었던 B플러스, C플러스, D플러스, E플러스에서도 비슷한 검식 결과가 나왔다.

더 높은 수면 효과를 원하는 사람들의 거센 요구를 외면할 수 없어 저희로서도 너무나 고통스러웠습니다.

수면제 A플러스를 판매한 제약회사의 개발팀 전무는 공식기자회견을 통해 대국민사과성명을 냈다. 시중에 판매되었던 모든 수면제가 식약청으로부터 판매 중지 명령을 받고 수거되었다. 사람들은 약국 문을 열고 되돌아나오며, 이 세상에서 수면제가 사라졌다는 사실에 괴로워했다. 불면이 사라지지 않는 이상 수면제를 먹지 않고 살아갈 수 있는 방법은 아무것도 없었다. 잠을 자지 못한다는 생각만으로도 고통스러워 공포감마저 느꼈다. 그리고 모두는 씁쓸하게나마 깨닫게 되었다. 24시간 내내 눈을 뜨고 있을 만큼 세상은 그다지 아름답거나 화려하지는 않다는 것. 잠을 꿈꾸는 것이야말로 바로 악몽이라는 것.

이후 국민 건강을 위한다는 목표 아래 식품안전관리부와 기술과학연구소, 식약청이 연계한 정부 직속 기관이 발 빠르게 신설되었다. 수면제를 대신할 만한 안전하고도 인체 무해한 수면 보조제가 출시되었으니 하루이틀 안에 전국의 보건소에서 구매할 수 있을 거라는 소식이 들려온 건 그로부터 자그마치 석 달 만의 일이었다.

잠.

그것은 어떤 특별한 이름도, 재기발랄한 명칭도 아닌 그저 '잠'이었다. 지름이 0.5밀리미터에 불과한 아주 작은 크기의 알약, 잠. 빨간색과 파란색이 절반으로 나뉘어 물결치듯 합쳐진 모양새의 그것은 태극문양처럼 절도 있으면서도 묘하게 부드러워 보였다. 잠이라니. 사람들은 그 이름의 단순함에 웃었으나 그것이 가져올 효과를 궁금히 여겼다. 혈관 콜레스테롤, 고혈압과 당뇨, 위장 속쓰림, 변비, 두통, 생리통, 하체 부종까지 개선시킨다며 이런저런 수십 가지의 건강 보조 기능까지 갖춰 나온 '잠'은 사회적으로 큰 반향을 일으켰다.

*나는 이제껏 이 나라가 나한테 해준 게 아무것도 없다고 믿어왔는데 오늘부로 취소!*

수면제 A부터 B, C, D, E를 모두 섞어 먹어야 잠이 들 수 있었던

고도불면증 환자들은 잠을 복용한 뒤 깨어나 인터넷 카페며 블로그에 믿기지 않는 효능에 대해 떠들어댔다. 매일 이렇게만 잘 수 있다면 이 나라 전체를 배추처럼 씹어먹을 수도 있어요, 라고 저녁 뉴스에 나와 소리쳤던 사람은 인기 있는 개그 프로그램에도 출현해 똑같은 말을 외쳤다. 정인 역시 마찬가지였다. 영혼이라도 팔겠다, 라는 식상한 말마저 잠을 복용하고 깊은 수면에 빠져드는 순간의 황홀함을 표현할 때는 꽤나 적절한 말이었다.

불면에 시달려왔던 수많은 이들이 잠을 복용한 뒤 그것이 가져온 놀라운 효과에 열광했다. 믿을 수 없는 이 기능성 수면 보조제는 매일 밤 뉴스와 시사 프로그램에서 대대적으로 보도되었고, 전국에 신드롬을 불러일으켰다. 사람들은 자고 일어나면 다시 보건소 문 앞으로 가서 긴 줄을 섰다. 안타까운 것은 잠의 가격이 지나치게 비싸다는 거였다. 값을 내려달라며 수많은 인파가 광장으로 몰려들었다. 시위대는 점점 몸집을 불렸다. 전국의 보건소 곳곳에서 빈번히 싸움이 일어났지만 정부는 적정 가격을 찾기 위해 노력하고 있으니 기다려달라는 말 외에는 침묵으로 일관했다. 그러나 더 큰 문제는 잠의 효과가 너무도 막강하다는 사실이었다. 일단 잠을 복용해본 사람들은 온전한 숙면이 제공하는 달콤함에서 헤어나오지 못했다.

이달 들어 정인은 열흘이 다 돼가도록 계속 잠을 구매하지 못했다. 비싼 값의 잠을 위해 가진 돈을 모두 소비해버리기엔 당장 이달 치의 생활비가 걱정스러웠다. 통장엔 이미 월세와 세금을 내기도 빠듯한 금액만이 남아 있었다. 지난달부터 사장이 유류비가 올라 재정이 어려워졌다느니 타지로 출장을 다녀온다느니 음충한 핑계를 대며 아르바이트비의 지급을 차일피일 미뤄왔기 때문이다.

며칠만 기다리면 금방 줄게. 빡빡하게 왜 이래, 우리끼리. 정인씨는 그게 문제야. 정이 없어, 사람이.

매일같이 검은색 가죽 재킷만 입고 다니는 사장은 손바닥으로 왼쪽 가슴팍을 문대는 습관이 있어 심장 부근의 가죽 부분이 유독 반질반질했다. 정인은 네, 라는 대답밖에는 할 수 없었지만 사장의 혈색 좋은 얼굴을 뒤로하고 사무실을 나오며 적의를 넘어선 살의마저 느꼈다.

요샌 정말 잠을 푹 자니까 살겠어. 역시 사람은 잠을 제대로 자야 한다니까?

목소리를 키워 떠들어대는 사장의 목소리는 문밖에서도 또렷이 들렸다. 가죽 재킷 속에 감춰진 사장의 심혈관 속에는 잘 녹아든 잠의 알갱이가 피처럼 순환하고 있을 거란 생각에 이르자 다리가 후들거렸다. 잠이 오지 않는 밤이면 사장의 말이 검은 기름처럼 귓가에 흘러들었다. 요샌 정말 잠을 푹 자니까 살겠어. 잠을 푹 자니까 살겠어. 푹 자니까 살겠어. 정인은 눈을 감고 푸푸, 숨을 내쉬며 부푼 배를 드러낸 채 깊이 잠들어 있을 사장의 모습을 떠올렸다. 너는 살겠지 나는 죽겠어. 죽겠어. 죽겠어. 그의 면전에 주먹이라도 붕붕 휘두르고픈 심정으로 정인은 거칠게 텔레비전 리모컨의 버튼을 눌러댔다. 화면에서는 예의 그 낯익은 얼굴의 유키가 망사로 된 속옷만을 입은 채 침대에서 몸을 흐느적거리고 있었다.

어제도 그저께도 정인은 집에 돌아와 현관문에 붙여진 쪽지를 떼어냈다. 일주일 동안 못 잤습니다. 성인 비디오 좀 그만 보시죠. 이것이 그저께의 것. 어제의 것에는 필요하면 불러요, 란 내용과 함께 열한 자리의 휴대전화 번호가 적혀 있었다. 정인은 지내며 단 한 번도 이웃과 마주친 적이 없었다. 자신의 소음에 귀기울이는 이웃이 있다는 것에 불안감을 느꼈다. 볼륨을 높이지 않으니 텔레비전 소리가 이웃집으로 새어나갈 일은 없을 텐데, 도대체 누가 이런 쪽지를 붙여대는 걸까. 아랫집, 옆집, 윗집? 정인은 불쾌함에 양 뺨이 달아올랐지만 한편으론 이 사람 역시 잠들지 못하고 있구나, 하고 생각하자 마음이 다소 누그러졌다.

쪽지를 아무렇게나 바닥에 내버린 정인은 침대에 누워 또 텔레비전을 켰다. 볼륨을 바짝 낮추고 유키의 얼굴을 뜯어보며 오지 않는 잠에 대해 상상했다. 도착하지 않는 잠에 대해, 우편물의 배송이 늦어지듯 매일 지연되고 있는 잠에 대해서. 그럴 때면 자신에게 주어진 잠이 벼랑이나 골짜기 아래로 추락사해버린 것은 아닐까 걱정이 되었고, 어느 하수구 웅덩이에라도 고여 폭삭 썩어버리고 있는 중은 아닐까 마음이 다급해졌다. 조금만 참자고 되뇌며 정인은 크게 숨을 몰아쉬었다. 사장이 출장에서 돌아와 아르바이트비를 주면 잠을 살 수 있다. 밤마다 유키를 들여다보지 않아도 될 테고, 낮모를 이웃집 사람의 쪽지를 받지 않아도 될 것이다, 사장이 돌아오기만 한다면. 정인은 무거우나 결코 감기지 않는 눈꺼풀을 매단 채 이불을 머리끝까지 끌어올려 덮었다.

대학을 졸업한 뒤 정인은 3년 가까이 꼬박 취업 준비에 매달려왔다. 아침 일찍 영어 학원 강좌를 수강하고, 자격증을 따고, 자기소개서 작성 및 직무적성검사, 면접 스터디에 두루 참여하며 S그룹 금융 계열사 인턴 생활도 서너 달쯤 겪었다. 그러나 응시한 회사들로부터 번번이 불합격 통보를 받았다. 처음엔 뭐 그럴 수도 있지, 하는 마음이었다.

나랑은 안 맞을 수도 있지, 아직 기회는 많아.

그러다 1년이 지났고, 눈을 낮춰 중소기업에도 원서를 넣기 시작했다. 잠들지 못하는 시간이 길어지기 시작한 건 그즈음이었다.

중소기업엔 일할 사람이 없어 허덕인다더라.

정인은 친구들의 말에 공감하며 고개를 끄덕였다. 그러나 그마저도 별 소용없이 1년쯤 더 시간이 흘렀고, 이듬해엔 닥치는 대로 서류를 접수하고 면접을 보러 다녔다. 그제는 증권업, 어제는 식품업, 오늘은 철강업, 내일은 출판업, 모레는 운수업, 전공이니 연봉이니 업무 시간이니 아무것도 가리지 않았다. 불면과 함께 두통, 안통(眼痛), 시력 저하, 어깨결림, 속쓰림, 소화불량, 생리불순 등 갖가지 질환에 시달린 건 그때 그즈음이었다.

그래도 취업의 길은 요원해 보였다. 남부럽지 않게 영어 시험 점수를 획득하고, 자격증을 따고, 구구절절 그럴듯하게 포장해 자기소개를 늘어놓아도, 회사에 맞지 않는 인재라며 정중히 거절당했다. 시나브로 정인은 자신이 어느 특정 회사에 안 맞는 것이 아니라 이 사회, 이 세계에 안 맞는 인간이 아닌가, 하고 자괴감을 느꼈다. 그럴 때면 아픈 눈동자를 손바닥으로 눌러 문대며 주섬주섬 목욕 바구니를 챙겼다. 뜨거운 수증기가 분무되는 사우나 바닥에 앉아 몸을 한껏 웅크린 채로 정인은 맥없이 모래시계를 뒤집었다. 그리고 지금 이 순간에도 어디선가 동시에, 쉼 없이 뒤집어지고 있을 무수한 모래시계들을 상상했다. 그것은 철저히 누군가의 손에 의해서만 뒤집힌다. 모래알을 떨어뜨리는 것은 모래시계의 의지가 아니다. 어디에든, 어디서든 존재하지만 타인이 손대지 않으면 어떠한 방법으로도 시간을 움직일 수 없는 것. 제대로 뒤집히지 않고 모로 쓰러져도 시간은 멈춘다. 그래서 그것은 보편적이고 동시적인 성질을 지녔지만 한편 개별적이고 특수적인 성질로 시간성을 추동한다. 정인은 모래시계처럼 누군가 자신의 몸도 뒤집어 빨갛거나 혹은 파란 빛깔의 모래알을 떨어뜨릴 수 있기를 소망했다. 부디 잠들어, 주어진 시간을 온전히 규칙적으로 흘려보낼 수 있기를 간절히 소원했다.

취업에 실패해오며 더이상은 부모님께 손 벌리기가 멋쩍어 별수없이 정인은 지난해부터 아르바이트 자리를 구했다. 취업 준비를 하는 동안 짬을 내어 최소한의 생활비라도 벌자는 생각이었지만 잠을 사고픈 마음이 더 컸다. 다행히 집 근처 주유소에서 '인사 도우미'를 구한다며 내붙인 전단을 발견했다. 춤을 추거나 마이크를 들지 않으니 내레이터 모델이랄 수는 없었다. 정인은 그저 주유소 입구에 선 채로 두 손을 가지런히 배꼽 위에 모으고, 허리를 직각으로 굽혀 오가는 손님들에게 어서 오십시오, 라거나 안녕히 가십시오, 식의 인사를 자동기계처럼 반복했다. 한자리에 오래 서서 일하느라 허리가 쑤시고 팔다리에 쥐가 났지만, 시급 5천 원이라도 벌어야 했으므로 정인은 불평하지 않았다.

처음 두 달간 정인은 하루에 네 시간씩 일했다. 그다음 두 달은 여섯 시간, 이후부터는 여덟 시간씩 일해 일당 4만 원을 챙겼다. 잠 때문이었다. 매달 수월히 잠을 사면서도 한편으론 마음이 저릿저릿했다. 잠을 복용하지 않는 날에 찾아오는 불면의 고통이 극심했다. 숙면과 불면은 두 얼굴의 방문객처럼 번갈아 정인을 찾아왔다. 어느 날엔 신사였고, 어느 날엔 폭군이었다. 참아야 한다고 자신을 설득하려 애쓰면서도 정인은 울 것 같은 얼굴로 도리질을 치며 매일 저녁 보건소에 들러 잠을 샀다.

잠은 네 종류로 출시되었다. 잠의 깊이에 따라 가격 차이가 커서, 정인은 늘 고민하고 망설이며 잠을 골라야 했다.

최상: 금잠 4만 원(1일 1회 1정 복용, 9~10시간의 수면 효과)
상: 단잠 3만 원(1일 1회 1정 복용, 7~8시간의 수면 효과)
중: 풋잠 2만 원(1일 1회 2정 복용, 4~5시간의 수면 효과)
하: 선잠 1만 원(1일 1회 2정 복용, 2~3시간의 수면 효과)

최상급의 금잠은 '금쪽같은 잠'의 줄임말로, 복용하면 아홉 시간에서 최대 열 시간가량의 깊은 수면에 빠져들었다. 그다음 상급의 단잠은 '다디단 잠'의 줄임말로, 일곱 시간에서 최대 여덟 시간가량의 적정 수면을 유도했다. 그 아래 중급의 풋잠과 하급의 선잠은 각각 '옅은 잠'과 '겉잠'이라는 뜻 그대로 충분히 잠들지 못하고 서너 시간 뒤척이는 얕은 수면을 도왔다. 풋잠과 선잠은 '헛잠'이라고 불릴 정도로 졸음에 가까운 효과를 보였으나 돈이 부족한 이들에게는 그마저도 사지 못하면 아쉬웠다.

금값보다 잠값이 더 높다는 말은 흔한 우스갯소리였다. 강남 부자들이 잠을 사재기해 보건소마다 동이 난다거나 보건소로 유입되는 다량의 잠을 불법으로 빼돌린 뒤 높은 값으로 되팔아 폭리를 취하는 암매상이 등장했다는 얘기도 심심찮게 들려오는 뉴스거리였다. 잠을 한꺼번에 구매하기 위해 적금을 붓는 서민층이 늘어나자 적당한 은행 예금 상품이 발 빠르게 등장해 입소문을 탔고, 소셜커머스와 텔레비전 홈쇼핑 채널에서는 반값 할인으로 잠과 비슷한 효과를 보이는 약들을 판매해 큰 인기를 끌었다. 돈이 없는 사람들은 잠을 사기 위해 사채를 빌려 썼다. 거리 곳곳엔 간간이 '떼인 잠 받아드립니다' '빌려주고 못 받은 잠 회수 가능'과 같은 현수막이 붉은 혀처럼 내걸렸다.

항간엔 부작용 없이 스물네 시간 내리 잠들게 해주는 '황금잠'도 있지만 상상을 초월하는 가격 때문에 상류층의 사람들만이 은밀히 거래해 복용한다는 소문도 들려왔다. 철원이나 파주 같은 군사접경지역이나 미군부대 근처에 가면 암암리에 황금잠을 구할 수 있다는 말도, 신문사와 방송국의 기자들이 황금잠의 존재를 찾아 쉬쉬하며 취재를 다닌다는 말도 나돌았지만 어디까지나 소문일 뿐 확실하진 않았다. 불면이란 이름의 겁에 질린 사람들이 눈에 불을 켜고 더 깊은 잠, 더 달콤한 잠을 찾는 것만은 분명해 보였다.

돈이 부족할 때면 정인도 며칠 밤을 지새우다 풋잠과 선잠을 사보았다. 그러나 최상급의 효과를 보장하는 금잠의 유혹으로부터 쉽게 벗어나지는 못했다. 정인은 온종일 허리를 굽혀 인사한 여덟 시간의 노동을 금잠과 맞바꾸고는 울가망한 얼굴로 집으로 돌아오곤 했다. 저녁도 거른 채 서둘러 잠에 빠져드는 순간에는 안도감과 함께 서글

픔도 몰려들었다. 허겁지겁 잠이 몰려옴을 인지하며 정인은, 영원히 내 것으로 소유할 수만은 없는 이 잠이라는 것에 대해, 자신이 곧 깨어나 세상 위에 놓아지고 말리라는 것에 대해 마음 깊이 허망함을 느꼈다. 그것은 외로움과도, 쓸쓸함과도 같은 감정이어서 정인은 허기지는 배를 부여잡고 잠들 수밖에 없었다.

사장이 출장에서 돌아오기만을 기다렸지만, 돌아온 사장은 정인에게 밀린 월급을 내밀며 해고를 통보했다.

미안해, 어쩔 수가 없네. 이해해줄 수 있지?

그러고는 마네킹을 들여놓기로 했다며 끅끅 웃었다.

미모야 뭐, 정인씨 따라갈 수는 없겠지만.

사장은 어김없이 가죽 재킷의 왼쪽 가슴께를 손바닥으로 문대며 다시 웃음을 흘렸다.

뭐라고요?

정인은 의아했다. 정식으로 채용된 일자리도 아니고 단순히 아르바이트에 불과했지만 1년 가까이 성실히 일해온 곳이었다. 사장이 거칠고 기름진 두꺼비 피부를 바투 들이대며 농담이랍시고 희롱에 가깝게 지껄여대는 게 죽기보다 싫었지만 어느 직장이든 이만한 상사 한둘쯤은 꼭 있겠지, 입술을 깨물며 견뎌왔다. 그러니 거듭 되물을 수밖에 없었다.

뭐라고요?

어쩔 수 없잖아, 요즘 같은 불경기에. 에너지는 국가의 현안이고, 이 나라를 돌게 하는 건 석윤데, 석유값은 자꾸 오르고, 오른다고 비싸게만 팔 수도 없으니 어쩌겠어, 인건비라도 줄여야지. 정인씨한텐 미안하게 됐어.

사장은 전혀 미안하지 않은 얼굴로 미안하다 말하며 목덜미를 연신 주물러댔다. 그동안 감사했습니다, 하고 정인은 하릴없이 고개 숙여 인사했다.

수일 내로 인사하는 마네킹이 도착할 거야, 다들 기대해도 좋을걸.

정비공과 주유원들 앞에서 소리 죽여 떠들어대는 사장의 말을 뒤로한 채 사무실을 나섰다. 코끝으로 매운 내가 풍겼다. 물론 고작해야 기름내 나는 주유소 입구에서 짙게 선팅돼 얼굴도 보이지 않는 차 안의 사람들을 향해 온종일 허리를 굽혀대는 일을, 평생 해나가야 할 천직이라거나 엄연한 직업이라고 여긴 적은 단 한 번도 없었다. 그저 제대로 된 직장에 안착하기 전에 용돈벌이라도 해볼까 싶었던 거였고, 당장 그만두게 된다고 해서 큰 아쉬움을 느껴야 할 자리는 결코 아니었다. 지금 손에 쥔 월급으로 얼마간의 잠은 살 수 있을 테고, 아르바이트 자리는 다시 구하면 될 테고, 포기하지 않고 취직도 해낼 테다. 그렇게 생각하며 보건소를 향해 잰걸음을 놀렸지만 그래도 어쩐지 분한 마음을 억누를 수가 없었다. 마네킹이라니.

일하는 내내 사장은 정인에게 끊임없이 잔소리를 해댔다.

제대로 웃어야지, 이 친구야. 허리를 좀 제대로 굽혀. 두 손은 가지런히 배꼽 위에. 팔을 제대로 들어올리란 말이야, 이 생짜 아가씨야!

정인은 사장이 자신에게 다가오거나 멀어져갈 때면 제대로 하라는 말을 곱씹으며 얼굴 근육을 어그러뜨리다 이내 눈 코 입을 재정비해 미소짓곤 했다. 그 '제대로'를 대신한다는 게 고작 마네킹이란 말인가. 정인은 헛웃음을 흘렸다. 그래, 어쩌면 사장이 현명한 것인지도 모르지. 사장만이 옳은 것인지도 모른다. 세상에 제대로 된 것은 마네킹뿐일지도 몰라. 마네킹은 잠을 필요로 하지 않을 테니, 24시간 내내 깨어 제대로 웃고, 제대로 허리를 굽히고, 제대로 일할 것이다. 쓸데없는 동작이라곤 전혀 없는, 220볼트의 전력만이 소요되는, 매월 단돈 몇만 원의 전기료만으로 가동되는 그 완벽한 노동이야말로 사장에게 필요한 것이라면, 그래 그것은 마땅하다. 너무나 정당하다. 정인은 그렇게 생각하며 쓸쓸히 무거운 다리를 끌고 보건소로 향했다.

걷는 동안 어쩔 수 없잖아, 어쩌겠어, 하던 사장의 말이 귓가에 맴돌았다. 정인은 어쩔 수 없잖아, 어쩌겠어, 중얼거리며 처음으로 한꺼번에 많은 개수의 금잠을 샀다. 월급봉투가 금세 허룩해졌지만 말 그대로 어쩔 수 없는 일이었다. 그리고 집으로 돌아와 텔레비전을 켜고 무념한 낯빛으로 유키의 머리칼과 어깨와 가슴, 엉덩이, 다리를 보았다. 분명 어디서 본 것 같은 얼굴인데, 아는 것 같은 인상인데, 다시금 마른침을 삼켰다. 본편이 끝나고 클로징 자막이 올라갈 때 정인은 리모컨을 들었다. 전원 버튼을 누르려다 말고 그대로 잠시 멈췄다. 정인은 눈을 동그랗게 떴다. 영화가 끝난 뒤 메이킹 필름을 보여주고 있다는 것을 미처 몰랐던 까닭이었다. 10여 분 정도 이어지는 메이킹 필름은 주로 주연 배우인 유키의 인터뷰로 구성돼 있었다. 화면 바깥의 누군가가 질문하고, 화면 안의 유키가 대답했다. 유키는 가슴골이 훤히 드러나 보이는 연초록빛 민소매 원피스를 입었고, 시종일관 여유로워 보였다. 프레임 속 유키의 살빛이 유독 고와 보였다.

Q. 일본 성인 비디오계의, 그중에서도 숙녀물의 전설적 이름으로 자리매김하고 있는 AV배우잖아요. 어떤 마인드로 일하고 있는지 말해줄 수 있나요?

A. 기뻐요. 기쁘니까 열심히 해요. 어떤 일도 마찬가지겠지만 보는 사람을 기쁘게 한다면 저도 기뻐서, 힘들지만 기운을 내고 있어요. 다시 말하지만 어떤 일도 마찬가지니까요. 보는 사람이 기뻐하니까요. 저도 기뻐요.

유키가 팔을 든다거나 손으로 머리칼을 쓸어올릴 때마다 그녀의 풍만한 가슴이 물결치듯 움직였다.

우레시이うれしい.

정인은 기뻐요, 라고 발음하는 유키의 모습을 흉내내보았다. 어떤 일도 마찬가지니까요. 유키가 지었던 눈빛이나 표정, 손짓들도 비스름히 따라해보았다. 기쁘다는 그녀의 말은 믿을 수 없게도 진심처럼 들려와 마음이 아렸다. 정인은 이유 모를 눈물을 질금거리며 금잠 한 알을 목 끝으로 깊숙이 밀어넣었다. AV, 에로의 세계는 깊다. 화면에 아로새겨진 문구가 점점이 줄어드는 것을 어렴풋이 바라보다 정인은 깊은 잠 속으로 빠져들었다. 10시간에 가까운 금쪽같은 잠이었다. 꿈꾸지 않았고, 울지 않았다. 정인은 깨어나 한 알 더, 또 한 알을 더 먹었다. 팔다리가 흐느적거렸다. 잠은 계속해서 잠을 불렀다.

잠에서 깨고 다시 서서히 잠에 빠져드는 짧은 시간에 정인은 방안의 형광등이 켜져 있다는 걸 알았지만 몸을 일으킬 수 없었다. 벽면에 얇실한 몸매의 그림자가 춤추듯 어릿대고 있었다.

방이 왜 이렇게 골고루 밝지가 않을까요.

현과 처음 마주한 날에 정인은 맥없이 중얼거렸다. 현은 새벽이 가까워오는 시간까지 방안 구석구석을 돌아다니며 조도측정기를 들이댔다.

어느 곳이든 그렇습니다. 조도가 균일하지 않아서 그렇죠. 심하면 서로 다른 색깔의 종이를 덧댄 듯 방이 얼룩덜룩해 보이기도 하고요. 모든 공간은 적당한 조도가 필요한데, 실내 적정 조도는 이백에서 삼백 럭스 정도예요. 책을 편하게 읽을 수 있고, 그림자가 생기지 않을 정도의 적당한 밝기죠. 이 방은 백오십 럭스 정도밖에 되지 않아서 눈이 좀 많이 아팠을 거예요. 벽면에 그림자도 크게 지고요.

현은 조심스레 의자를 옮겨 오르고 내리고를 반복하며 일했다.

눈이 아파서 두통도 심했던 걸까요?

아마도요.

방이 좀 이상하게 생겼나봐요.

글쎄요. 방의 문제라기보다는…… 솔직히 말하자면, 어떤 공간이든 골고루 밝다는 것은 현실적으로 불가능해요. 제아무리 방 천장의 한가운데 위치를 철저히 계산해 형광등을 달아놓았다고 하더라도, 빛의 파장이 방안 곳곳에 동일하게 퍼져나가지는 않거든요. 고작해야 가구의 위치를 바꾸느라 고심한다든가, 침침한 눈을 비비며 스탠드나 할로겐 같은 부분 간접 조명을 몇 군데 더 설치한다든가, 뭐 그런 걸 할 수 있을 뿐이죠.

현이 한숨을 쉬며 돌아간 뒤에도 방의 조도는 잘 맞지 않았다. 조금 밝아졌다 싶던 방은 이내 어두워졌고, 누군가 짓궂은 그림을 그려놓은 듯 벽면이 얼룩덜룩했다. 혼자이되 혼자가 아닌 기분이 등허리를 조여왔다. 조도를 높인다는 것의 의미에 대해 그래서 정인은 고민해보지 않을 수 없었다. 물체나 표면에 빛이 도달했을 때의 밀도에 대해, 그 어떤 현실적인 공간도 '골고루' 밝을 수는 없다는 농밀하고도 농염한 사실에 대해서. 그럴 때면 제 한몸 누인 방이 너무 어두워 두 개의 눈동자가 타들어가는 통증을 느꼈다. 아무런 고민도 걱정도 없이 마냥 잠들어버리고만 싶다는 바람으로부터 자유로워지지 못했다.

며칠 후 정인은 흔들리는 머리를 두 손으로 부여잡고 침대에서 일어났다. 무언가 먹은 흔적이라곤 성급한 손길로 벗겨내 바닥에 나뒹구는 잠의 포장지뿐이었다. 정인은 머리칼을 헝클어뜨리며 정신을 다잡기 위해 애썼다. 손놓았던 취업 준비를 다시 시작해야 했고, 아르바이트 자리도 바지런히 찾아다녀야 했다.

무엇보다 잠을 사는 것이 중요해.

정인은 조용히 뇌까렸다.

집을 나서자 현관문 앞엔 노란색 쪽지가 여러 장 겹쳐진 채로 붙어 있었다. 밤에는 불을 끕시다, 라든가 잠을 좀 자고 싶어요, 텔레비전 볼륨을 줄여주세요, 와 같은 내용의 쪽지였다. 정인은 아랫입술을 깨물며 새삼스레 주변을 돌아보았다. 301호부터 306호까지 숫자가 아니라면 분별할 수 없이 똑같이 생긴 대문은 성난 사람의 입처럼 굳게 닫힌 채였다. 정인이 살고 있는 5층 건물의 다세대주택에는 한 층마다 디귿자 형태로 여섯 집이 중앙의 계단을 에워싸고 늘어서 있었다. 도합 서른 가구가 살고 있는 셈인데 정인을 뺀 스물아홉 가구 중의 예민한 누군가가 그녀의 현관문에 자꾸만 쪽지를 붙여대고 있는 것이다. 창틈으로 새어나가는 불빛이나 텔레비전 소음이 괴로운 거라면 아래층 201호 사람일까, 아니면 위층 401호? 혹시 옆집의 현일까? 쪽지를 붙인 사람의 얼굴이 궁금해 정인은 계단을 내려가지 못하고 한참을 서성였다.

누구세요……?

정인은 조심스레 입을 떼어보았지만 문을 열고 나오는 이도, 돌아오는 대답도 없었다. 당연하다고, 정인은 생각했다. 우리는 결코 상대의 전부를 볼 수 없다. 모든 걸 알아차리기에 우리의 거리는 너무나 적당히 멀다. 정인은 쪽지를 주머니에 쑤셔넣고 계단을 내려가며 어지러움에 잠시 비틀거렸다.

주유소 앞을 지나며 정인은 자신도 모르게 허리를 숙여 몸을 낮췄다. 사장의 눈에 띄기 싫어서였는데 입구에서 제복 입은 웬 여자가 늘씬하고 미끈한 몸매를 뽐내며 인사하는 모습을 보고는 잠시 멍해지고 말았다. 정인은 그 자리에 서서 흘끔흘끔 마네킹을 훔쳐보았다. 얼굴, 머리칼, 팔다리 할 것 없이 그것은 제법 정교하고도 세밀하게 만들어진 듯했다. 마네킹의 관절과 근육, 피부는 멀리서 보면 살아 움직이는 인간처럼 보일 것도 같았다. 그녀의 미소는 때로 온화했고, 때론 섹시하게까지 느껴졌다. 입고 있는 옷은 주름 하나 없이 말끔했고, 맞춤한 길이의 미니스커트는 그녀의 차끈한 다리를 더욱 돋보이게 만들었다. 두 손은 가지런히 배꼽 위에 올리고, 허리를 절도 있게 숙일 것. 사장이 '제대로'를 외치며 늘 잔소리해대던 인사 동작도 한 치의 오차 없이 매끄럽게 이루어지고 있었다. AV에서 보았던 유키의 미소와 자태와도 꼭 닮아 보여서 정인은 두 눈을 크게 홉떴다. 기뻐요. 마네킹도

도톰한 입술을 벌려 그렇게 이야기할 것만 같았다.

아니, 정사장. 이 아름다운 아가씨는 누구야, 세컨드야?

오가는 손님들이 눙치면 사장이 달려나와 클클 웃어대며 마네킹의 볼록한 엉덩이를 문질거리는 광경을, 정인은 AV의 화면인 양 바라보았다.

이번에 새로 물 건너 데려온 아가씨야, 보고 있으면 애간장이 녹는다고.

사장도 오가는 손님들도 마네킹 앞에 서서 엇비슷이 황홀한 표정을 지었다. 진심으로 기뻐 보이는 얼굴이었다. 정인은 손바닥에 밴 땀을 연신 허리춤에 닦다가 맥없이 집으로 걸음을 옮겼다.

계단을 올라오며 정인은 현관문 앞에서 주머니를 뒤져 열쇠를 꺼내는 현과 마주쳤다. 현은 여전히 피로하고 해쓱한 낯이었다.

오랜만이네요.

현이 먼저 고개를 숙이며 말을 건넸다. 정인은 네, 하고 대답한 뒤 자신의 안색을 살피는 현의 얼굴을 한동안 멀끔히 바라만 보았다. 정인은 현이 오늘도 까치발을 들고 일했을 시간에 대해 잠시 생각했다.

여전히 방이 어두워요.

정인이 마른 입술을 떼며 말했다.

그렇습니까.

네.

고객센터에 접수해주시면 조만간 다시 봐드리겠습니다.

현은 난처한 표정을 지으며 다분히 기계적인 어투로 대꾸했다. 현이 열쇠를 만지작거리는 소리만이 복도에 울렸다.

불빛은 왜 흔들릴까요.

정인은 집으로 들어가지 않고 계단에 앉아 다리를 모았다. 현은 어떻게 행동해야 할지 몰라 움직이지 못했다. 그는 잠을 사러 갈 시간도 없이 며칠째 바빴다. 옆집 여자에게 무슨 일인지 관심을 표하기엔 지나치게 피곤하고, 머리가 무거웠다.

망치 있으면 좀 빌려주실래요?

정인이 말했다.

망치…… 말입니까?

어찌할지 몰라 뭉그적대던 현은 갖고 있던 공구함을 뒤져 그것을 건네주었다. 30센티미터쯤 되는 길이의 나무막대에 쇳덩이가 달린 망치는 묵직하면서도 정인이 한 손으로 들기에 어려움이 없었다.

자정을 넘긴 시간에 정인은 어두운 길을 되돌아 주유소로 향했다. 아무런 표정도 읽을 수 없는 얼굴이었다. 평온해 보이기도, 비장해 보이기도 했다. 정인은 밤에도 낮처럼 아름답기만 한 마네킹 곁으로 가까이 다가섰다. 들고 간 쇠망치를 머리 위로 높이 세워 온 힘을 다해 내리쳤다. 한 번, 두 번, 세 번 내리치자 그녀의 발에 채워진 자물쇠는 의외로 쉽게 동강났다. 정인은 숨을 크게 한번 들이쉬고 그녀의 허리를 양팔로 감았다. 사람의 실물 크기로 제작된 것과는 달리 그녀의 몸은 가벼웠다. 10킬로그램도 채 되지 않는 것 같았다. 다만 그녀의 살집이 지나치게 살아 있는 사람처럼 느껴져 정인은 그녀를 들어 옮기는 내내 긴장이 가시질 않았다. 정인은 주유소 뒤편 화장실과 붙어 있는 창고 문을 열고 마네킹을 던져넣은 뒤 돌아섰다.

정인은 손을 깨끗이 씻고 자신이 매일 오르던 그 자리로 올라섰다. 입매를 끌어올려 미소지었고, 엉덩이에 바짝 힘을 주고 발뒤꿈치를 살며시 들어올렸다. 마네킹이 된 듯, AV에 출연한 듯, 전신이 노출된 기분이 이상하게도 싫지 않았다. 이토록 온전히 또한 분연히 자신을 내보이는 기분이라니, 그동안 취업을 위해 자기소개서를 수십 수백 장씩 썼어도 느끼지 못한 기분이었다.

도로의 저편으로 자동차가 헤드라이트를 켜고 지나갔다.

어서 오십시오.

정인은 두 손을 포개어 배꼽 위에 올리고 허리 숙여 인사했다. 그리고 그 순간, 정인은 다가올 밤이 두렵지 않다고 느꼈다. 마네킹이라면, 잠들지 않아도 고통을 느끼는 감각을 갖고 있지 않을 것이다. 도시가 깨어 있는 한 잠드는 것은 사치고 수치다. 그렇게 생각하자 정인은 개운한 잠에 빠져드는 환락과도 같은 기분을 느꼈고, 그제야 제 몸에 진정으로 생명력이 부여된 것만 같은 설렘마저 일었다. 누군가 지금 자신의 모습을 본다면 꽤 에로틱해 보이지 않을까, 정인은 주변을 의식하며 두 눈을 가볍게 깜빡였다.

안녕히 가십시오.

가슴속 깊이 모래알이 힘차게 떨어져내리는 기분으로 정인은 인사말을 뱉은 뒤 기쁘다, 기쁘다, 하고 속으로 중얼거렸다. 이제는 잠들지 않아도 좋겠다, 살아갈 수 있겠다, 온전한 숙면과 완전한 불면은 맞춤한 동의어가 아닌가, 그런 생각이 들었다.

주유소에 출근한 사장은 입구에 선 채로 가죽 재킷의 왼쪽 가슴팍을 손으로 천천히 문질렀다.

어서 오십시오.

정인은 훌륭히 인사했다. 절도 있고 품위 있는, 어느 곳 하나 지적할 곳 없는 완벽한 인사였다. 사장은 만족한 듯 웃었다.

역시, 마네킹으로 바꾸길 참 잘했단 말이지.

사장은 사무실을 향해 뒤돌았다. 정인은 표정의 변화도, 미동도 없이 구부렸던 허리를 바로 세웠다. 사장이 허벅지를 만지고, 엉덩이를 두드렸지만 아무렇지 않았다. 단지 기쁜 마음만이 들었다. 기쁘다. 어떤 일도 마찬가지이므로, 보는 사람이 기쁘다면 자신도 기쁘다. 그러니 힘들지만 기운을 내서 일하자, 정인은 그렇게 마음먹었다. 주유소를 지나쳐 서둘러 출근하던 현만이 정인의 앞에 서서 잠시 고개를 갸웃거렸다.

어디서 본 것 같은 얼굴인데.

잠들지 못해 붉어진 눈과 윤기 없는 피부, 수염이 꺼끌꺼끌한 그의 턱을 내려다보며 정인은 두 손을 배꼽 위에 올린 뒤 허리를 깊이 숙였다.

어서 오십시오.

현은 어쩐지 이 여자의 얼굴이 낯익어 눈을 가늘게 떴다. 중고등학교 시절의 동급생인 것도 같고, 과거의 어느 때 아주 가깝게 알고 지내던 누이동생인 것도 같고, 그도 아니라면 아주 어릴 적 집안 결혼식에서나 마주쳤을 법한 먼 친척인 것도 같았다.

아, 어젯밤 케이블 채널에서 틀어준 AV배우와도 퍽 닮았군.

현은 늦었다는 듯 이키, 하는 추임새를 넣으며 빠르게 멀어져갔다. 정인은 현의 뒷모습을 바라보며 그도 기뻐해주었으면 좋겠다고 생각했다. 공구함을 앞뒤로 흔들며 걸어가는 그의 발걸음이 경쾌하게 느껴졌다. 정인은 두 손을 가지런히 배꼽 위에 올리고 만면에 미소를 지었다. 잠을 꿈꾸는 얼굴처럼도 보였다.

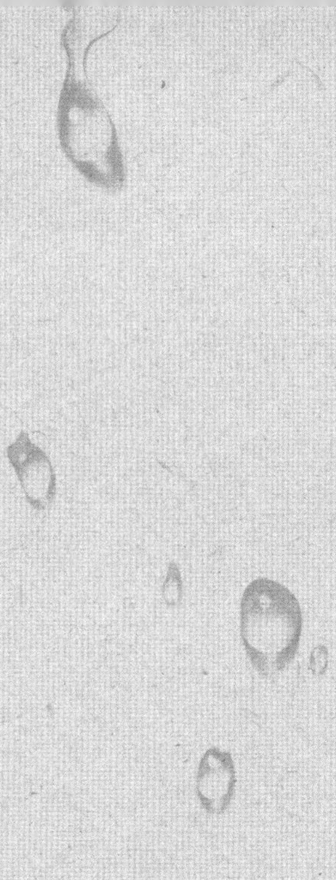

# 눈물이 서 있다

나의 이명을 너는 듣지 못하고, 너의 이명을 나는 들을 수 없다.
이명은 제각기 다르고, 공유할 수 없기에 외롭다.
우리는 저마다의 이명으로 비명을 내지르고 있다.

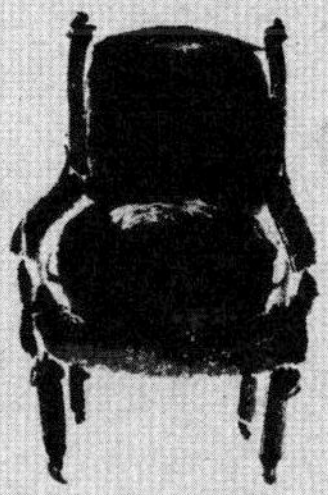

울음소리, 들린다. 어깨를 떨며 흐느끼거나 코를 훔치고 훌쩍인다. 휘파람을 불기도, 콧노래를 부르기도 한다. 이따금 통곡하고, 괴성을 지른다. 잠잠하다가도 성이 나서 펄펄 뛰고, 그랬던 걸 후회라도 하듯 이내 찌르르 사그라져버린다. 울다, 그친다. 그쳤다, 운다. 잔잔하게도, 서럽게도, 울음소리는 변화무쌍하며 그치지 않는다. 소리의 근원은 알 수 없으나 정체는 알고 있다.

이명(耳鳴)이다.

현은 걸음을 빨리해 C구역을 가로지른다. 어디선가 아카시아 향이 난다고, 그는 불시에 느낀다. 그리고 이제는 향내마저 벌떼처럼 윙윙거리며 소리로 몰려오는구나, 생각한다. 꽃향기에 취할 새 없이 현은 마음이 분주해져서 걷는다. 늦봄. 도시는 조용하고, 어둑하며, 위험하다. 달은 가느다랗게 휘어져 있다. 살집 없이 바짝 마른 체구의 현도 멀리서 보면 그처럼 얄브스름한 모양이다. 둘은 꾸준히 이동한다. 그러나 간간이 휘청대고, 어지러워 속도를 늦추는 건 현뿐이다. 현은 B구역의 진입로에 다다른다. 옷매무새를 다잡고, 패스카드를 내민다. 신원을 확인받은 뒤 통과한다.

현은 매일 밤 바지춤에 두 손을 찔러넣고 바지런히 움직인다. 대리운전업체의 야간관리 부스는 B구역에 위치해 있다. 별다른 일이 없는 한, 현은 자정부터 새벽 다섯시까지 운전대를 잡는다. 부스의 책임자는 '군'인데, 그를 만나야 프로그램업체에 오늘의 기사로 등록이 가능하다. 일단 군으로부터 첫 '콜'을 배당받아야 그날의 업무가 시작된다. 이후부터는 휴대전화 애플리케이션을 통해 자동으로 콜이 들어온다.

군.

주변을 잠시 살핀 뒤 현이 부스에 난 작은 창을 두드린다. 덜컥 열린 문안으로 손짓하는 군의 모습이 보인다. 현은 두 평 남짓한 크기의 부스 안으로 들어선다.

날이 좋네.

응.

군이 말하고, 현이 답한다. 더워지려나, 하며 군이 나른하다는 듯 두 손을 마주붙여 머리 위로 뻗는다. 군이 앉아 있는 휠체어의 바퀴에서 끽끽대는 소리가 난다. 둘은 나이 서른의 동갑내기라, 두 해 전 현이 첫 업무를 시작하는 날부터 바로 말을 텄다. 낯을 가리는 현에 비해 솔직하고 사교적인 성격의 군이 꽤 서글서글하게 굴어서 거리를 좁혔다. 열 살 때 사고로 두 다리를 잃었다는 말도 그는 서슴없이 꺼냈다.

금방 더워지겠지?

군이 동조를 구하는 눈빛으로 다시 말한다. 날씨 얘기로 화제를 꺼내는 것은 군의 한결같은 버릇이다. 관심 없어, 라며 현은 작고 오래된 철제 의자에 제 몸을 구기듯 앉는다.

얼른 내놔봐.

빙그르르 휠체어의 방향을 틀며 군이 싱글댄다.

괜찮겠어?

나쁠 거 없어. 난 그냥 취미생활 정도라고.

군이 양어깨를 으쓱댄다. 현은 잠시 망설이다 바싹 조여쥐었던 손바닥을 풀어내 보인다. 군이 고개를 쑥 빼고 들여다본다. 요모조모 꼼꼼히 살펴본 군이 다분히 심드렁한 투로 괜찮은데, 하고 대꾸한다. 그것이 그런 체할 뿐이라는 걸 현은 짐짓 모르는 척한다. 그래, 이거 괜찮다, 라며 군이 한번 더 고개를 주억거린다.

오십.

잠시 잠깐의 침묵을 깨고 군이 짓궂은 표정으로 말한다. 현은 오른쪽 검지를 들어 코에 가져다 대고는 왼쪽 턱 아래로 바싹 움직인다.

이게 나쁘다고?

군이 묻고,

백.

현이 입술을 뗀다. 무슨, 하고 군이 손사래를 친다.

괜찮은 정도가 아니잖아. Z브랜드야.

그래도 백은 심했다.

군은 목소리를 낮춰 한 발짝 물러나면서도 현의 손에 들린 그것에서 눈을 떼지 못한다.

그럼 팔십.

팔십?

더는 안 돼.

안 되면?

장한테 가져가야지.

현의 어조가 단호해 군은 두 눈을 둥그렇게 떠 보이다가는 한숨을 쉰다. 장한테 가져가봤자, 라고 군이 말하다가 입을 다문다. 현도 알고 있다. 장은 꽤나 독하다고 소문난 장물업자다. 이 바닥에서 들고 나는 모든 주인 없는 것들의 주인이며, 제아무리 좋은 것도 흠집을 찾아내 싼값에 매입하려들기로 유명한 점주다. 장한테 가져가봤자, 현도 남는 장사는 못 된다고 군은 말하려 했을 것이다. 군은 하릴없이 오른손을 주먹 쥐어 코로 가져다댄다. 좋다, 라는 의미다. 군은 오만 원권 지폐 열여섯 장을 빠르게 세어 현의 가슴팍에 찔러넣은 뒤 현의 손에 들린 그것을 낚아채간다.

아주 마음에 들어.

군이 그제야 헤실헤실 웃는다.

찾는 사람은 많은데 당최 물건이 있어야지.

나도 운 좋게 얻어걸린 거야.

현이 말하곤, 허리를 일으킨다. 군은 데스크톱 모니터를 바라보며 서둘러 마우스를 움직인다. 화면 하단의 출근 버튼을 누르고, 오늘의 기사 목록에 현을 추가한다. 얼마 지나지 않아 현의 휴대전화에 '콜'이 들어온다. 고객은 두 블록밖에 떨어져 있지 않은 가까운 곳에 있다. 그럼 수고해, 하고 현이 군의 낮은 어깨를 두드린다. 밖으로 나서자 코끝으로 꽃가루인지 모래먼지인지 분간할 수 없는 바람이 스쳐온다. 금세라도 누군가 다가와 목덜미를 잡아챌 것만 같은 불안감에, 현은 옷깃을 세운다. 뜨끈한 귓불을 손가락으로 꼬집어 문대며 두 다리를 재게 놀린다.

현!

한 블록쯤 걸었다 싶은데 알코올처럼 몽롱한 목소리가 뒷목을 때린다. 장이다, 라는 걸 알아채지만 현은 부러 못 들은 척 반응하지 않는다. 이제 양쪽 다 맛이 간 모양이군, 하며 장이 킬킬대는 것 같다. 술잔이 뒤엉켜 부딪히듯 여남은 명 정도 되는 장의 무리들이 현, 현, 하고 떠들어대는 소리도 뒤따라온다.

뭐 하나 건진 모양인데, 이담엔 날 찾아와. 군보다 후하게 쳐줄 테니까! 나는 생각보다 꽤 자비로운 인간이라고!

장이 뱃심 좋게 내지른다. 걸음을 멈춘 현이 차분히 장을 돌아본다. 그제야 알아들었다는 듯 오른손을 들어 짤막히 인사한다. 장과 그의 무리들이 다시 제 몸들을 옴쭉대며 웃어젖힌다. 가슴께까지 닿는 무성한 풀숲 더미를 간신히 헤치고 나아가는 기분으로, 현은 장을 지나친다.

이태 전, 일하기 위해 B구역으로 처음 왔을 때 장이 물었던 걸 현은 잊지 않고 있었다. 그때도 이미 장은 B구역의 터줏대감이었다. 장이 어쭙잖은 질문 하나를 던져준 건, 그의 무리들이 현을 에워싸고 동시에 호루라기를 빽빽 불어대고 난 뒤였다. 그 와중에 무리 중 두엇이 현의 지갑을 거칠게 뒤져 패스카드를 확인했다. 그들은 수첩을 꺼내 들고 왼쪽만 멀었군, 왼쪽만, 하고 말하며 현의 이름 옆 특이사항란에 적어넣었다. 현은 귀 막았던 손을 찬찬히 떼고 바닥에 널브러진 제 지갑을 주워들었다. 장은 호리호리했지만 키가 아주 커서, 고개를 젖혀 올려다보지 않을 수 없었다.

밀림의 우두머리는 어떤 동물이라고 생각해?

현은 선뜻 대답하지 못했다. 장은 다그치지 않고 느긋이 기다려주었다. 스펙이 좀 세다며, 말해봐, 라며 호기심 어린 눈길로 다시 물어왔다. 답을 정해놓은 질문처럼 불편한 것은 없다는 걸 현은 느꼈지만 대답하지 않을 수 없었다. 잠시 목덜미를 문대다 사자, 하고 대답했다.

말꼬리가 짧다?

그 순간 누군가 현의 등을 날카롭게 떼밀었다.

글쎄. 그냥 사자는 아니지.

장이 양 볼을 실룩이며 웃는데 현은 피로감을 느꼈다. 대기업 출신도 별수없군, 하며 무리 중 하나가 부산스레 떠들었다.

생각하는 사자야.

장은 유순히 말했다.

우두머리의 진정성이라는 거지, 그건. 생각하는 사자야말로 밀림의 우두머리라는 타이틀에 책임을 지는 태도라고나 할까.

잘 부탁한다는 얘기야, 라며 장은 다가와 현의 팔을 툭 쳤다. 조심하라는 얘기지, 하고 현은 속으로 생각했지만 대체로 무감한 표정으로 서 있었다. 이후에도 종종 장은 현을 불러세워 시답잖은 대화를 즐겼다. 현으로선 전혀 즐겁지 않았지만 어쩔 수 없다고 여겼다. 이곳도

저곳도, 세상 어느 곳에도 마찬가지로 작동되는 룰이라는 것이 있다. 집단이라는 건, 사회라는 건, 강한 자가 정해놓은 룰에 의해 움직이는 것이므로 그저, 따랐다. 불러세우면 멈춰 서고, 가라고 하면 돌아섰다. 다만 점차로, 요령이 늘었다. 짐짓 피하고 모르는 체 에둘러갔다.

콜이 들어온 장소를 향해 두 블록을 걸어 현은 손님과 마주한다. 불러주셔서 고맙습니다, 하고 허리를 깊이 숙여 인사한다. 만취한 젊은 사내가 던지듯 내미는 차키를 현이 받아든다. 검은 가죽 재킷과 청바지 차림의 사내는 현의 또래쯤으로 보인다. 사내의 창백한 낯빛과 가늘고 긴 눈매가 어딘지 모르게 위협적이라고 현은 느끼지만 이내 머리를 털어버린다. 앞좌석에 올라탄 현이 능숙히 시동을 건다. 고급 세단의 묵직한 엔진이 소음 없이 발생시키는 동력을 감지하며 천천히 속력을 높인다. 사내는 눈 감은 채 말없이 조용하다. 과속방지턱을 넘을 때마다 현은 조심한다. 빨간불에서 정지하고, 파란불에서 전진하는 도로의 법칙이 무상하게 느껴질 만큼 그러나 시시때때로 감당할 수 없는 이명이 몰려든다. 뜨거운 물이 우르르 끓어오르는 주전자가 어깨에 매달린 듯 삐, 삐 소리가 그치지 않는다. 어지럼증도, 구역감도 인다. 현은 규칙 없이 다가드는 고통을 외면하려 애쓴다. 이명이 찾아오는 늦은 밤, 귀울음이 들려오는 검은 밤, 현은 목적지인 A구역을 향해 숨죽여 도로의 경계를 넘는다.

현이 부스에서 군에게 건넨 것은, 한 쌍의 '귀'였다.

새끼손톱만한 크기였고, 백금으로 만들어졌다. 어쩐지 아주 고와 보인다, 고 말할 수 있을 정도로 그것은 단단하고 반짝거렸다. 구태의연할지도 모르지만 아름답다, 라는 표현만이 적절하겠다는 생각이 들 정도였다. 현은 그것을 어제 새벽 즈음, A구역에서 주웠다.

조심히 살펴 들어가십시오.

현이 상체를 직각으로 구부렸을 때, 짐작건대 어느 조직의 이사나 전무쯤으로 보이는 땅딸보 손님이 딸꾹질을 해대며 허청허청 뒤돌았을 때였다. 귀는 한눈에도 Z브랜드의 제품이라는 걸 알 수 있을 만한 상자—자줏빛 벨벳으로 감싸진 앙증맞은 보석함—에 들어 있었다. 심장박동수가 빨라지는 걸 느끼며 현이 뚜껑을 열자, 깨끗하고도 말끔한 귀의 자태가 드러났다. 예상대로 Z브랜드 로고가 귓바퀴 뒤쪽에 은장으로 새겨진 터였다. 덧붙여진 일련번호를 확인하니 출시된 지 미처 한 달도 되지 않은 신제품이었다. 어머니나 아내를 위한 것이 아닌, 아마도 C나 D구역에 숨겨놓았을 애인의 환심을 사기 위한 용도가 분명하다고 현은 생각했다. 이것이 최고급의 귀……, 하고 현은 저도 모르게 입을 벌렸다. 현은 남몰래 주워든 귀를 품에 숨기고, 봄밤의 이슬을 맞으며 걸음을 옮겼다. 새벽이라 제법 한기가 도는데 그의 두 귀만은 한껏 달아올랐다. 더워진다, 심장이 빠르게 뛰고 또 뛰고 귀는 뜨거워진다, 는 사실에 울적해하며 현은 집을 향해 걸었다. 휴대전화로 콜이 들어왔지만 응하지 않고, 애플리케이션을 종료한 뒤 군과 통화했다.

나 그만 들어간다.

이명이 심해졌어?

아냐, 좀 어지러워서.

현의 대꾸에, 군은 흠, 소리를 내며 잠시 침묵하다가는 아직 세시밖에 안 됐는데 퇴근하겠단 말이지, 라며 운율을 맞추듯 조용히 말 건네왔다.

내일 꼭 와.

무슨 뜻인지 알겠다는 뉘앙스로, 군이 잔기침을 해대며 말했다. 누군가 곁에 있구나, 하고 현은 대번에 알아차렸다. 손재주 좋은 군은 간간이 불통되어 콜이 뜨지 않는 기사들의 휴대전화를 수리해주는 걸 소일 삼았다. 어쩌면 남의 눈을 피해 중고 귀의 구입을 부탁해오거나 비밀스레 습득한 귀의 값을 흥정하던 참이었는지도 몰랐다.

봐서.

짧게 말하곤, 현은 전화를 끊었다. 하, 비싼 자식, 이라며 군은 입을 비쭉댔겠지. 현은 걷고 걸어 C구역으로 돌아왔다. 진입로에서 패스카드를 내밀고, 주차해놓은 자전거를 되받아 탔다. 군의 휠체어와도 같은 끼긱끼긱 소리를 내며 한참을 내달렸다. 현관문을 열었을 때 현은 지쳐 있었다. 그는 천천히 신발과 윗옷을 벗었다. 안주머니에 넣었던 상자를 고이 꺼내 탁자 위에 올려놓은 뒤 쓰러지듯 침대에 널브러졌다. 피곤에 절어 잠도 쉬이 오지 않았다. 현은 왼팔을 접어 머리에 받치고는 무거운 눈꺼풀을 들어올렸다. 여태껏 많고도 다양한 귀를 보아왔지만 Z브랜드의 귀는 처음이었다. 손닿을 수 없이 머나먼 대양의 어느 지점이라도 응시하는 듯 그는 꼼짝없이 바라보았다. 보증서가 없으니 갖는다 해도 문제는 없지만, 그저 몇 푼 손에 쥐고 장물로 넘겨버리는 게 속 편하겠지, 라고도 생각했다.

현은 어느새 가물거리던 눈꺼풀을 치뜨며 팔을 펴고 모로 돌아누웠다. 졸음이 아닌 허기가 몰려온다고 느꼈을 때 그는 다시금 이명에 시달렸다. 무수한 하루살이떼가 날아와 날개를 비벼대는 정도에서, 소리는 이내 먼바다에서 폭풍우를 몰고 돌아오며 끝도 없이 울려대는 뱃고동처럼 커졌다. 어느 때는 밀려왔다 다시 떠밀려나가는 파도에 모래알이 뒤엉기는 것 같고, 또 어느 때는 장난스런 어린아이가 리듬과 박자를 무시한 채 기세 좋게 두드려대는 큰북과도 같이 소리의 고저가 요동쳤다. 현은 베개의 양끝을 말아쥐고 오른쪽 귀를 감쌌다. 곧 잦아들 거라고, 조금만 참으면 된다고, 스스로를 다독이려 했지만 자꾸만 속이 메스껍고, 목구멍 깊숙이 쓴 물이 올라왔다. 현은 신경을 분산시키려 노력했지만 제 이마를 이불 위에 하염없이 찧어대는 것 외에는 별도리 없이 무력할 따름이었다.

이명은 경고 없이 왔다.

귀울음에 시달리던 이들이 부지불식간에 귀가 멀어버리는 경우도 허다해졌다. 어느 날 갑작스레 날아든 단수나 단전 고지서만큼이나 그것은 당혹스러웠다. 어째서, 라고 고민할 겨를도 없이 그저 물과 전기가 끊긴 기분으로 살아왔다. 발병 원인이나 치료 방법 그 어느 것도 딱히 명확하달 만한 것이 나오지 않았다.

지난 10년간, 모든 것은 전열을 가다듬듯 정비되었다. 도시는 A부터 E구역까지 5등분 되었다. 동심원 모양으로 A구역이 가장 중심에, E구역이 맨 가장자리에 놓였는데 A 〈 B 〈 C 〈 D 〈 E 순으로 크기가 넓어졌다. 주민번호를 부여받은 이들이라면 주기적으로 다양한 종류의 청력검사를 받았다. 그것은 의무이자 강제였다. 난청의 정도에 따라 사람들은 구역별로 분류되고, 이주되었다. 청력에 아무런 장애도 없는 이들이 A구역에, 반대로 두 귀가 모두 멀어버린 자들이 E구역에 모여 살았다. 양쪽 귀의 기능에는 이상이 없지만 이명의 고통에 시달린다면 B구역에, 이미 한쪽 귀의 청력이 소진돼버렸다면 C구역, 양쪽 귀의 청신경에 장애가 있어 작은 소리를 잘 구분하지 못하는 상태라면 D구역에 살았다. 각각의 구역에서도 다시 세밀한 분류가 이루어졌고(일례로 D구역에서는 전음성 난청과 감각신경성 난청인 자들이 섞이지 않고 동별로 나뉘었다), 반년에 한 번씩 시행되는 정기검진의 결과에 따라 누구든 머무르거나 이동해야만 했다. B, C, D 구역에서의 이동은 빈번한 편이었지만, A구역의 사람이 반년 뒤 급작스레 E구역으로 옮겨지는 횟수도 셀 수 없었다.

모두의 신경이 날카로워서 구역별로 다툼이 끊이지 않았다. 싸움이 벌어지면, 그 어떤 이들보다도 들리는 자, 잘 듣는 자들이 가장 포악했다. 듣다, 듣는다, 들린다, 들려온다, 라는 것에 대한 생각을 그래서 모두는, 함부로 잘라내지 못하는 열선(熱線)처럼 온몸에 휘감고 지냈다.

'귀'가 제작돼 유통되기 시작한 건, 2, 3년밖에 되지 않았다. 그것은 실제 귀를 10분의 1 정도 크기로 축소시켜놓은 크기와 모양이었다. 금이나 은, 플라스틱, 실리콘 등 다양한 재질로 만들어졌고, 가격은 천차만별이었으며, 고막에 부착하거나 귓바퀴에 거는 등 각각의 사용방법도 달랐다. 얼핏 봐서는 소형 마이크 따위를 이용해 소리를 증폭시키는 기존의 보청기와 다를 바 없이 느껴질 수도 있지만 효능이나 미적인 면에서도 귀는 확실히 나았다. 무수한 제조사들에서 이런저런 이름을 붙여 출시되었어도, '스카치'나 '호치키스'처럼 귀는 그저 '귀'

로 불렸다.

내 귀는 아예 똑 떼어내 버리고, 그 자리에 새로운 귀를 만들어 붙인다면 얼마나 좋을까요. 울음소리가 들리지 않는 귀, 다른 누구보다도 더, 더 잘 들리는 귀 말이에요!

이명과 난청이 심해질수록 모두는 더욱 성능 좋은 귀를 기다리고 찾았다. 저가의 제품은 소리가 되울리거나 변형되어 들렸고, 자신의 목소리가 따갑게 메아리쳐 말하기도 힘들어서 실망스러웠다. 하지만 최신 사양의 귀가 거듭 출시되어도 망설여지기는 매한가지였다. 귀는 너무도 비싸서 선뜻 구매하기 어려웠고, 쉽게 실망하게 될까봐 겁이 났다.

*귀를 기울여요*
*당신을 생각해요*
*두 개 세 개 네 개,*
*귀는 많을수록 좋지요*
*귀를 기울여요*
*당신이 그리워요*

라는 등의 가사의 노래가 불리고, 꾸준히 유행했다. 절반이 나누어진 가면처럼 쓸쓸한 가락과 흥겨운 선율이 하나의 곡에 녹아들어 있었다.

*G는 이 시대 가장 강력한 귑니다. G를 매일 착용하면 국민체조 10회, 경보 30분, 요가 1시간에 해당하는 운동효과가 나타나죠. 직*

*장인의 만성피로를 해소하고, 수험생의 두뇌활동을 활발하게 만들며, 두통 치통 생리통과 우울증마저 없애주고요. 사랑하는 이와의 포옹, 우정 어린 상대와의 악수와도 같은 정서적 안정감을 느끼게 해줘요. 잊지 마세요, G는 혁신이자 혁명 그 자쳅니다.*

라는 식의 텔레비전 광고도 끊이지 않고 반복되었다.

귀와 관련한 은어나 신어가 만들어져 널리 퍼졌고, 귀를 사고팔거나 교환하는 중고시장도 은밀히 활성화되었다. 개중에는 제3국에서 싼값의 노동력으로 제조해 밀반입한 귀도 허술히 거래되곤 해서, 적지 않은 수의 구매자들이 부작용에 시달렸다. 점차로 어떤 브랜드의 귀를 착용하는지, 얼마나 더 잘 들을 수 있는지, 개개인이 소지한 귀의 등급과 품질이 인격과도 같이 중요해졌다.

여전히 눈감고 말 없는 사내를 태우고 현은 A구역으로 넘어온다. 하루에도 몇 번이고 A구역을 드나들지만, 좀처럼 이물감이 없어지지 않는다. 어째서 어떻게, 누구는 잘 듣고 누구는 잘 듣지 못하는 것일까 의아하고, 때로는 분하다. 사람이 허기를 느끼는 것에도 자잘한 단계가 있다는데, 듣거나 듣지 못하는 것에는 어떠한 과정의 차이가 있는지 전연 모르겠는 것이다.

목적지에 도착해 현은 운전대를 잡은 손에 힘을 뺀다. 손님, 하며 고개 돌려 사내를 부르려는데 그 순간 현의 숨이 턱 막힌다. 취해 잠이 든 줄로만 알았더니 사내는 깨어 의외의 완력으로 목 조르듯 현의 셔츠를 바싹 그러쥐고 있다.

가만히 있어!

말하는 그의 입에서는 술냄새도 나지 않는다. 현의 동공이 확대된다. 사내는 한 손을 현의 가슴팍에 집어넣어 헤집으며 어디야, 어디가 멀었어, 하고 묻는다. 왼쪽, 오른쪽, 어디야, 말해봐, 안 들리는 쪽에다 콱 박아 시원히 뚫어줄 테니까, 라고도 지껄인다. 사내의 뜨거운 입김이 현의 목과 입과 귀를 향해 거칠게 흩뿌려진다. 왼고개를 치는 현의 입술 새로 읍, 소리가 흘러나온다.

너 같은 새끼들이 일을 한답시고 생쥐처럼 A구역에서 활보하는 게 맘에 들지 않아, 구역질이 난다고.

성급히 떠들어대던 사내의 손이 바지춤을 향해 쭉 미끄러져 내려가려는 찰나, 현은 시트의 반동을 이용해 사내의 팔을 뿌리치곤 힘주어 밀어버린다. 사내가 뒷좌석에 나동그라지는 걸 보며 현은 차에서 빠져나온다. 그리고 사내가 배를 부여잡고 미친 듯 웃어대는 모습을 바라보다 뒤돌아버린다.

더러운 새끼!

현은 차가 들어선 방향으로 뛰듯이 되돌아간다. 사내에게 깨물린 아랫입술에서 피가 배어나와 따끔하고 비릿하다. 일진이 사납다고 현은 생각한다. 처음, 사내에게서 느꼈던 위협감의 정체를 그제야 깨닫는다. 어딘지 모르게 사내는 장과 닮았다. 엷은 갈색의 곱슬머리와 지나치게 낮고 허스키한 목소리. 첫 콜부터 추행이라니, 지겹다. 이번처럼 남자일 경우에는 더더욱. 밤중마다 이따금씩 겪어왔던 일이니 아무것도 아니라고 치부해버리려 해도, 그래도 이것만은 도무지 적응이 되지 않는다고, 현은 도리질하며 바닥에 핏물 섞인 침을 뱉는다.

들리거나 들리지 않거나 이 시대의 모두가 과민하고 난폭했다. 새끼를 배거나 뗀 어미 동물처럼 서로를 향해 자주 발톱을 세우고 으르렁거렸다. 때로는 현도 마찬가지였다. 좀처럼 제어되거나 추슬러지지 않는 자신을 보았다. 집 안과 밖, 도시의 어디서든 그치지 않고 달려들 그 소리라는 것이 두려워 자신도 어찌하지 못할 분노에 흐무러질 때가 한두 번이 아니었다. 이대로 두 귀가 모두 멀어버릴까 더럭 겁이 나면서도 언젠가는 멀지 않을 수 없으리란 자조와 단념으로 도로의 한복판에 맥 놓고 서 있던 적도 있었다. 그럴 때마다 미련하게 눈물이, 났다. 귀에서는 울음이, 눈에서는 눈물이 정처 없이 흘러드는 시간은 무참했다.

언젠가 B구역에서 일을 시작한 지 얼마 되지 않아, 현은 그저 기분이 나쁠 뿐이라는 건장한 체격의 손님으로부터 이유 없는 주먹질을 당했다. 눈자위와 입가가 찢어져 잔뜩 부풀어오른 얼굴로 현은 군의 부스를 찾았다. 잠시 현을 바라본 군은 아무런 말도 없이 갑작스레 한쪽 바퀴만으로 휠체어를 빙글빙글 돌리는 재주를 보여주었다. 나 잘하지, 하고 군이 새실대며 더 빠르게 휘도는 바람에 현은 어이가 없어 웃어버렸다.

내가 어린애냐.

그 통에 찢어진 입가가 따가워 아, 소리를 내며 얼굴을 찌푸렸다.

어린애지 뭐냐, 우리는 다 어린애야. 그것도 뭐든 다 지레 포기해버린 어린애.

군이 바퀴를 멈췄다.

잊어버려. 시대가 이렇게까지 와버린 마당에.

군이 휴지 몇 장을 뽑아 건네며 말했다. 현은 시대, 라는 그의 거창한 말에 우스워하면서도 별 말대답 없이 입가에 휴지를 대고 가만 눌렀다. 칠포 몰라 칠포, 연애, 결혼, 출산을 포기하는 삼포 세대에서 참 멀리도 왔다, 학업과 취업, 저축, 그에 더해 청력까지 포기하는 칠포 세대야 우리는, 너 애인 없지, 없어, 없을 거야, 있을 리가 있나, 어차피 우리는, 아니다 그냥 다 잊어버려라, 군은 놀림인지 위로인지 앞뒤가 맞지 않는 소리를 따따부따 잘도 지껄였다. 껌을 씹어 뱉듯 질겅이며 말하는 탓에 어느 부분은 들리고 또 어느 부분은 들리지 않았지만 오른 주먹을 쥐고 팔을 당기는 등 손짓이 더해졌으므로 대충 격려의 뜻으로 이해했다. 그런 말들을 군것질하듯 잊을 만하면 군과 나누었다. 시대와 사회와 그 속의 나라는 개인에 대해서, 먹고사는 게 바빠 지쳐 나동그라지기 직전에, 가끔은, 한쪽 바퀴만으로 내 몸의 무게라는 걸 가까스로 지탱하는 기분으로, 현은 군과 떠들어대곤 했던 것이다.

깊은 밤 새까만 거리를 현은 비칠대며 걷는다. B구역의 부스로 돌아가서 기다릴까, 아니면 오늘은 이대로 퇴근해야 할까, 고민한다. 잠시 멈춰 서서 단추가 떨어져나간 셔츠를 매만지던 현은 그러나 다시 느린 걸음을 뗀다. 계속하는 것, 리듬을 단절하지 않는 것. 장기적인 작업을 하는 데에는 말이야, 그것이 가장 중요해, 라는 말이 잔뜩 뒤엉켜드는 덩굴처럼 더운 혈관을 타고 오른다. 그건 첫 직장에서 만난 선배 김이 인턴 기간 내내 입에 달고 살던 말이었다.

장이 누구에게 무슨 말을 들었는지는 모르겠지만, 현의 직장은 모 기업의 인터넷 소프트웨어 개발 및 서비스 분야 계열사였다. IT 업계에서는 전망 좋다고 소문난 회사였고, 몇 번의 고배 끝에 간신히 취업에 성공한 터라 친구들의 부러움과 시샘을 동시에 받았다. 회사는 생각보다 더 자유로운 분위기로, 까탈을 부리는 상사나 텃세하는 선배도 없었다. 현은 파티션을 놓아 양옆과 앞이 모두 가려진 자기만의 공간에서 안락함과 평온함을 느꼈다. 가로세로 1미터씩이 채 되지 않을 공간에서 부서 내 사원들과 메신저로 소리없이 대화하며 일했다. 늘 야근하면서도 힘든 줄 모르게 열정이 넘쳤고, 허룩한 월급봉투에도 신이 났다. 간헐적으로 들려오는 이명에만 힘이 부쳤을 뿐, 두 귀는 그만하면 말짱하니 나쁘지 않던 나날이었다. 그러나 1년의 인턴 과정을 마치고 정직원이 된 지 세 달밖에 지나지 않았을 때, 현은 희망퇴직 권고 대상자 명부에 올라 있었다. 왜냐고 따져 물을 곳이 어디에도 없어 서글펐다.

자존심은 지켜야지.

김은 그 말 뒤에 앞으로의 커리어를 위해서라도, 라고 덧붙였다. 공채로 들어온 신입사원인데 희망퇴직이라니 어쩐지 우습고도 분했다. 그것은 전혀 희망적이지도 않을뿐더러 사원들 그 누구도 퇴직 따위는 희망하지 않았다. 서류에 사인하고 회사 밖으로 나서는 게 자존심을 지키는 일일까, 앞으로의 커리어란 게 있기는 할까, 현은 고민스러웠다. 취직되었다며 기뻐하던 부모님의 얼굴이 오늘 아침 일처럼 어른거렸고, 이제 막 1년을 겨우 넘겼을 뿐인 정기적금통장도 떠올라 허망했다. 머뭇거리지 않을 수가 없었는데도, 김은 납부를 종용하는 세무서 직원처럼 피로한 낯빛으로 코앞에서 서류철을 넘겼다. 하루도 거르지 않고 이어지는 면담의 와중에 부서가 이동되었고, 책상도 옮겨졌다. 견딜 수 없었던 건, 바로 그 책상이었다. 가림막이 사라진 채

너른 책상들만이 줄 맞춰 나란히 놓여 있었다. 서로가 맨얼굴을 맞대고 앉자 비밀스런 활기는 사라졌다. 상사의 잘 벼려진 날 선 눈길만이 사무실 안을 차지게 메웠다. 현은 동료들의 일거수일투족이 눈에 들어와 집중이 잘 되지 않았다. 아무도 목소리를 키워 대화하지 않는 것은 전과 동일했는데도 왠지 모르게 초조하고 불안했다. 침묵의 벽. 어쩌면 오로지 그것 때문에 현은 저 자신도 모르게 희망퇴직 서류에 사인을 해버리고 말았는지도 몰랐다.

각오는 했지만, 두 눈 질끈 감고 회사를 나선 뒤 재취업의 길은 생각보다 더 요원했다. 이명의 정도는 말할 수 없이 심해졌고, 퇴직 후 1년이 못 돼 왼쪽 귀가 멀었다. C구역으로 이주했다. 어쩔 수 없이 밤마다 대리운전을 하며 구역을 넘나들게 된 이후에 그래서 현은 새삼 김의 말을 떠올렸다. 계속하는 것은 무엇이며 리듬을 단절하지 않는 것은 또 무엇일까. 우리가 살아가는, 삶의 여로 자체를 장기적인 작업이라고 말할 수 있다면 지금의 내가 운전대를 놓지 못하는 것도 생의 리듬을 지속해나가기 위해 꼭 필요한 과정이라는 뜻일까. 그럴 때면 현은 꼭, 정말이지 나의 리듬이라는 게 함부로 멈춰져서는 안 되는 어떤 정당하고도 맞춤한 이유라도 있는 것인가 하는 의문이 들었다.

현이 B구역으로 들어선다. 오늘은 이만 접고, 군의 퇴근을 기다려 포장마차에라도 갈까 생각하며 부스로 향한다. 여지없이 귀는 한껏 달아올라 있다. 피로한 날에 몰려드는 마뜩잖은 콜처럼 곧 이명이 들려올 거란 걸 잘 안다. 현이 씁쓸히 머리칼을 흔들어 매만지며 걸음을 옮긴다. *귀를 기울여요, 당신을 생각해요……*, 어디선가 익숙한 가락이 들려온다. 어느 쪽인지는 가늠하기 어렵다. 왼편의 귀가 멀어버린 후로, 소리는 방향을 가늠할 수 없이 불시에 달려든다. 현은 부러 들리지 않는 체한다. 두리번거리지도 돌아보지도 않는다. 빠르지도 느리지도 않게 다만 최선을 다해 자연스레 움직인다. *두 개 세 개 네 개 귀는 많을수록 좋지요, 귀를 기울여요, 당신이 그리워요……*, 장의 휴대전화 벨소리라는 걸 이 구역에서 모르는 자는 아무도 없을 것이다. 소리는 점점 가까워온다. 부스의 입구 가까이로 다가선 때에야 현은 벨소리가 부스 안에서 들려오고 있다는 걸 알아차린다. 장이다. 장이 부스 안에 있다. 어째서, 그럼 군은? 하고 조급해하며 현은 어깨를 조금 떤다.

또 보네, 현. 안 그래도 이제 막 부르려던 참이었어.

부스 안에서 장이 명랑히 손짓한다. 그의 무리 서넛이 빼곡하니 장을 에워싸고 서 있다. 현은 자춤대면서 군을 찾지만 보이지 않는다. 그리고 뭐야 어디 갔지, 라는 생각에 갸웃대다가는 이내 장이 앉아 있는 의자가 군의 휠체어라는 사실을 깨닫는다.

그건.

아, 이거?

현이 손을 들어 가리킨 그것에 장은 입을 비죽댄다. 오래된 바퀴를 매만지며 이거 팔아야 얼마나 받겠어, 라는 딴소리도 부린다. 그게 아니고 군은, 하고 묻자마자 장의 눈길이 현에게 고정된다. 그가 점차로 웃음기를 거두는 걸 현은 본다. 가늘고 긴 그의 눈매가 유난히 서늘하다. 순식간에 장의 무리 서넛이 더 몰려와 현의 양팔을 단단히 붙든다.

왜 이래.

현이 몸을 뒤틀지만 빠져나가지 못한다. 그들은 현의 몸을 더듬고 뒤져 휴대전화와 지갑 따위를 꺼낸다. 없습니다, 하고 그들 중 하나가 보고하듯 끊어 말한다. 뭐가, 하고 현이 소리치자마자 장이 휠체어에서 허리를 모짝 일으킨다. 현의 무릎이 탁 꺾여 주저앉혀진다.

그러니까 나한테 먼저 가져오래도?

장의 말에, 현은 어지럼이 느껴져 잠시 눈을 크게 감았다가 뜬다. 선뜻 이해가 되지 않는다고, 고작해야 군에게 팔아버린 중고 귀 하나 때문에 이 행패인 거냐고 반문해본다.

생각하는 사자니 뭐니 떠들어대더니만 장도 별수없네, 하고 현은 두서없이 이기죽거린다. 그러다 현은 목덜미 부근에 강한 통증을 받으며 나동그라진다. 터진 입이라고 함부로, 라며 우악스레 후려치는 무리들을 장이 곧 손을 들어 너그러이 제지한다. 그들이 한 발짝 뒤로 물러나는 동안에 현은 배를 부여잡고 웅크린 채 구토한다. 핏덩이를 게워내며 그 순간, 한 움큼의 이명 역시 귓속에서 좌르르 쏟아져나오는 걸 느낀다. 커지고 작아지고를 반복할 뿐 읍, 읍, 소리는 거듭해 이어진다. 이 봄이, 이 밤이, 먹은 것 없이 토악질해내는 소리라고 현은 듣는다. 그렇지 않고서야 이렇게 비릿하고 아찔하며 선득할 수 없는 것이다. 괴롭다기보다는 외롭다. 나의 이명을 너는 듣지 못하고, 너의 이명을 나는 들을 수 없다. 이명은 제각기 다르고, 공유할 수 없기에 외롭다. 우리는 저마다의 이명으로 비명을 내지르고 있다. 귀에 바짝 대고 울음을 터뜨려대는 그것이 고통스럽다기보다는 다만 지극히도 외로울 뿐이라고, 현은 자꾸만 생각한다.

내가 고작 귀 하나 때문에 이러는 거라고 생각하면 서운해.

장이 말하며 현 가까이로 바싹 다가온다. 그가 꺼내든 것은 분명히 조금 전 출근길에 현이 군에게 넘겨준 Z브랜드의 귀다.

이렇게 귀한 물건을 군 따위에게 넘겨버리면 쓰나, 배 아프게.

손안에서 요리조리 귀를 굴려대며 장이 덧붙인다. 현은 납득이 가지 않는다. Z브랜드의 귀가 아무리 고가라고 해도 탐을 내 빼앗을 정도로 유통되는 숫자가 적지는 않을 것이다. 왜냐고, 현은 장의 눈길을 피하지 않고 묻는다.

이건 보통 귀가 아니니까.

장이 웃는데, 그가 짓는 미소가 단호하고도 섬뜩하다. 현은 가리사니를 잡지 못하고 아물댄다.

모르는 척해도 소용없어.

그게 뭔데. 나는 정말 몰라.

이명은 더욱 거세진다. 현은 좌우로 고개를 흔든다. 이명도 장도, 모두 다 털어내버리고만 싶다. 말끄러미 자신을 내려다보는 장의 눈길을, 현은 외면한다. 장의 무리 몇몇이 야구 배트를 손에 쥐고 탕탕 바닥을 끌어대는 모습을 본다. 그러다 순식간에 시동이 꺼지듯 읍, 읍, 하고 울리던 이명이 잦아든다. 틈을 놓치지 않는 인파이터와도 같이, 그와 동시에 오른쪽으로 파고드는 강한 훅을 감지한다. 말할 수 없이 크나큰 침묵이 몸 전체에 들씌워지는 기분이다. 아무것도 들리지 않는다. 장과, 장의 무리들이 내뱉는 숨도 소리도 전연 들려오지 않는다. 또다시 사방을 에두른 침묵의 벽에라도 갇힌 심정으로, 현은 오른쪽 귀를 찢어발길 듯 감싸쥐고 당겨 만진다. 저도 모르는 사이 눈물이 그렁해져서 장을 헐겁게 치어다본다.

현은 배려라곤 모르는 무리들의 그악스런 손길로 턱이 붙들린 뒤 입 벌려진다. 장은 마임이라도 하듯 짓궂은 손길로 귀의 위아래 부분을 잡고 비튼다. 귀가 열리는 때에야, 현은 언젠가 스치듯 들었던 군의 말을 떠올린다.

그거 알아? 요즘 진주는 진흙이 아니라 귀를 파야 나와.

무슨 소리야?

아무튼 백만 불짜리 귀가 있다는 것만 알아둬.

허튼소리 말고 부스 일이나 신경써.

군이 비밀스레 어깨를 낮춰 얘기해오던, 그러나 의미를 헤아릴 수 없던, 그것이 바로 저 귀라는 걸까, 현의 사고는 채 몇 걸음 걷지 못하고 멈춘다. 다음부턴 안 봐준다, 하고 중얼거리며 장은 귀 안에 담긴 백색의, 가루인 듯도 액체인 듯도 한 그것을 현의 입속으로 찬찬히 들이붓는다. 아주 적은 양인데도, 현은 제 턱을 그러쥔 이들의 표독스런 힘에 숨이 막혀 얼굴이 시뻘게진다. 장이 재차 뭐라 말하는 것 같은데 현은 전혀 알아듣지 못한다. 벌리고 오물거리는 장의 입 모양만이 눈에 들어올 뿐이다. 정신이 아득해진다. 홀씨처럼 잡히지 않고 잡을 수 없는 미세입자들이 부유하는 걸 본다. 현은 열에 달떠서 두 팔을 휘젓는다. 고함을 내지르듯 그러나 아무도 알아들을 수 없는 기이한 어둠의 소리로, 현이 장에게 손 뻗듯 무릎걸음으로 다가간다.

뭐야, 이 새끼 좀 붙들어!

불현듯 장은 현의 목소리가 이명처럼 들려와 불쾌해진다. 낯모를 이가 가한 발길질로 현은 다시 바닥에 나뒹군다. 그의 무리들 역시 얼굴이 잔뜩 일그러져선 뒤돌아선다. 성급히 떠나버리는 그들의 뒤에 현은 텅 빈 부스와 함께 덩그러니 남겨진다. 땅도, 달도 빙빙 돈다. 얼마쯤 기울어져 있다던 지구의 축만큼 현도 제 몸을 똑바로 가누지 못한다. 군은 어디로 갔을까. 군이 자주 사용하던 말버릇대로라면 세계도, 시대도, 참으로 너무나 조용하다. 그리고 어둑하고, 위험하다. 어디선가 여전히 아카시아 향이 몰려오고 있다고 느끼며 현은 힘겹게 일어나 사위를 도리반거린다. 늦봄의 향이 잔인해 그는 외롭고, 서럽다. 읍(泣). 읍(泣). 현은 자신이 마지막으로 들었던 이명처럼 운다. 가느다랗게 휘어진 귀처럼, 멀리서 보면 현은 작게 축소돼 있다. 눈물이 서 있는 것처럼도, 보인다.

# 호우

인생이 쉽지가 않아서, 이따금 거대한 불화로나 새까맣고 촘촘한 진흙탕,
깊고 차디찬 바닷물 따위를 무심코 떠올리곤 했다. 도무지 어찌해도,
결코 그 속을 들여다볼 수 없는 항아리 따위를 품에 묻은 기분으로.

호우는 오후 다섯시부터라고 했다.

어째서?

그는 의아했다. 보통 호우는 언제나 오후 네시 정각에 시작되었다. 호우가 일어난 이래로 그것이 1분이라도 일찍 시작하거나 혹은 그 반대였던 적은 단 한 번도 없었다. 199. 사내 전화를 돌려볼까 하는 마음으로 수화기를 들었다. 하지만 곧 그만두었다. 그룹웨어를 통해 공지된 메일의 창을 닫았다. 동료들이 술렁이고 있다는 걸 느꼈지만 무심한 척 서류철을 넘겼다. 어째서, 라는 의문은 때로 불필요했다. 호우가 미뤄졌다면 반드시 그럴 수밖에 없는 어떤, 합당한 이유가 있었을 것이다. 당연히 모두에게 알려지진 않는, 모두가 알아서는 안 되는, 그럴 만한, 이유. 그렇게 생각하는 것이 옳았다. 그는 고개를 끄덕였다. 입술을 깨물고 업무에 집중하려 애썼다.

부장님.

김이 쭈뼛거리며 다가왔다. 그는 모르는 척 허벅지에서 손을 떼었다. 유연히 몸을 틀어 김을 바라보았다. 그간에도 물론 있었지만, 최근 반년간 그룹 내의 퇴사자 수가 부쩍 늘었다. 출납업무 담당자들이 유독 인수인계를 할 새도 없이 자리를 비우게 되었다. 구매팀에서 청구된 세금계산서 다발이 담당자의 책상 어딘가에 처박혀 제때 결제되지 않는 일이 비일비재했다. 공정거래위원회의 독촉도 빈번해졌다. 어쩔 수 없다고, 피할 길은 없다고 생각하면서도 그는 난감했다. 하지만 감정을 드러낼 만한 그 어떤 말도 입에 담지는 않았다. 그는 김이 가져온 서류를 적당히 들춰보고 사인해 돌려주었다. 김이 윤기 없는 얼굴로 돌아섰다. 그는 언제나 김에게 성실하다는 평가를 내렸다. 사원들 사이에서도 사람 좋다는 소리를 제법 들어서, 대면평가 점수가 높았다. 하지만 김은 성과를 올리겠다는 악착스러움이 부족해 인사고과에서 매번 밀려나는 과장 8년차였다. 회식자리의 끝물이면 그는 은근히 김을 독려하곤 했다. 김은 그저 고개를 숙이고 술잔을 만지작거릴 뿐이었다. 기회를 봐서 상사에게 듣기 좋은 말을 한다거나 하는 걸 치레도 없었다. 그런 김에게 그는 편안함과 답답함을 동시에 느꼈다. 김이 하루가 멀다 하고 사직 처리와 관련해 그를 찾아올 때마다 내색하진 않았으나 씁쓸했다. 나이를 생각하면, 그 역시 임원이 되느냐 만년 부장으로 남느냐의 기로에 선 해였다. 재무그룹 내에서의 잦은 신규 채용이 행여나 불이익으로 이어질까봐 그는 알게 모르게 애를 태웠다.

회사는 꽤 오랜 기간 대규모 해저터널 공사 수주를 맡아온 중견기업이었다. 십수 년 전부터 중국에서 들여온 막대한 투자 금액이 꾸준히 분산 운용되는 시스템이었다. 문제랄 게 있다면 과점주주인 경영진에게 있다고 줄곧 생각해왔지만, 그는 생각한 것을 입 밖에 내는 사람이 아니었다. 그는 과묵했다. 필요에 따라 사원들을 제때 독려하고 다그칠 줄 아는 능력으로 동기들보다 빠르게 승진한 케이스에 속했다. 경영지원실 상무인 정을 비롯해 윗선은 그를 신뢰했다.

김이 자리로 돌아간 뒤에도 그는 묵묵히 그러나 멍하니 서류철을 넘겼다. 어느 것에도 집중할 수 없었고, 질식할 것만 같은 압박감을 느꼈다. 머릿속이 수선스레 요동쳤다. 제 허벅지로 자꾸만 손이 가는 까닭이었다. 등허리를 의자에 기대어 붙인 건, 어느새 점심시간을 10여 분 정도 남겨둔 때였다. 한동안 멈췄던 숨을 단번에 몰아쉬는 기분으로 그는 허리를 곧추세웠다. 그러면서도 그는 시곗바늘의 움직임을 황망히 눈으로 좇으며 정오를 기다렸다. 시간이 어떻게 흐르는지 몰랐고, 끊임없이 허벅지에 가닿는 제 손바닥을 거두지 못했다. 말캉거리는, 조막만한 그것을 확인하듯 면밀히 감지해야 했다. 울적함에서 벗어나지 못한 채로, 그는 찬찬히 몸을 일으켰다.

요사이 그는 시간이 흘러간다, 오랜 시간이 흘렀다, 고 생각하는 때가 잦았다. 이제는 잊어야 한다, 라고도. 그러나 쉽지 않았다. 인생이 쉽지가 않아서, 이따금 거대한 불화로나 새까맣고 촘촘한 진흙탕, 깊고 차디찬 바닷물 따위를 무심코 떠올리곤 했다. 도무지 어찌해도, 결코 그 속을 들여다볼 수 없는 항아리 따위를 품에 묻은 기분으로. 그래, 그런 기분이다, 하고 웅얼거렸다. 매몰된 도시의 역사처럼, 그것은 그에게 순전한 절망을 안겼다. 그는 조금, 우는 때도 있었다.

오늘은 출근 전부터, 그로선 꽤 힘이 들었다. 한참을 거울 앞에서 움직이지 못했다. 뜨거운 물이 쏟아지는 샤워기를 손에 쥔 채로, 자신의 허벅지를 멍하니 들여다보았을 뿐이었다. 언제부터, 그래, 그러니까 도대체 언제, 그는 망망히 입 벌렸다. 어렴풋하고도 아득한 눈으로 고개를 갸웃거렸다. 그제도, 어제도 없었는데……, 아니 아니지, 미처 발견하지 못했던 것뿐이었는지도 모르겠다고 그는 생각했다. 아들아이는 아직 잠들어 있나 생각하다 그는 자춤거렸다. 아이는 이미 새벽 공기를 가르며 일찌감치 집을 나서고 없었다. 수험생이 되기 전에 친구들 몇과 어울려 바람을 쐬고 오겠다며 아이는 진작부터 들떠 했었다. 이제 꼼짝없이 공부만 해야 하잖아, 라며 아이는 끈질기게 졸랐다. 보내지 않을 수 없었다. 친구들과 맛있는 거 사먹어, 하고 그는 용돈을 두둑이 찔러주었다. 배웅받는 아이의 얼굴이 어땠는지 순간적으로 잘 기억나지 않았다. 아이가 오늘 어떤 색깔의 점퍼를 입었지, 신발은 무엇을 신었지, 고민해봤지만 아무런 그림도 그려지지 않았다. 체념하듯 그러나 머뭇거리듯 그는 자신의 오른쪽 허벅지 안쪽에 매달린 그것에서 눈을 떼지 못했다. 메추리알 크기의, 작은 살점 하나였다. 아프다거나 불편하다거나 하지는 않았다. 전혀 아무렇지가 않아서, 그것이 오히려 고통스러웠다. 아내도 이랬을까, 이랬던 걸까, 다만 그 순간에 그것만이 궁금했다. 부유방을 처음 발견했을 때, 오래전의 아내도, 이렇게, 뭐랄까, 좀……, 외로웠을까, 하고.

나 좀 봐, 하고 아내는 말했었다.

어딜?

그가 식탁으로 다가오자 여기, 여기 말이야, 라며 아내가 의자에서 일어나 제 턱을 손으로 매만지며 바투 들이밀었다. 그건 아내의 왼쪽 턱과 목으로 이어지는 부근에 솟아나 있었다. 작았고, 말랑말랑했지만, 떼어지진 않았다. 이제와 돌이켜보면 그가 아내의 불룩한 그것을 떼어내려고나 했었는지, 그는 자신할 수 없었다. 부유방이었다. 그는 단번에 알아보았다. 어쩌면 저도 모르게 한 걸음 뒤로 물러났거나 아내보다 더 두려운 표정을 지어 보였는지도 모를 일이었다. 움찔거리는 그를 책망하는 대신에, 아내는 아 살짝 춥네, 라고 말하며 어깨를 떨었다. 그가 보인 태도만으로, 자신의 상태를 확신하는 것 같았다. 아내는 방에서 잿빛의 얇은 카디건을 찾아와 어깨에 걸쳐입었다. 그리고 아무렇지도 않다는 듯 간단히 조리한 아침을 먹었다. 그는 아내가 입고 있는 카디건의 시접이 모조리 바깥으로 드러나 있는 걸 바라보았다. 바싹 마른 입술을 혓바닥으로 재차 훔쳐대곤 감춰지는 그녀의 조바심도. 그의 아침은, 밥그릇을 헤집다 통조림에 든 연둣빛 강낭콩을 몇 알 삼킨 게 전부였다. 아홉 살짜리 아이는 수저를 손에 쥔 채로 끄덕끄덕 졸고 있었다.

아내는 홀로 견뎌야 했을 것이다.

이마, 귀, 턱, 목, 겨드랑이, 팔꿈치, 손등, 배, 종아리…… 부유방은 신체 어느 부위에나 급작스레 생겼다. 고병원성 AI의 여파였다. 일단 감춰져야 했으나, 어쩔 수 없이 금세 색출되곤 했다. 국가는 국민의 26퍼센트 정도만이 투여받을 수 있는 약제를 보유하고 있다고 말하면서도 당당했다. 아내는 고작 이틀간 회사에 출근하지 못했을 뿐이었다. 기침을 했고, 숨가빠했으며, 열이 났다. 가벼운 감기나 폐렴 정도로 믿고 싶었다. 병원에는 가지 못했다. 사흘째 되는 날 아침 아내는 회사에 병가를 신청했지만, 받아들여지지 않았다. 국가는 잘 훈련된 탐지견처럼 굴었다.

제자리에!

패스워드로 잠긴 현관문은 능숙히 열렸다. 너무도 손쉬워서 현실감이 느껴지지 않았다. 누구야, 라는 말을 내뱉지 못했다. 제자리에 있어라, 라는 그들의 명령어는 발포하듯 순식간에 머릿속을 옭았다.

In place!

그는 가만히 있어야 했다. 꼼짝달싹하지 못하고 선 그의 위치가 그에게는 곧 마땅히 있어야 할, 본디 머물러야 할, 올바른 자리라는 강박에 사로잡혔다. 멀어져가는 아내의 뒷모습을 바라보며 그는 무력하다는 생각만을, 거듭했다. 아내의 부유방을 신고한 게 아이라는 걸 그는 나중에야 알았다. 아내를 되찾기 위해 전전긍긍하던 때였다. 아이의 뺨을 향해 손을 올려붙일 때, 그는 자신의 행동이 자격 없는 자의 그것이라고 느꼈다. 그러나 분노를 멈출 수는 없었다. 신고하라고 배웠는데, 라며 아이는 얼굴을 일그러뜨렸다. 울먹이는 아이를 안아주지 못했다. 아내의 장례는 지극히 소수의 조문객만으로 조촐히 치러졌다. 그와 동갑이었던 아내의 나이는, 이제와 되짚어보니 고작해야 마흔이었다. 어쩌면, 정말이지 이제 막, 겨우, 라고도 할 수 있는 나이. 아무것도 손에 쥔 것 없었지만, 확실히, 좀더 많은 것을 가졌어야 하는 나이. 그때로부터 꼭 10년이 더 흘렀다.

이따금씩, 아니 매 순간, 그는 아내의 부재를 느낄 때마다 그 사흘을 떠올렸다. 그가 어느 날 아침 턱에 부유방을 매단 아내를 위해 아무런 방법도 찾지 못했던 시간을. 그때의 아내의 얼굴이 박제된 듯 의식의 맨 한복판에 액자처럼 내걸렸다. 그로서도 어쩔 수 없었다고, 하소연하고 싶었다. 집밖을 나서 어디로든 함께 움직였다고 해도, 바로 검속에 걸렸을 거였다. 그는 주저하며 출퇴근을 했다. 어른이 됐다고 믿었는데 아니었다. 무서웠고, 그 무섬증이란 다름아닌, 무력에의 공포라는 걸 느꼈다. 집에 돌아오면 아내는 맥없이 침대 왼쪽에 돌아누워 있었다. 무슨 말을 해줄 수 있었을까. 마흔이었는데, 왜 그렇게 현명하게 굴지 못했을까. 옛날의 자신이 한심스러웠다.

현명하지 못했어.

그는 판결을 내리듯 말해보곤 했다. 어느 날 퇴근길엔가 현명하다, 라는 말에는 어질고 슬기롭다는 뜻 외에도 어떤 일을 위해 목숨을 내걸다, 라는 의미도 있다는 걸 우연히 라디오에서 듣고 난 이후로는 갈증이 나서 견딜 수가 없었다.

목숨을 내걸 수 있었나, 아내를 위해, 나는, 무엇을 할 수 있었지?

그는 목 조르듯 반문했다. 좀더 다독여줄 수 있었을 것이다. 그러나 다독여주었대도, 그것이 무슨 소용이란 말이지, 그는 우울했다. 모든 일어나는 일에는 어떤 조짐이랄지 징조랄 것이 있었을 것이다. 그것을 알아차리지 못했다면 소용없는 일이 아닐까, 아니 아니지, 징후를 감지했다 하더라도 결과를 되돌릴 수는 없었어, 인간사란 그런 거야, 하고 그는 매번 머리를 털어버리곤 했다. 고병원성 AI 이전에도, 사스(SARS)를 비롯한 호흡기 감염 증후군은 꾸준히 발병됐었다. 항바이러스제가 만들어져도 변종은 또다시 확산되어왔다.

여보.

아내의 목소리는 자주 들려왔다. 다정하게도, 원망스럽게도, 명랑하게도, 애잔하게도, 찾아왔다. 그는 성실히 답했으나 아내가 부를 때마다, 흔들렸다. 그를 감싼 꿈의 검은 장막을 누군가 핀셋으로 집어 들춰보는 느낌이었다. 마취된 곤충처럼 그는 잠에 취해 사지를 떨었다. 아이에게 살갑게 굴지 못할 때마다 반복됐다. 그는 자신이 상처입었다고 생각했다. 웅크려진 아내의 어깨를 한번쯤은 따뜻이 붙잡아주었어야 했다고 자책하는 자기로부터, 힐난하는 자신을 바라보는 아이의 눈빛에서 냉소를 발견하는 자기로부터. 그런 생각을 스스로 제어하지 못했다.

여보.

응.

나는, 여기 있어.

어디.

여기에.

거기가 어디.

멀지 않아.

말해줘. 어딘데.

그런 얘기를 종종 나눴다. 나누었다고도 말 못할 비루한 대화를. 그것이 그리움이라고 그는 생각했으나, 그리움을 상쇄시킬 어떤 대안이나 회복의 방안도 그는 가지지 못했다. 아마도 결국에는, 머잖아 아이 또한 지켜낼 수 없는 건 아닐까 하는 자조감에 시달렸다.

세계는 놀라운 속도로 빠르게 좁혀졌다. 아내가 거짓말처럼 떠나간 뒤였다. 사람에겐 전염되지 않는다고, 괜찮다고, 국가가 발표한 모든 오보(誤報)는, 2000년대 초반부터 겨우 십수 년 동안만 이어졌을 따름이었다. '팬데믹이 불가피하며 아마도 임박해 있다'는 세계보건기구의 발표를 기점으로, 1918년 대유행해 세계적으로 5천만의 사망자를 낸 스페인독감도 AI의 일종이었다는 연구결과가 돌자, 공포감이 확산됐다. 그리고 2011년 12월, 출간 예정이었던 어느 두 과학자의 인플루엔자 바이러스 연구 논문 중 일부를 삭제해달라고, 미국의 생물안보를 위한 국가자문위원회가 『네이처』와 『사이언스』 지에 요청했던 시기에(이 논문은 인간에게서 발견된 H5N1이라는 변종 AI 고병원성 바이러스가 종과 종 사이에는 특수한 세포가 있어 쉽게 전염되지 않는다는 '종간장벽'의 과학적 통념을 뒤집고 족제비의 생명을 빼앗는 실험 과정을 담고 있다), 우연하게도 AI는 페스트와도 같이 급작스레 번져나가기 시작했다. 국가 간의 방역망은 붕괴되었고, 회복 불가능해 보였다. 어느 마을, 어느 도시는 집단 무덤으로 지정돼 출입이 폐쇄되었다. 어느 소국가는 통째로 전몰됐다. 많은 것들이 사라졌다. 날마다 더욱 험한 산세를 이동하듯 사람도 사회도 세계도 어지러이, 다시금 구획되고 정비되었다. 방역과 방제를 위한, 검문과 검속의 나날이었다. 그 누구도, 함부로 구역의 경계를 넘나드는 것은 금지되었다. 그가 다시 출근할 수 있게 된 건, 2년여 만이었다.

그는 물그레한 육개장 한 수저를 뜨다 말다 반복했다. 입맛이 없었다. 다들 가능한 한 조용히 식사하는 분위기였지만, 함께 자리한 부서원들이 그의 눈치를 보며 힐끔거리는 걸 알았다. 어쩐지 오전 내내 그런 눈빛을 받은 것도 같다고 생각했다. 그는 새삼 주위를 살폈다. 어디선가 어째서, 어째서, 하고 소곤거리는 소리가 들려왔다. 한 시간 늦춰진 호우에 대해 이야기하는 것 같았다. 그는 귀를 기울이려 노력했다. 그러나 그의 신경은 전부 자신의 오른쪽 허벅지에 매달린 부유방 한 점으로만 집중되고 있었다. 오롯이, 자전하는 지구의 표면 위에 오직 그것 하나만이 존재하는 것처럼 온 정신이 모아졌다. 왜 이렇게 통 먹질 못해, 라고 인사과의 박이 그의 어깨를 툭 치고 지나갔지만 박의 이름은 한참 후에야 떠올랐다. 다만 의식이 꺼져드는 듯 아찔한 시간이 흘러가는 것만을 느꼈다. 허벅지 안쪽이 아니었다면, 하고 그는 생각했다.

지난해, 비서실의 편은 한여름에도 긴소매 블라우스를 입는다는 이유로 신고당했다. 익명이었지만 제보자는 언제나 같은 팀 내에 있었다. 그 사실을 모르지 않았다. 누구에게나 친밀하고 싹싹하게 굴던 편이 눈에 띄게 의기소침해진 점도 문제였다고, 그는 생각했다. 편은 불시에 일으켜졌다. 문밖으로 이끌려 나간 후론 당연하게도, 다음날부터 출근하지 않았다. 그녀의 양쪽 팔꿈치 모두에 부유방이 있더라고, 그런 소문이 돌았지만 모두들 이내 침묵했다. 입에 오르내릴 소문의 대상은 얼마든지 새로 바뀔 수 있었다. 이런저런 잡념이 부풀었다. 누군가 그의 허벅지를 주의깊게 주시하지 않는다고 확신할 수 없었다. 그는 심장이 빠르게 뛰는 걸 느꼈다. 더는 수저를 붙들고 있을 수 없었다. 서둘러 구내식당을 벗어났다.

사무실에 돌아온 그는 또다시 비어 있는 구석 자리에 오래도록 시선을 두었다. 같은 부서원이었던 조 역시 여전히 출근하지 않고 있었다. 아마도, 앞으로도 다시는 조를 보지 못할 거였다. 그도, 그를 제외한 다른 모두도, 그 사실을 당연히 여겼다. 김은 그래서 오전에 조의 사직서를 만들어온 걸 테니까.

제자리에!

사흘 전 아침이었다. 부서원들 모두가 깜짝 놀라 파티션 사이로 고개를 들었다. 누구도 옴짝달싹하지 못했다. 엉거주춤 제 손들을 머리 위에 올렸다. 방역팀이 실제로 사무실 안까지 진입하는 걸 보는 일은 생각보다 드물었다. 다른 이들과 마찬가지로, 조도 어리둥절한 얼굴이었다. 양팔이 붙들린 채로 의자에서 일어난 뒤에야 조는 제 귓불에 매달린, 검지손톱만한 크기의 부유방의 존재에 대해 알게 되었다. 신속하고도 정확하게 조는 짐과 함께 꾸려져 사무실을 나섰다. 모르는 척했지만, 신고자는 옆자리에 앉은 은이었다. 아니 이게 언제 여기에, 라며 제 귓불을 찢을 듯 매만져대는 조의 얼굴이 그는 여전히 눈에 선했다. 그 망연자실한 얼굴이, 지금은 동일한 가면처럼 자기에게로 덧씌워져 있을 거라고 생각하니 마음이 다급해졌다. 언제고 감춰져야 하는 것이지만 동시에 금세 발각되고 말 것이란 두려움이 일었다. 그것을 그는 아내의 경우로부터 진작 몸에 배도록 알고 있는 터였다. 그것이, 그를 먹먹하게 했다.

두 개의 메시지를 확인한 건, 점심시간이 끝나가던 무렵이었다. 자리에 돌아와 멍하니 컴퓨터의 모니터를 바라보다 그는 연이어 울리는 메시지 수신음을 들었다.

*아빠, 나 도착.*

하나는 여행지에 도착했다고 전해온 아이의 메시지였다. 다른 하나는 뜻밖에도, 양제의 것이었다. 재밌게 다녀, 터널에 들어가면 꼭 조심하고, 라는 답장을 아이에게 서둘러 전송했다. 실질적으로 현장 업무에 가담하는 직책이 아니었는데도, 아이는 아빠네 회사가 만든 해저터널, 이라는 자부심을 크게 느끼는 것 같았다. 그러니 제 친구들을 데리고 앞장서 목포로 향했던 거겠지, 그렇게 생각했다.

1994년에 영국의 런던과 프랑스의 파리, 벨기에의 브뤼셀을 연결하는 국제특급열차인 유로스타가 개통되면서, 해저터널은 미래의 고속운송수단으로 부각됐다. 총 길이 50킬로미터의 도버해협을 시속 300킬로로 달리는 테제베는 매력적이었다. 유라시아 해저터널을 한반도와 연결시키는 프로젝트가 구상중이라는 몇몇 보도가 이어지면서 국내에서도 관심이 커졌다. 지금으로부터 백여 년 전인 1932년에 준공된, 동양 최초의 바다 밑 터널인 통영해저터널이 새삼스레 주요 관광코스로 대두될 정도였다. 그의 회사는 터널의 굴 모양을 이루며 땅을 파내려가는 '굴진'을 주요 사업으로 삼았다. 해저의 광맥 굴삭을 위한 갱도를 만들며 부흥하던 시기를 지나 조금씩 사양길을 걷던 회사는 2000년대에 접어들며 해저 교통망 건설을 발판 삼아 도약했다. 아파트 5층 높이와 맞먹는 길이에, 무게가 3300톤에 이르는 최대 규모의 터널 굴착 장비를 설계하고 제작하는 데만도 무려 1년 반이 걸렸다. 그러고도 한 해가 더 소요돼서야 현장에 투입할 수 있었다. 초기 투자비용은 많이 들었지만, 효과는 더할 나위 없이 좋았다. 보령에서 태안, 거제에서 부산, 여수에서 광양 등을 해저로 연결하는 고속철도사업이 연이어 추진됐다. 해수 유입 차단 신기술이 적시에 사용된 덕분이었다.

멋지다, 아빠가 만드는 거야?

아이는 중학생이 되면서부터 줄곧, 경이에 찬 눈길로 그를 바라보았다. 인터넷 신문에 기사가 보도되는 걸 제꺽제꺽 잘도 발견해냈다. 그는 뿌듯했지만, 아빠는 돈만 만진다니까, 라는 대꾸를 잊지 않았다. 아이의 얼굴에서 아내의 흔적을 찾기란 어렵지 않았다. 외면하는 버릇을 고치려 할수록 손이 부들거렸다. 아이에게 들키지 않기 위해 노력했다. 아이는 아무렇지 않은 듯 생활했다. 아이의 뇌리에 엄마는 이미 까마득히 잊힌 듯했다. 어떻게 그럴 수 있지, 어린애라서, 어린애니까? 그는 불쑥 치미는 화를 억눌렀다. 무엇이든 의식하지 않으려 했다. 많이 웃어주었고, 그런 날엔 그저 맥없이 하루를 치워버리듯 수면제를 삼킨 뒤 뻗어버렸다. 서운해하지 않아야, 좀더 같이 살아갈 수 있었다. 아이는 해가 다르게 훌쩍 자랐다. 그는 업무에 더욱 열중했다. TBM 공법으로 하루 평균 7미터씩 성실히 굴착해 들어간다는 소식이 전해질 때마다 회사는 흥겹게 돌아갔다. 167킬로미터에 달하는 목포-제주 간 해저터널이 완공된 건, 2년도 채 되지 않았다.

그는 눈을 감고 배낭을 멘 아이의 여로를 따랐다. 아이는 이제 막 목포에 도착했다고 알려왔다. 아마도 아이는 그곳에서 고속열차에 탑승해 해남까지 지상으로 66킬로미터를 옮겨갈 것이다. 해남에서 보길도까지 28킬로미터는 교량으로, 보길도에서 제주까지의 73킬로미터는 해저터널로 이동할 것이다. 그는 부유방 따위는 잊고 잠시나마 바다 물살이나 열차의 속도감 따위가 주는 평온함을 상상했다.

*회사 앞인데 잠깐 볼 수 있을까?*

그 자유로운 느낌이 오래 지속되지 못한 건, 여남은 명의 같은 반 친구들과 함께 여행을 간 아이의 안부보다 그의 가까이에 와 있다는 양제의 메시지에 더 마음이 쓰인 까닭이었다. 의외여서, 그는 전화기를 열어 한참이나 메시지를 들여다보았다. 양제가 회사 앞에 와 있다, 잠깐 보자고 묻는다, 는 두 가지의 사실을 몇 번이고 곱씹었다.

양제.

그의 이름을 소리 내 불러보다 입을 다물었다. 확실히, 낯설었다. 양제와는 학부 시절, 과는 달랐지만 중앙 동아리였던 문학 서클에서 만난 사이였다. 양제는 그보다 한 학번 위의 선배였지만, 그가 빠른 생일로 입학이 한 해 빨랐던 탓에 나이가 같았다. 둘 다 그것을 알았으면서도 말을 놓고 친구가 되진 않았다. 막역하다거나 허심탄회한 사이도 끝내 못 되었다. 그저 같은 동아리에서 활동하는 나는 나, 너는 너, 수준의 안면 있는 정도로 남았다. 양제가 그에게 인간적인 호감을 보인다는 걸 가끔 느끼면서도 그는 전혀 알지 못한다는 듯 데면데면 굴었다. 대학을 졸업하고는 양제 쪽에서 주기적으로 꽤 다감한 새해 인사를 메시지로 물어오곤 했다. 그는 단체 문자로 치부해버렸다. 그가 먼저 연락하는 일은 없었다. 서로 무슨 일을 한다거나 어떻게 살아가는지에 관해선 드물게 풍문으로만 들었다. 양제가 널 궁금해하던데, 라는 식의 안부를 다른 이의 입을 통해 이따금 들어도, 그는 금방 잊어버리고 말았다. 그러니 이 나이가 되도록 딱히 양제의 전화번호를 지워버릴 만한 이유를 찾지 못했을 뿐, 서로 간에 연락도 없이 회사 앞에 찾아올 수 있다고는 상상하지도 못했다. 서둘러 달려 내려가 만나기에는 너무도 서먹한데, 하고 그는 고민했다. 허벅지 안쪽에 부유방이 매달린 것만큼이나 양제의 메시지는 큰 이물감으로 다가왔다. 그는 다시 오후 업무에 매진했다. 일하다가도 번뜻, 양제가 퇴직하고 보험 회사 직원으로라도 일하는 걸까, 잠시 갸우뚱해보곤 했다. 대학 동기나 선후배 들은 그렇게 갑작스레 반가워하며 찾아올 때가 있었다. 보험 상품을 들어주면 순리라는 듯 연락은 차츰 잦아들었다.

*바쁜가보네, 나 아직 기다리고 있어.*

양제가 두번째 메시지를 보내온 건, 네시가 가까워져올 즈음이었다. 부서 내에 커피가 한 잔씩 돌았고, 그가 허벅지에 손을 그대로 얹은 채 윤이 두고 간 따끈한 커피 한 잔을 받아든 때였다. 윤이 고개를 까딱하곤 무심히 등을 돌렸다. 새침한 윤이 의외로 동료들에게 커피 타주기를 즐긴다고, 의아한 눈초리를 보내오는 사원들도 더러 있었다. 그나저나 아직 기다리고 있다니 그는 당황했다. 아무런 답장이 없다면 순순히 돌아가겠지, 쉽게 생각하고 말아버린 까닭이었다. 복잡한 기분이 들었다.

곧 호우가 시작될 텐데.

그는 걱정스러웠지만, 움직이지 않을 수 없었다. 그 자신뿐 아니라 양제 역시 호우에 맞춰 제 위치로 돌아가야 할 거였다. 그는 바지 뒷주머니에 지갑이 든 걸 확인하고 자리에서 일어났다. 서둘러 돌아올 마음이었다.

잠시만.

안경을 쓸어올리다 눈이 마주친 김에게 손짓한 뒤, 그는 커피엔 입도 대지 않고 사무실을 나섰다.

지하 1층의 카페로 내려가니 정말 양제일까 싶은 남자가 그를 기다리고 있었다. 졸업 이후 통 만나질 못했던 걸 꼽아보면 거의 20여 년 만이었다. 그의 입에서 의미 모를 한숨이 절로 새어나왔다. 옷깃을 세워 입은 양제의 외투가 코트치곤 다소 얇게 느껴졌다. 양제의 머리칼은 덥수룩한 반면 의외로 턱은 매끈했다. 수염이 잘 깎인 양제의 얼굴은 대체로 검고 야위어 보였다. 양제가 저렇게 말랐었나, 그는 새삼스레 양제의 체구가 왜소하다고 생각했다. 그리고 그는 멀리서 양제의 얼굴을 발견한 그때에야, 그가 예전에 양제와 좀처럼 가까워지지 못했던 이유를 깨달았다. 문득, 아 그랬지, 하는 식으로 까마득히 잊고 있던 옛날의 어떤 시기를, 날들을, 그는 떠올렸다.

경제학을 전공한 그도 그랬지만, 문학 서클엔 그와 같은 부류들로 넘쳤다. 시 소설을 좋아했지만 서툴기도 쑥스럽기도 해 잘 쓰지는 못하고 술만 들입다 마셨다. 술자리는 매번 자정을 넘기기 일쑤였다. 그럴 때면 새벽 첫차가 운행하길 기다리며 다들 더 퍼붓고 더 마셨다. 그와 양제도 늦게까지 남아 어울리곤 했다. 그러다 연도나 날짜도 세밀히 기억나지 않는 어느 날에, 그는 퀴퀴한 호프집 화장실에서 남자 둘이 어두운 벽에 달라붙어 뒤엉켜 있는 광경을 보았다. 뭐야, 하고 놀랐지만 혹시나 눈치챌까 싶어 몰래 돌아나가려는데, 그때에 그는 두 사람 중 한 명은 양제, 다른 한 명은 같은 서클의 네 학번 위 선배라는 걸 알아챘다. 이후로도 그 둘은 그에게 자주 목격되었다. 그들은 술에 한껏 취한 채로 서로의 옷 속을 사납게 더듬거나, 허겁지겁 입술을 맞부딪쳤다. 그들을 발견할 때마다 그는 설명하지 못할 어떤 경계심으로 위축돼 얼굴을 돌렸지만, 차츰 아무렇지도 않아졌다. 그들을 비난하려는 마음 따위는 들지 않았다. 그저 그런 취향이로군, 하고 여겼다. 올바르다, 그르다, 의 잣대를 함부로 들이미는 건 위험했다. 하지만 세월이 흘러, 그들은 아무것도 아니었다는 듯 각기 다른 이성과 결혼해버렸다. 책 한 권을 허겁지겁 읽어치우곤 다른 책의 첫 장을 넘기는 심한 독서 편력의 사람들 같았다. 그는 양제와 얽힌 선배가 예쁘장한 여자 동기와 제법 오래된 학내 커플이었다는 사실도 뒤늦게야 알았다. 양제는 재미 삼아 나갔던 소개팅 상대와 짧게 연애한 뒤 아이가 생기는 바람에 서둘러 결혼했다고 들었다. 스물아홉, 남자치곤 이른 나이였다. 우편으로 받아든 양제의 청첩장을 열어봤을 때 그는 조금 막막한 기분에 휩싸였다. 인생이 참, 하고 저도 모르게 중얼거릴 수밖에 없었다. 확신하기엔 애매하고, 그랬었지, 외면하기에도 찜찜한 게 추억이었다.

왔구나.

양제는 손에 쥐고 뒤적거리던 수첩을 덮고는 자리에서 일어났다. 한눈에도 밑바닥을 드러낸 커피잔이 차게 식어 있었다.

내가 늦었지, 미안하다.

그는 손을 내밀었다.

아니야, 연락도 없이 와서 내가 더 미안하지.

양제가 가볍게 손을 맞잡아왔다. 그는 양복바지를 조심히 끌어올리곤 자리에 앉았다. 아무렇지 않게 그러나 의식적으로 손바닥이 오른쪽 허벅지로 올라갔지만 금세 떼었다. 잠깐이었지만 부유방이 스치듯 만져졌다. 그는 큼, 밭은기침을 하며 주위를 둘러보았다. 막상 탁자를 가운데 두고 마주앉으니 예상한 대로, 어색했다. 그는 문득 자신이 휴대전화를 챙겨오지 않았다는 걸 깨달았다.

놀랐을 거야, 갑자기 연락해서.

양제가 말했다.

아냐, 회의가 있었어.

그는 둘러댔다. 문자를 늦게 봐서 말이지, 라고도 서둘러 덧붙였다. 양제는 싱긋 웃었다. 그 웃음이 어떤 의미인지 빨리 파악할 수 없어서 그는 좀 당황했다. 이게 정말 얼마만이냐, 우리 많이 늙었다, 하고 양제가 말했다.

송의 결혼식 때 본 게 마지막이니 벌써 십 년은 됐지? 아니다, 송의 첫째아이 돌잔치 때였나?

고개를 갸웃거리는 양제 앞에서 그는 따라서 잠깐 빙글 웃었다. 송이라면 그도 잘 아는 문학 서클 후배였다. 그러나 양제가 떠올리는 그들의 마지막 만남에 대해서라면 전혀 아무런 기억도 갖고 있지 않았다. 졸업 이후에도 우리가 만난 적이 있었나, 고민하며 마른침을 삼켰다.

어떻게 지내, 회사는 괜찮아?

양제의 물음에 그럼, 하고 그는 고개를 끄덕였다. 사실 하청업체 대금 지불이 많이 밀려 있어, 부득이했지만, 이라고는 말하지 못했다.

다들 어려운 때야.

양제가 다시 말을 이었다.

그렇지, 어렵지.

터키의 마르마라이선이 또 멈춰 섰다던데.

아, 그거, 하고 그가 동의하며 대꾸했다. 유라시아를 잇는 해저터널의 고속열차였는데, 무슨 문제에서인지 자꾸만 크고 작은 사고에 시달린다는 사실을 그도 외신 보도를 통해 자주 접했다. 하다못해 마르마라이선은 바닷속 따개비와 같은 부착형 생물이 달라붙는다거나 플랑크톤의 급속한 번식으로 인해 운전 시야를 확보하지 못하는 운행 초기의 사소한 문제들로부터도 여전히 자유롭지 못한 걸로 유명했다. 참, 얼마 전엔 보령에 다녀왔어, 대천항과 원산도를 잇는 해저터널, 거기도 너희 회사가 만들었지? 대단하더라, 하고 양제가 쉬지 않고 떠들었다. 그는 양제가 뭔가를 감추고 있다고 생각했지만 수다의 속내를 쉽게 알아차릴 순 없었다.

나, 오에서 일하고 있어.

그는 가만히 양제의 말을 들었다. 그러다 문득, 학부 시절에도 양제는 소설을 쓰고 싶어했었지, 그러면서도 공무원 시험 준비를 열심히 했던 것 같았는데, 술만 마시면 인생이 뭣 같다며 주정을 해댔어, 하얀 포말이 몰려오는 걸 바라보듯 그런 생각에 잠겼다. 오라면…… 그러니까 결국엔 기자가 되었다는 거군, 하는 이해로도 이어졌다. 졸업하고 말단 공무원이 됐는데 몇 년 못 채우고 나와버렸어. 남들은 못 가서 안달하는 자리를 제 발로 나온다고 아내는 끝까지 말렸는데, 나는 영 적성에 맞지 않더라고. 갑갑했어. 막상 사표 내고 나올 땐 미안한 마음이 들었지만…… 사실은 뭐가 미안한 건지, 누구에게 미안해해야 하는 건지 잘 모르겠더라. 이기적인 걸까, 하고 양제는 잠시 말을 멈췄다. 그사이 그는 양제가 눈치채지 못할 정도의 동작으로 시계를 흘깃거렸다.

그래도 밥벌이는 해야 해서 인터넷 신문의 시민 기자로 근근이 일했지. 기사를 만들면 누리꾼들이 추천해 올려주고. 그러면서 여차저차 상근 직원이 됐고. 빤한 수순이야.

그는 말없이 앉아 있다가, 그건 그렇고, 차 한잔 더 할래, 하고 물었다. 양제의 대답을 채 듣지도 않고 자리에서 일어났다. 그가 뜨거운 커피 두 잔을 손에 들고 돌아왔을 때, 양제는 미안한걸, 하고 작게 말했다.

무슨 소릴.

그는 커피를 한 모금 마셨다. 양제가 있지, 하고 새까만 머그를 두 손으로 감싸며 머뭇거렸다.

얼마 전에…… 딸아이를.

양제의 그 말이 너무 갑작스러워서 그는 순간적으로 입술을 맞물었다. 양제가 차마 끝맺지 못한 문장의 뒷부분은 듣지 않아도 알 것 같았다. 그의 뇌리에 아내의 모습이 스쳤다. 10년 전의 아내는 여전히 젊고, 차분하고, 똑똑했다. 아내가 거꾸로 팔을 꿰어입은 잿빛 카디건이 때때로 그의 눈앞에서 망토처럼 덧씌워지곤 한다는 걸, 천지 분간할 수 없는 공포감에 시달리는 날들이 있다는 걸, 그도 그런 말들을 구토하듯 탁자 위로 쏟아내버리고픈 절실함을 느꼈다. 사실은 말이야, 아내의 부유방을 발견한 날……, 나는 집에 들어가지 않았어. 그즈음 나는 부서 내의 신입 여직원과 재미 삼아 애인도 뭣도 아닌 묘한 사이를 유지하고 있었는데, 그 밤엔 나답지 않게 퇴근길에 신입을 차에 태웠어. 무슨 마음이었는지 잘은 모르겠어. 답답했고, 빨리 이 불쾌한 뭔가를 해소해버리지 않으면 안 된다는 강박에 사로잡혔던 것 같아. 신입은 당황하면서도 어쩔 수 없다는 표정으로 그러나 조금은 흥미진진하다는 투로 응해오더군. 새하얀 리넨 이불 속에서 난잡하게 뒹굴며 나는 아내를 생각했어. 고작해야 이 정도 수준밖에 안 되는 나란 인간에 대해서도 말이야. 그 신입의 얼굴이나 몸매 따위는 이제 와 기억조차 나지 않는데. 그는 그러나 조용히 뜨거운 숨만 삼켰다. 이런 자리에서 충동적으로 양제에게 털어놓을 일은 아니었다. 눈썹 위에 부유방이 매달렸는데 끝까지 감춰주지를 못했어, 머리카락으로 가릴 수 있다는 것도 우습고, 재수를 해서 이제 막 대학생이 됐는데 말이지, 라고 양제는 덧붙였다. 사뭇 담담한 어조였지만 그의 침묵을 좀체 견딜 수 없어 하는 듯 보였다.

넌 아들이 하나 있다고 들었어.

양제가 물었다. 그는 더듬대며 어, 이제 열아홉인데……, 하고 대답했다. 오늘 목포에 갔어, 저녁에 제주로 들어가는 일정으로 아침에 친구들이랑 바람 쐰다고 나갔는데 이즈음이라면, 터널에 들어갔겠다, 하고 그는 손목을 들어 시간을 확인했다. 벌써 네시 반이 가까워오고 있었다.

보길도에서 들어가는 고속열차 말하는 거지, 해저로.

말머리를 잡아채며 양제가 슬며시 눈을 빛내는 걸, 그는 느꼈다.

그렇지.

보내지 말지 그랬어, 하고 양제는 말했다. 그는 마시던 머그를 탁자 위로 내려놓았다.

사실은 내가 뭘 좀 들은 게 있어서 왔는데.

양제가 상체를 가까이 숙여왔다.

너희 회사가 가장 마지막에 만든, 아니지 최근이라고 하자, 아무튼 최근에 뚫은 터널이고, 완공된 지 이 년이 아직 안 됐고……, 열차는 프랑스에서 들여왔고. 맞지?

수첩까지 들춰가며 물어오는 양제가 얼마쯤 고깝게 느껴지기도 해서 그는, 무슨 말이 하고 싶은 거야, 하고 무미건조하게 답했다.

위험하다는 말들이 많아.

위험하다니?

물이 좋지 않다는 얘기도 들리고.

그거야, 그쪽 연안이 특히나 조류가 세서 그런 건데, 알다시피 이미 충분히 연구하고 대비가 된 일이야. 들인 돈이 얼만데.

아무런 흠도 없다고 자신할 수는 없지.

그는 대화를 멈추고 양제의 눈을 바라보았다. 흠이란 단어가 신경 쓰였다. 그제야, 내가 뭘 좀 들은 게 있다, 있어서 왔다, 던 양제의 말이 다시금 의식되었다. 그는 양제에게 집중할 필요를 느꼈다. 그러나 시간은 정밀히 흘렀다. 곧 호우가 시작될 터였다. 양제를 보내고, 그도 사무실로 돌아가야 했다. 마음이 졸아들어서 그는 말했다.

네가 지금 무슨 말을 하고 있는지 나는 통 모르겠어. 알아듣게 빨리 얘기하든지, 아니라면 그만 일어나자. 너도 어서 돌아가야 할 거 아냐. 시간이.

얼마 남지 않았어, 라는 말을 그가 속으로 뭉갰는데도 양제는 알아듣겠다는 듯 고개를 끄덕였다.

모두가 알 만한, 조류가 거센 곳에 터널이 개통되는 게 문제되는 일은 아닐지도 몰라. 최단거리를 우선적으로 고려해 나온 루트겠지. 하지만 청세균이라고 너도 알지, 최근 몇 달간 시아노박테리아가 다분히 기형적으로, 급속히 번지고 있다는 걸 알아야 해. 체크해야 할 건 그뿐만이 아니야. 그보다 더 중요한 건, 열차야.

프랑스에서 들여온 고속열차, 하고 양제는 힘주어 말했다. 열차라니, 그게 자꾸 무슨, 그는 미간을 찌푸리다 꼼짝없이 입을 다물었다. 어쩌면 양제가 예상하는 이상으로, 그는 긴장하고 있을지 몰랐다. 이런 말들은 다 그만두자고, 너는 잘 모르겠지만 내가 오늘은 영 그럴 기분이 아니라고, 양제에게 부탁이라도 하고 싶었다. 하지만 말이 나오지 않았다. 그는 뜨거움이 가신 커피를 마셨다. 둘 사이에 잠시 불편한 침묵이 감돌았다.

호우는.

양제의 목소리가 갈라졌다.

한 시간 미뤄졌다지?

그렇게 들었어.

그의 눈이 인내하듯 양제에게로 향했다.

무슨 일일까.

시간이 틀어진 건 처음이지, 아마?

그러게 말이야.

미적지근한 대화를 나눈다고 그는 비로소 안도했다. 이제 얼른 식어빠진 인사를 나누고 헤어지면 되겠다고도.

호우는 아무것도 아니야, 하고 그러나 양제는 머리를 흔들었다. 아무것도 아니라는 게 무엇인지 그는 얼른 알아차리지 못했다. 무슨 말인지, 그는 되묻고 싶었다.

나는 알 수 있어. 알게 됐고. 당연히, 선뜻 믿어지진 않겠지만.

양제는 조마조마해 보일 정도로 제 입술을 이로 물고 잘근거렸다. 호우는 지난 몇 년 새 정부가 가장 안전하다고 발표한 재난방지책이었다. 공기 중에 떠도는 각종 미세먼지와 바이러스로부터 자유로워질 수 있는 최선의 묘안으로 활성화되었다. 예상치 못한 온갖 형태의, 특성의 독과 해악으로부터 인간의 신체를 지켜줄, 빗줄기처럼 쏟아지는 약품 아래서의 소독 시간— 그게 바로 호우였다. 1부터 10까지 하나의 숫자를 선택해 지정된 날 호우 속으로 들어가던 사람들은 차츰, 월요일부터 일요일까지 하나의 요일을 선택해야 했다. 10부제에서 7부제로, 동서남북의 4부제로, 그리고 남자와 여자인 성별로 나뉘는 2부제로, 호우의 주기는 거듭해 짧아져왔다. 과속방지턱을 연달아 넘어가듯 점점 더 많은 시간을 호우 속에 서 있어야 했다. 학교, 회사, 주택단지, 관공서 등 모두들 각자 지정한 장소에서 규칙적으로 호우를 지났다. 혹, 출장이나 여행 등 제 구역을 이탈해 호우를 맞지 못하게 된다면 미리 자진 신고해 그에 따른 절차를 착실히 다시 밟아야 했다. 고병원성 AI 환자는 꾸준히 발생했지만, 그래도 많은 이들이, 호우가 있어 그나마 다행이라고 여겼다.

호우는 맹신되고 있어. 아무것도 아닌데 말이야.

맹신은 무지와 다르지 않아, 라고도 양제는 말을 보탰다. 어쩐지 쓸쓸하게 들렸다. 괜스레 화가 나서, 그는 의자를 박차고 일어났다.

쓸데없는 소리 지껄일 거면 일어나, 난 이제 가봐야겠어, 일하다 잠깐 나온 거라서.

양제가 입 벌려 무슨 말인가 하려는 걸 눈치챘지만 그는 외면했다. 양제를 남겨두고 돌아섰다. 한시라도 빨리 양제와 헤어지고 싶다는 생각뿐이었다. 다리를 재게 놀려 정시에 사무실로 돌아가야만 했다. 좀더 일찍 일어날걸, 아니 처음부터 만나러 내려오는 게 아니었어, 그는 후회했다. 초 단위로 시간이 흐르는 걸 온몸으로 느꼈다. 요사이 그는 시간이 흘러간다, 오랜 시간이 흘렀다, 고 생각하는 때가 잦았지만, 지금 이 순간만큼 절실하지는 않았다. 다섯시가 다 되어가고 있었다. 호우가 시작되기 직전이었다. 아무것도 아니라고 양제는 말했지만, 아무것이 아니라고 해도 달라질 건 없었다. 누가 뭐래도, 쏟아지는 호우에 몸을 맡겨야만 했다. 그러지 않을 수 없었다. 그것만이 그가 현 시대에 보일 수 있는 유일의, 생의 의지라고 그는 믿었다.

양제가 열없이 그의 팔을 붙들었다.

사실은 나, 너한테 묻고 싶은 게 있어서 온 거야.

그는 양제의 손길을 뿌리쳤다.

딸아이를 잃고 모든 게 엉망이 됐어. 상황이 그래. 아내와 말 섞기도 어렵고. 요즘엔 그냥 자꾸만 과거의 어느 때 어느 시, 그런 것들을 곱씹어보게 되는 시간이 늘었어. 정확히는 설명할 수 없지만 아마도 나는 내가 지나온 나의 시절 어디쯤 어느 마디에, 내가 자칫 실수한 거라도 있지 않을까, 남한테 피해라도 주지 않았나, 그래서 지금 이렇게 인생의 경로가 뜻하지 않은 쪽으로 잘못 틀어져버린 건 아닐까, 그런 마음이 자꾸 들었어. 그러다 네가 생각났고.

내가 왜, 하고 그는 물으려다 말았다.

너는 나를 싫어했잖아, 그렇지?

당황한 그가 대답할 틈도 주지 않고 양제는 계속 말했다.

나는 알아. 너는 나를 경멸했어. 내가 친밀하게 굴려고 애쓰는 걸 알면서도 냉담했지. 자정을 넘긴 호프집이나 어둡고 더러운 막걸리 집에서, 그래 나는 네가 나를 종종 오해했다고 생각했는데, 생각했지만, 그랬지만 너는 나한테 도무지 해명할 기회나 시간이나 여지 따위를 주지 않았어. 그저 기압이나 고도가 달라져버린 것처럼 굴었지. A에서 B에 이르는 선분이 있다면 가운데를 자르고 훌쩍 뛰어넘어 이동해간 것처럼 말이야. 아무런 상관도 없다고, 너와 나는 다르다고, 우쭐댄 거잖아, 너. 그러니까 졸업 이후에도 여차저차 마주칠 때면 언제나 나를 외면했던 거고. 나는 그걸 고스란히 느꼈어. 그때 어떻게 해서든, 졸업 전에라도 바로잡았어야 했는데 그러지 못하고 이렇게나 시간이 흘러와버리고 만 거야. 뭔가가 잘못되었다는 걸 분명히 인식하고 있었는데도 말이지.

지금 무슨 말을 주절거리는 거야, 난 다 잊었어.

그는 소리 높여 양제를 다그쳤다.

너의 이해를 구하지 않고도 나는 잘살아왔다고 생각했어.

양제는 멈추지 않았다. 그는 도망치듯 카페를 빠져나왔다. 양제가 하는 말을 도통 알아들을 수 없었다. 그는 양제를 경멸하지 않았다. 양제의 앞에서 우쭐거렸던 적은 더더욱 없었다. 그것만큼은 장담할 수 있었다. 그러나 불현듯 겁이 났다. 비겁한 인간은 아니라고, 자신하지는 못했다.

그런데 의지와는 상관없이, 살면서 자주 네 눈빛이 떠올랐어. 그럴 때면 자꾸만 심리적으로 위축이 됐지. 서로 안 보고 살면 그만인데, 우린 이미 친구라고도 할 수 없는 무감한 사이인데, 오랜 시간 그렇게 적당히 느슨하게 지내왔는데, 그 어두운 술집 화장실이나 끈끈한 복도에서 네가 나를 바라보던 그 눈빛이 어느 순간부터 내 몸에 바이러스 균처럼 달라붙어 있다는 걸 알았어. 어째서, 어떻게, 네가 뭔데 사람을 평생 이 꼴로 살게 하냔 말이야!

그는 양제가 터뜨려대는 분노를 이해할 수 없었다. 이제 와서, 내가 오해를 했다 한들 그게 뭐가 어떻다는 말이지, 그로서도 화가 났다. 저 뜻 모를 화풀이를 받아주기 위해 엄한 시간을 낭비했다고 생각하니 머릿속이 어지러웠다. 그는 양 뺨에 미열이 오르는 걸 느끼며 황급히 사무실로 향했다. 속이 메슥거렸다. 양제는 돌아갔을까, 궁금하지 않은 것도 아니었으나 지난날의 제 잘못을 바로잡고자 찾아오기에 하필 오늘은 적당하지 않았다고, 그는 그렇게만 생각을 정리하려 애썼다. 양제는 운이 나빴던 거라고.

그는 가까스로 사무실에 돌아왔다. 사원들과 함께 방역실로 내려가려고 할 때 그는 하나의 무리가 사무실 문을 열고 들어오는 걸 보았다. 그리고 그들이 자신과, 자신의 책상을 에워싸는 광경도 목격했다.

제자리에!

그는 가만 멈춰 섰다. 그리고 한 발자국을 더 떼었을 찰나, In place!라는 소리가 들렸다. 가슴이 선득해져 저도 모르게 아, 하는 나직한 신음을 내뱉었다. 그는 그들의 타깃이 자신이라는 걸 알았다. 며칠 전의 조처럼 그도 짐과 함께 꾸려졌다. 누구일까 생각해내려 했지만 추라도 매단 듯 머리가 무겁게 기울어졌다. 사무실 밖으로 나서며 그는, 제 곁에서 짐짓 멀찌감치 떨어져 있는 김을 발견했다. 김이 고개를 들고 그와 마주했다. 그는 안경 너머로 감춰졌던 김의 시서늘한 눈초리를 맞닥뜨렸다. 김이 어떻게, 마음에 불길이 이는 걸 느꼈다. 김의 등뒤에서 쌀쌀한 기색으로 서 있던 윤에게도 눈길이 갔다. 걷고 걸어 복도를 굽이쳐 도는 사이 그러나 그는 급속도로 차분해졌다. 감춰져야 마땅하나, 언제고 발각됐을 거였다. 그것을 당연히, 모르지 않았다. 다만 그는 여행을 간 아이가 돌아와 혼자 남을 것이 마음 아팠다. 그가 책상 위에 놓고 나간 휴대전화는 물론 상자 안으로 던져졌다. 그러느라 그는 아들이 마지막으로 보내온 또 한 통의 메시지를 미처 열어보지 못했다.

*아빠, 미안. 내가 많이 미안했어.*

걸으며, 그는 카페에 남겨두고 돌아서버린 양제가 했던 말을 재생하듯 되감기했다. 내가 지나온 나의 시절 어디쯤 어느 마디에, 도대체 무엇이 탈선하듯 잘못돼버린 걸까. 돌아보니 그도 그것이 의문스러웠다. 어째서 일은, 이렇게 되어버리고야 마는 걸까 하고. 그는 양제에게 말했던 것과 달리 새삼 자신이 아무것도 잊지 않았다는 사실을 인식했다. 그러자 초조해졌고, 이내 슬퍼지고 말았다. 운이 나빴던 건 그였다.

그가 떠난 사무실은 한바탕 수선스레 뒤끓었다. 그에게 매달린 부유방 때문만은 아니었다. 부서원들은 제각각 모니터와 스마트폰 화면에 뜬 속보를 정신없이 열어보기에 바빴다. 제주로 향하던 고속철도가 알 수 없는 이유로 선로를 벗어나 해저터널이 붕괴될 위험에 처했다는 뉴스였다.

다섯시가 지났는데도 호우는, 여전히 시작되지 않고 있었다.

# 양의 얼굴

한때 인생에서 가장 친밀한 사이였던
어떤 이들은 이렇게 잊고 잊히는구나,
양이 제 얼굴을 잃어버렸대도 달리 할 말이 없네,
하고 생각했다.

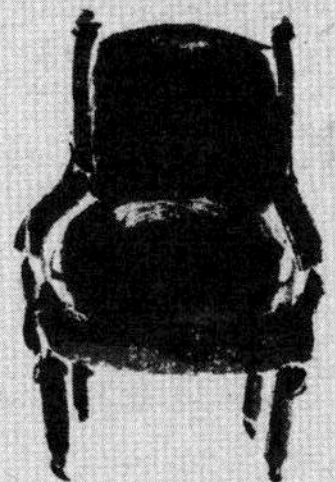

담벼락에 몸을 문대며 골목으로 들어섰다. 발목이 재차 꺾였다. 그럴 때마다 흰 입김이 부산스레 쏟아졌다. 한겨울의 쌀쌀한 바람이 그침 없이 불어왔다. 추웠는데, 더운 것도 같았다. 달아오른 뺨을 손으로 감싸쥐어보기도, 그 손을 주머니에 찔러넣기도 하면서 걸었다. 코를 훌쩍였다.

따라오는 게 개인가, 잠시 뒤돌았다. 아무래도 아닌 것 같았다. 고개가 절로 갸웃거려졌다. 다시 전방을 주시하고 걸었다. 가로등이 드물게 늘어선 어두운 골목에, 혼자였다.

따라오는 게 개인가, 다시 돌아보았다. 희끄무레한 뜨갯것이 자꾸만 어른거렸다. 골목을 니은 자로 꺾어 빠져나갈 때마다 뭔가 보였다 안 보였다 했다.

이상한데.

중얼거리며 좀더 앞으로 나아가다 다시 멈췄다. 따라오던 그것도 걸음을 멈춰 선 듯했다. 차게 휘도는 바람이 스산했다. 정신이 조금 말짱해지는 걸 느꼈지만 졸음이 몰려오듯 까무룩 취기가 올랐다. 뒤에 멈춰 선 그림자는 짤막하고, 납작했다. 전력을 다해 뒤돌아 뛰어야지, 하는 식의 두려움은 전혀 일지 않았다. 고양이라기엔 몸집이 펑퍼짐한데다 보폭이 느렸다. 거북이의 덩치라기엔 너무나 좀, 커다랬다. 가뭇한 발목도 분명히 보였다. 헷갈렸고, 다시 몇 걸음 떼어 이동했다. 그것도 오종종 따르는 기분이었다. 제자리에 가만 섰다. 팔짱을 끼어도 보고, 어깨를 들썩여도 보았다.

개인가, 또 생각했지만 가로등의 불빛이 어두워 확신하진 못했다.

왜 자꾸 따라오는 거야, 귀찮게.

이상한 흥분으로 어깨가 들썩여졌지만 이내 입을 다물었다. 조용히 하라며 담벼락 너머로 누구라도 머리를 들이밀 것만 같아서였다. 등뒤를 따라오는 정체 모를 것보다 눈에 보이지 않는 것에 간혹 더 큰 두려움을 느꼈다. 도시에서 살면 겁이 많아져, 라고 말했던 건 조였다. 눈물도, 라고 덧붙이며 조가 어깨에 기댔던 시간은 가끔 잊히지 않고 떠올랐다. 조의 머리칼에서 풍겨오는 향을 좋아했다.

오래전 결별한 애인의 말을 곱씹는 것처럼 궁상맞은 게 없어.

때때로 그런 핀잔도 받았다. 괜찮았다. 그립다거나 후회한다거나 하는 식의 어떤, 미련은 아니었다. 굳이 잊으려 노력하지 않았다. 생각날 때마다 외면해버리려고 하지도 않았다. 그저, 살면서 내게 다정하게 대해준 누군가를, 그게 조라고 해도, 추억하면 좋았다. 그런 때가 있었지, 그런 시절이, 라는 말을 반복하며 인생은 굽이쳐 흘러가는 것일 테니까. 부지불식간에 코끝으로 부유하는 사소한 기억들을 쫓아

구불구불한 길을 이동해가는 것일 테니까. 이제는 조가 곁에 없대도, 침울해할 건 없었다.

끝나버린 연애를 한탄하며 풀 죽어 자문할 때도 있긴 했다. 도대체 뭐가 문제였던 거냐고, 뭐가 문제여서, 우리는 이렇게 될 수밖에 없었던 것이냐고.

금방이라도 눈발이 흩날릴 법하다고 생각했다. 어둑한 하늘을 머리에 이고 느릿느릿 걸었다. 어둡고, 너무 어두워 비틀대다가, 지난번 지방선거 때 뽑아놓은 국회의원이 가로등을 세워준다고 했나 안 했나, 공약을 되짚어보았다. 끅, 딸꾹질이 나왔다.

개 한 마리 따라온다고 해서 나쁠 건 없겠지.

고개를 끄덕였다.

주인을 잃은 건가, 아니면 떠돌이 개? 아니야, 개라고 단정 짓기엔 역시 무리, 하고 혼잣말했다. 아, 하고 나직이 호흡도 해보았다. 개 아니 개 아닌 뭔가가 뒤를 따라오는 기분을 전에도 느꼈던 것 같았다. 물론 아닌 것도 같았다. 세상일은 확신할 수 없는 게 대부분이었다. 머리가 지끈거렸다. 주먹 쥐어 정수리를 통통 치며 걸었다. 이게 다 술 때문이지, 작작 먹어야, 도리질을 치곤 두 다리를 기계적으로 움직였다.

피곤해.

대답이 들려오지 않는 걸 당연히 여기며 홀로 떠들었다. 고개를 젓다가 혹시나 하는 마음이 들었다. 손나팔을 불어 어이, 하고 작게 소리쳤다. 개 아니 개 아닌 그것이 조금 더 가까이 다가오면 발이라도 굴러 쫓아버릴 작정이었다. 아무런 응답도 들려오지 않았다. 취했어,

다시 생각했다. 눈꺼풀이 무거웠다. 탐낼 만한 빼다귀 하나 주머니에 들어 있지 않은데, 어쩌고 중얼대다가 스텝이 꼬였다. 몸이 45도 경사로 기운다 싶었고, 그 찰나에 넘어진 것도 넘어지지 않은 것도 아니라는 느낌에 사로잡혔다. 뭔가에 기댔다, 혹은 받쳤다, 라고 생각될 법한 자세였다. 아무래도 나쁘지 않았다. 등허리가 푹신했다. 일순 혼곤한 잠이 몰려왔다.

좀 일어나요.

어디선가 울림 있는 말소리가 들려왔다.

곤란해요…… 가시던 길 가세요.

눈을 감고 입을 벙긋거렸다. 빠르게 답하려 했지만 기침이 났고, 발음이 뭉개졌다. 한숨만이 목울대를 타고 내려갔다. 곧 맹렬히 덮쳐오는 잠의 이불을 파고드는 기분으로, 스위치를 내리듯 의식의 전원을 꺼뜨릴 심산이었다. 간신히 눈을 떴을 땐 별도 달도 보이지 않는 밤이 아득하도록 깜깜하기만 했다. 하늘이 검은 탈바가지라도 뒤집어쓴 꼴이었다. 눈이 쏟아지지 않을까. 생경하게도 그런 기대감에 부풀다 기절하듯 뻗어버렸다.

*

잠에서 깨어난 건 알람 때문이었다. 익숙한 멜로디가 귓가로 흘러드는 걸 느꼈지만, 쉽게 전화기를 찾을 수 없었다. 소리가 나는 쪽으로 몸을 재차 더듬었다. 주머니 속에 박힌 그것을 끄집어냈다. 두꺼운 패딩을 벗지도 않고 잠들다니 한심했다. 만취야 만취, 입 벌리며 알람의 오프 버튼을 가까스로 눌렀다.

알람은 왜 맞추니.

아버지는 조심스레 물어왔었다. 짜증을 뒤미처 감추지 못한 어투였다. 같이 살 땐, 알람을 맞추고 끄고 하는 것에도 눈치가 보였다. 백수라도 알람을 맞추고 잘 권리는 있잖아요, 따져 묻고 싶었지만 죄송해요, 라고 말해야 했다. 창업 준비 때문에요, 그게 그러니까, 라는 핑계로 집을 나서는 아들에게 아버지는 적지 않은 원룸 보증금을, 어머니는 두 손 가득 반찬통 꾸러미를 건넸다. 그걸로 얼마쯤 책임감을 덜었을지도 몰랐다. 대입 낙방, 재수, 지방대 입학, 오랜 편입 준비와 실패, 그로 인한 어쩔 수 없는 졸업 등 아들의 지리멸렬했던 이십대로부터. 아니면 잔소리 없이 제 마음껏 알람이라도 맞추며 지내겠지, 생각했을지도 몰랐다.

사실은, 똑바르달 만한 이유를 설명하기 어려웠다. 그저 매일 밤 잠들기 전에 일어날 시간을 꼭 맞춰놓아야 할 것만 같았다. 생의 경고음처럼, 시작과 끝을 알려오는 차임벨처럼. 의문은 들었다. 얼마나 더 성실히 이렇게 알람을 끄는 생활을 이어가야 하는 걸까, 라는 것. 별일 없는 하루는 길기도 참 길었다. 온종일 모니터 앞에 앉아 있었지만 어디를 응시하는지 모를 시간들도 흘렀다. 무소음으로 골라 사다 건 벽시계를 규칙적으로 들여다보는 때엔, 자주 울적했다. 인생이 도무지 그치지 않고 이어지는 정시의 알람 같았다. 섣불리 끄려야 끌 수 없는, 차마, 오프 버튼을 누르지 못하는.

소파에 구겨넣었던 몸을 힘겹게 일으켰다. 침낭 같은 패딩부터 벗어던졌다. 허리며 어깨며 쑤시지 않은 데가 없었다. 게워낼 건 밤새

다 게워내버린 듯 속이 허했다. 목과 위장이 타들어간다고 느꼈다. 기듯이 냉장고로 향했다. 방바닥이 뜨끈히 끓고 있는 걸 알았다. 취중에 생각 없이 보일러의 온도를 최대로 높여놓았구나, 망할, 웅얼거렸다. 손발을 더듬거리며 몸을 움직였다. 뭔가 물컹한 것이 몸에 닿았다고도 느꼈지만 한데 뭉쳐진 빨랫감을 밟듯 상관하지 않고 넘어갔다. 큰 갈증이 일었다. 냉장고의 문짝을 힘주어 열었다. 생수 페트병의 주둥이를 한껏 쳐들고 마셨다. 고작 물 몇 모금일 뿐인데, 그제야 혼몽했던 정신이 맑아져왔다.

그러고는, 보았다.

방 한가운데 웅크리고 앉아 있는 양 한 마리를.

놀라서, 입에 문 페트병을 뱉어내지 못했다.

양이네.

물을 마실수록 기갈이 들었다. 심장이 빠르게 뛰었다. 양은 너무나 다소곳한 자태였는데, 오래지 않아서, 그의 표정이 평온하고 온화하다고 느꼈다. 무서워하기엔 되레 미안할 정도였다. 어서 마셔, 아무래도 괜찮으니 어서, 하고 다정히 독려해주는 눈빛이라고나 할까. 착각일 수도 있겠지만 그랬다. 한참을, 그대로 서 있었다. 양의 존재감은 컸다. 단출한 살림살이마저 꽉 들어차는, 고작해야 열 평 남짓한 공간이었다. 머리를 흔들었다. 먹먹히 울리는 두통으로부터 벗어나고 싶었다.

양이 어째서……, 어떻게? 어제 많이 취해서, 집으로 돌아오는 길에 길 잃은 어린 양을 주워 품에 안고 오기라도 한 걸까? 아니면 다시 말하지만 정말이지 너무나 꽉지가 돌아서, 따블 따블! 외치며 택시처럼 갓길에 서 있던 양의 머리를 잡아타고 온 걸지도 모르지.

씁쓰레 자조하면서도 양에게서 눈을 뗄 수 없었다.

술이 덜 깼어.

어쩌면 지난밤의 숙취에서 아직 깨어나지 않은 것인지도 몰랐다. 한 발 한 발 걸음을 떼었다. 그러나 부인할 길 없이 양이었다. 단단하지만 유연하게 구부러진 뿔이 머리 위로 솟았고, 얼굴이 납작하게 눌렸다. 온몸은 희고 보드레한 털로 뒤덮였다. 좁디좁은 방안에 네 발을 얌전히 모아 접고 앉은 양이라니. 조금 더 바투 다가갔다. 가까이 다가갈수록 옴짝달싹하지 못할 정도로 심리적인 위압감이 컸지만, 양은 친절했다. 입을 꾹 다물고 턱을 살짝 들어서 제 얼굴을 세밀히 살펴볼 수 있게 해주었다.

고, 고마워.

인사하지 않을 수 없었다.

괜찮아요, 하고 양이 잔잔히 말했다.

되도록 정중하려고 노력하며 허리를 굽혔다. 혹 술내나 구취라도 풍길까 머뭇거렸다.

실례 좀.

손바닥으로 조심스레 양의 등허리 언저리도 쓸어보았다. 눈앞에서 능숙한 손길로 부풀려진 솜사탕 같았다. 보드랍고 포근했다. 몇 걸음 뒤로 물러나 바라보기도, 가까이 붙어 내려다보기도 했다. 그렇게 하도록 양도, 가능하면 움지럭대지 않으려는 듯했다. 보면 볼수록 처음에 가졌던 두려움의 크기는 점차 줄어들었다. 전혀 해를 끼칠 것처럼은 생각되지 않았다. 시간을 두고 요모조모 살펴봐도 같은 결론에 다다랐다. 사람으로치면 예의 바른 신사나 얌전한 요조숙녀 같은 인상이었다. 하지만 그럴수록 더 절절히 체감해야 했다. 다 자란 성견이거나 작달막한 송아지도 아닌 틀림없는, 양이었다. 믿기지 않아, 라는 생각만이 반복해서 들었다.

양이라니.

도대체 어디서부터, 무엇이 잘못되었지, 스스로를 돌아보게 되었다.

그냥 양은 아니에요.

양이 고개를 빳빳이 들고 말했다. 뭐라고 대꾸해야 할지 몰라서 가만히 있었다. 당황하지 않을 수가 없었다. 가리사니를 잡지 못했다. 양은 편안한 얼굴로 오밀조밀한 입매를 당겨 벌렸다.

어젯밤에도 한차례 말씀드린 바 있습니다만, 검은 얼굴 양입니다.

검은, 뭐?

검은 얼굴 양입니다. 아시겠지만 양에도 이런저런 양이 많은 법이죠.

머리칼 속에 손을 집어넣어 벅벅 긁었다. 뭔가 벌어졌다고 할 만한 지난밤의 일을, 있다면 있을지도 모르는 어떤 것을, 빠르게 생각해내려 애썼다. 어제 무슨 일이 있었더라, 가물거리는 기억의 지도를 되짚어보아야 했다. 단전이라도 된 듯 의식의 저편이 캄캄했다.

넌, 너는, 얼굴이 검지 않은데?

불쑥 그런 말을 꺼내놓곤 후회했다. 한다는 말이 기껏…… 실망스러웠다.

검었죠. 원래 검었어요.

양은 머뭇거리더니 얼마쯤 억울하다는 뉘앙스로 대꾸했다.

원래?

네.

얼굴을 잃어버렸어요.

무성한 흰 털 사이로 벌어졌던 양의 입이 다시 오므라들었다. 어쩌다, 라고 물으려다 아랫입술을 깨물었다. 두통은 더 심해졌다. 출구 없는 비상구 안에 갇힌 듯 눈을 질끈 감았다.

*

양이 왔다.

한 마리의 양이.

기다렸어요, 하고 양은 소리 없이 몸을 일으켰다. 양의 다리가 강단 있어 보인다고 생각했다.

많이 취한 것 같아서.

양이 덧붙였는데, 그게 언어인지 무엇인지 쉽게 분간하지 못했다. 대꾸 없이 소파로 가서 엉덩이를 붙였다. 깨어나길 기다렸다는 뜻인가, 한참 만에야 그렇게 정리해버렸다. 멍했고, 뒷목이 뻐근했다. 이 상황이 무엇일까 떨떠름했다.

그런 표정을 잘 짓는 건 습관인가보군요?

양이 다시 말을 꺼냈다. 제법, 하는 수 없다는 투였다.

어젯밤에도 내내 그랬죠. 그러다 비척비척 걸음을 옮겨 소파까지 온 겁니다.

차분히 설명하겠다는 태도로 양은 다시 주저앉았다. 팔짱이라도 낀 듯 어깨를 낮추는 모양새였다.

소파까지?

그래요. 덕분에 난 침대에서 잘 수 있었지만.

그러고 보니 침대 위에 덮였던 이불의 중앙이 움푹 패어 있었다. 침대와 양을 번갈아 바라보았다. 아무런 대꾸도 할 수 없었다. 뭐 그다지 편하진 않았어요, 매트리스가 좀 오래된 것 같던데요, 라며 양이 제 할 말을 멈추지 않은 까닭이었다.

요즘엔 초고밀도 포켓 스프링이 좋더라고요.

양이 여유로워 보일수록 초조해졌다. 뭐지, 어떻게 받아들여야 하지, 고민이 되었다. 누구에게도 말 못할 이런 상황을 오래 지속해선 안 된다, 고 생각했다. 양이 눈앞에, 방안에 있다니 이상하지, 그래 정말 이상한 일이야……, 너무나도 이상하지만 그래도 침착하자, 침착해야 돼, 일단은 119에, 라고 더듬거리며 골몰하는 순간에,

노 노. 무슨 생각하는지 알아요.

양의 머리가 앞뒤로 움직였다.

소용없어요.

소용없다니?

말 그대로예요.

단호한 어조였다. 또 목이 탔는데, 하릴없이 숨만 크게 들이쉬곤 내뱉고 말았다. 길고 긴 숨이 휘돌았다. 고개를 주억거렸달 뿐 양의 표

정엔 아무런 변화도 없었다. 꽤나 푹신해 보이는 양의 옆구리에 시선을 두었다. 몸을 기대고 자라고만 한다면 누구보다 먼저 잠에 빠져들 수 있을 것 같았다. 그만큼 피곤했다. 음주 측정을 하듯 도시의 구석구석에서 피로도 측정을 위해 사람들을 잡아 세운다면, 기계에 숨을 불어넣는 즉시 면허 정지나 취소 감인 이들이 부지기수일 거야, 그런 마음이 들었다. 삶을 살아가는 데 있어서도 정지 신호를 부여받을 수 있다면 그건 그것대로 나쁘지 않을지도 몰라. 잠시 멈췄다가 다시 재정비해 움직일 수 있다면, 그것도 기회라면 기회. 하지만 이런 마음 따위는 충분히, 불필요한 것이다. 이 도시는 사람들이 어째서 술을 마시는가에 대해서는 알고자 하지 않으니까.

피곤해요?

양이 물었다.

대꾸 없이 입을 다물었다. 속이 쓰렸다. 해장도 못하고 팔다리도 뻐근한 터에, 당연한 말이지만 이런 상황을 오래 지속하고 싶지는 않았다. 그럴 수는 없었다. 양의 등장에 관대할 만큼의 포용력은 어디에서도 익히지 못해왔다.

어제는 술을 많이 마셨지……, 마시고 또 마셨어.

그러지 않으려고 하는데 상체가 비틀렸다. 순간적으로 어지러움을 느꼈다.

그래 보였어요.

양이 장단을 맞췄다.

그러니까 어제는 대체 무슨, 무슨 일이.

그러니까요.

후끈거리는 방안을 둘러보았다. 식은땀이 흘렀다. 양의 등장 말고는 모든 게 그대로였다. 싱글 침대와 이인용 소파가 있고, 조립식 옷장과 낮은 탁자가 놓인 사각형의 방, 으레 비좁은 부엌과 낡아빠진 화장실이 딸린 원룸에 늘 혼자, 그것 말고 평소와 다르게 보일 건 아무것도 없었다. 그렇지, 그렇잖아, 달라질 게 전혀 없잖아, 하면서도 생각의 필라멘트는 자꾸만 끊겼다. 코가 간질간질한 기분이었고, 입안이 텁텁했다. 씻자, 씻어야겠어, 도리질을 쳤다.

아, 그래. 꿈, 이건 꿈일 거야.

우뚝 서서 두 눈을 깜박였다.

그럴 가능성도 있잖아?

그러나 갈아입을 속옷을 챙겨 화장실로 향하다 한 덩이의 거대한 털 뭉치와도 같은 양에게 가로막히고 말았다.

꿈이지?

시야가 희붐했다. 있는 힘을 쥐어짜내 되뇌었다.

아뇨.

양의 목소리는 짤막하고도 경쾌했다.

*

깨진 조각들은 성글게 맞춰졌다. 어제는 분명 그제 혹은 그끄제와 전혀 다르지 않은 날이었을 거라 생각했지만 아니었다. 온과 밤늦도록 술을 마시고, 그러다 뒤늦게 합류한 홍과 드잡이를 했을 거야, 라는 예상은 맞았으나 술을 마신 이유가 달랐다.

정오 무렵, 서툴게 화해를 청하는 이처럼 초인종은 거칠게 울렸다. 언제나처럼 모니터 앞에서 잔뜩 인상을 쓰며 머물러 있는 때였다. 현관문을 여니 웬 낯선 남자가 입을 다물고 서 있었다. 맨 먼저 눈에 들어온 건 그의 허리춤에 둘러 매인 은장의 벨트였다. 거리낄 것은 없었으므로 순순히 동행했다. 머플러를 둘둘 말고 콜록대며 벨트의 뒤를 따랐다. 한 달 전에 걸린 감기가 떨어지지 않고 있었다.

도착하자마자 유난히 삐걱거린다 싶은 철제 의자에 기대어 앉았다. 이름과 나이, 주소, 직업을 묻기에 이름은 뭐며 나이와 주소는 뭐고 직업은 뭐다, 얘기했다.

앱?

벨트가 미간을 찌푸렸다.

스마트폰 애플리케이션이요. 그걸 개발합니다.

대답에는 아랑곳없이 벨트는 그러니까 일단 출퇴근하는 일은 아니지 않느냐, 고 갸웃거렸다.

직장 말이야, 직장.

창업을 한 겁니다, 집에서.

사대보험은?

당혹스러웠다.

안 되는데…… 프리랜서 같은 거죠, 일종의.

벨트는 키보드의 자판을 빠르게 두드렸다. 무직, 이라고 중얼거리는 걸 들었다.

던졌지?

벨트는 인내심을 갖고 물었다. 언뜻 무슨 말인지 이해하기 어려워서 의자 등받이에 붙인 허리를 떼었다. 멀지 않은 곳에서 끊임없이 전화벨이 울렸다. 몇몇이 언성을 높였다. 산만하고 시끄러웠다.

던졌지?

코맹맹이 소리로 아니라고 대답했다.

던졌잖아.

아닌데요.

재개발 허가가 나기만을 기다리는 주택 밀집 구역이다, 이 빌라와 저 빌라의 간격은 채 일 미터도 떨어져 있지 않고 단단히 맞붙어 있다, 무슨 패기로 남의 집 창문에 돌을 던져 아이의 이마를 깼다는 말이냐, 남자치곤 겁이 많은 편입니다, 라고 주절거렸다.

목격자가 있어요.

누군데요?

자꾸 이러면 더 불리해질 수 있어.

해찰스레 이런저런 용어를 써가며 벨트는 호통쳤다. 얕잡아 보는 것 같아서 불쾌했다. 뭐라고 더 말하려 했는데 신고자의 신변 보호 어쩌고 해서 말문이 막혔다. 누구지, 누가, 왜? 영문을 알 수 없어 끝내는 좀 화도 났다. 범인이라니, 지레 놀라서 그 말을 삼켜버렸다. 벨트가 신변을 보호해줄 이는 신고자뿐인 것인가 아리송했다.

대학씩이나 나와서는.

아닌데요.

취직도 하고 해야지 놀면 쓰나.

전 아닌데요.

시간이 지나면서는 벨트도 누그러져 사담을 나누듯 굴었다.

감기도 다 정신을 안 차리고 살아서 걸리는 거야.

정말 아니라니까요.

바짝 긴장하고 살면 아플 틈이 어디 있어?

책상 위에 놓인 티슈를 줄줄이 뽑아 쓰며 아닌데요, 진짜 던지지 않았는데요, 라고 백 번쯤 수행하듯 항변하고 나서야 지구대 밖으로 나올 수 있었다. 다 동생 같아서 하는 말이니, 하고 벨트는 티슈를 케이스째 선심 쓰듯 품에 안겨주었다.

앞으론 매사 주의를 좀 하고.

던지지 않았는데요, 라는 말을 벨트는 끝내 귀담아듣지 않았다.

이번엔 훈방 조치를 해주는 거니까.

어깻죽지가 뻐근했다. 벌이라도 선 듯 지쳐버렸다. 저녁밥 때도 훨씬 지난 시간이었다. 별일이 다 있다, 잊어버리자, 하면서도 침울해지지 않을 수 없었다. 온에게 전화부터 걸었다. 야, 정말 살다 살다, 소릴 지껄이며 집 근처 포장마차에서 소주라도 마시기로 했다. 술값이나 될까 싶어 주머니 속을 한동안 뒤적였다.

온은 산발한 머리에, 털모자를 비쭉 뒤집어쓰고 나왔다. 꼴이 그게 뭐냐고 잔소리를 했는데 먹히지 않았다. 이발할 시간이 어디 있냐고 대꾸하며 온이 소주병의 뚜껑을 돌려 땄다.

연말에 이게 무슨.

내민 잔이 채워졌다.

재수가 없으려니까.

액땜했다고 생각해.

한입에 소주를 털어넣다가 사레가 들려 기침을 쏟았다.

감기엔 참, 고춧가루지.

온은 카운터와 주방을 오가더니 새빨간 고춧가루를 수저에 퍼왔다. 흘리지 않게 조심하며 잔에 폴폴 넣어주었다. 안주로 시킨 두부김치도 직접 가져왔다.

버그는? 좀 잡혔어?

두부를 베어 먹으며 물었는데,

아니.

온이 쓰게 대답하며 김치를 씹어 삼켰다. 소주 한두 잔씩을 더 마셨다. 학과동기인 온 그리고 중앙동아리에서 만난 홍을 더해 창업에 뛰어든 지도 햇수로 4년째였다.

열패감에 시달리며 가까스로 졸업장을 땄지만, 공돌이 셋 중 누구도 온전히 취업에 성공한 사람이 없었다. 밤낮으로 서울 소재 대학으로 편입하겠다며 골머리를 앓다가 모두 실패— 그것이 셋의 대학 생활이었다. 이러지 말고 뭐라도 함께 해보자, 라는 제안에 온과 홍이 응한 건, 불 꺼진 당구장에서 불어터진 짜장면을 후룩거리던 때였다. 마침 시에서 지원해준 청년 창업 자금의 영향도 컸다. 지원이라고는 해도 무이자 원금 상환의 조건이었으므로 수익이 나면 기한 내에 되갚아야 하는 돈이었다. 그래도 뭔가 할 수 있을 거라는 생각에 마음이 달떴다. 스마트폰 출시의 붐을 타고 애플리케이션 개발에 몰두해보자고 의견을 모았다. 초기 투자 비용이 적다는 단순한 이유였다. 간단하면서도 실용적인 메모장이나 다이어리 등을 시험 삼아 만들었다. 시답잖은 것들이었지만, 무료로 배포하니 다운로드 횟수가 높았다. 안드로이드 사용자가 늘면서 수요도 높아졌다. 간간이 배너 광고 의뢰가 들어왔다. 적으나마 주기적으로 이윤이 생긴 뒤로는 일하는 데 활기가 돌았다.

그뒤로는, 집중력을 상승시킨다는 백색소음 청취 앱을 만드는 데 무엇보다 집중했다. 집이나 도서관에서 늦도록 공부하는 이삼십대가 타깃이었다. 빗줄기나 바닷바람 등 자연의 소리를 기본형으로 두고, 자동차 지나가는 도로나 길거리 기타 연주, 오래된 라디오나 타자기 소리를 더한 업그레이드 버전을 연달아 내놓았다. 홍은 카페나 도서관에서 몇 날 며칠씩 머물며 소음을 녹음해왔다. 공부의 효율을 높이는 '클린 노이즈'라고 입소문이 퍼지면서 이용자들의 사용 후기가 늘었고, 별점 랭킹도 올랐다. 가파른 상승세였다. 창업 준비를 이유로 집을 나온 게 그즈음이었다. 아직은 부모님께 '성과'라고 말할 거리가 없는 단계지만 조금씩 나아지지 않을까, 은근한 기대도 품게 되었다. 좋아지겠지, 매일 밤 그런 바람으로 퀭한 눈을 비벼대곤 했다. 그러나 운이 좋다고 생각한 것도 잠깐이었다. 문제가 생긴 건, 포털 사이트와 연계해 백색소음 앱을 유료 서비스로 전환하면서부터였다. 이유 없이 프로그램이 중단돼 제멋대로 복구된다는 식의 항의가 일었다. 덕분에 온과 더불어 요 며칠 소프트웨어 버그를 잡느라 분투중이었다.

소스 코드에는 아무런 문제가 없어.

온이 말했다.

버퍼 오버플로는?

온이 망설이지 않고 고개를 가로저었다. 하긴 그도 그럴 것이, 버퍼 오버플로는 보통 데이터를 저장하는 과정에서 생겨났다. 프로그래머가 지정한 곳 바깥에 데이터를 저장할 경우, 경로를 벗어난 데이터가 인접 메모리를 덮어 써버리는 탓에 프로그램 자체에 손상을 주었다. 데이터를 저장할 메모리 위치가 유효한지 검사하지 않았을 때 발생하는 오류였다. 경계 검사를 하지 않을 정도로, 초보적인 실수를 범할 가능성은 애초에 없다고 봐야 했다.

버전 업을 계속하는 것보다는, 디바이스 호환성을 높이는 게 중요할 것 같아.

웹앱으로 아예 방식을 달리해서 말이지?

온이 고개를 주억거리며 수긍했다. 온과 벌써 10여 년 이상을 알고 지냈는데 이토록 고단해 보이는 얼굴은 오랜만이었다. 기운이 빠졌다. 힘겹게 창업을 했는데, 일은 좀처럼 쉽게 풀려주지 않았다. 한 단계 올라섰다고 생각하면 얼마 지나지 않아서 어김없이 발이 묶였다. 매일 버그를 잡느라 분주하다가도 이 모든 너절한 일상이 버그 그 자체인 것만 같아서 울적했다. 프로그램 자체에 손상을 주는 데이터가 인생의 어디에 매복해 있는 것인지 짐작조차 되지 않았다.

한 잔 또 한 잔, 주거니 받거니 하며 온과 줄기차게 소주병을 비웠다. 그러다 자정이 가까워서야 느지막이 홍이 나타났는데, 어찌 보면 별것도 아닌 일로 뒤엉켜 싸우고 말았다.

*

뭣 때문이었죠?

양이 볼을 실룩이며 물었다.

싸웠다기보다는.

괜스레 민망해져서 옴죽거렸다. 취하기도 했고, 그게 그러니까, 라고 대답하려는데 전화벨이 울렸다.

잘 들어갔어?

어, 걱정했구나.

온이 반가워서, 안도하듯 하소연하듯 대꾸했다.

늦지 않게 나가봐.

온이 말했다. 그제야 오늘의 약속을 떠올렸다. 너 무슨 일을 그따위로, 라며 홍과 차가운 아스팔트 위로 겹쳐 넘어졌던 생각이 났다. 전후 사정을 따져보지도 않고 흥분했던 것 같았다. 알았다고 대답하며 쭈뼛거리다가, 그를 불렀다.

있지, 온.

왜.

방에.

뭐.

양이 있어.

뭐?

양이 있다고, 내 방에.

아.

온이 전혀 놀라지 않아서 도리어 놀라웠다.

아무렇지도 않아?

뭐가?

양 말이야, 양.

입 가까이에 손바닥을 둥글게 오므려 막고 목소리를 낮췄다. 딴에는 의식해서 한 행동이었는데, 양은 짐짓 고개를 돌려 다른 곳을 보고 있었다. 매너 없이 남의 이야기를 훔쳐 듣는 일 따윈 하지 않아요, 라는 고고한 태도였다. 수화기 너머로 온의 목소리가 뚜렷이 들려왔다. 들은 적 있거든, 요즘 많이들 마주친다던데, 하는 말이었다.

언제였지, 얼마 전엔가 홍의 누나에게도 왔었잖아.

아무 말도 하지 않고 있자 온이 재차 설명했다. 그런 얘긴 들은 적이 없었다. 홍의 누나라면 미용사라고만 알 뿐 세세한 것까지는 알지 못했다. 그러지 않으려고 하는데도 홍과는 자주 부딪혔다. 홍은 성격이 급하고 정에 휘둘리길 잘했다. 싸워도 뒤끝이 없는 스타일이긴 했지만 맞서면 언제나 손해보는 기분이었다. 친구니까 포차에 마주앉아 술잔을 부딪고 나면 금세 풀어지면서도 분기에 한 번씩은 꼭 충돌해 다퉜다. 얼마 전 백색소음 앱을 유료 버전으로 전환하기로 결정할 때도 그랬다. 홍이 상의도 없이 멋대로 마켓 계약서에 사인하는 바람에 큰 손해를 봤다. 공동 작업실 꾸릴 비용을 날려먹은 셈이어서 벌벌 뛰지 않을 수 없었다. 크게 소리도 질렀다. 그까짓 거, 라고 홍이 말해서였다.

사이좋게 좀 지낼 수 없어?

온이 궁얼거렸다.

애들도 아니고.

홍의 누나라니, 왜?

딴소리하듯 물었다.

머리카락을 좀 얻을 수 있겠냐고 하더래.

머리카락?

어. 외도를 했대. 그 양이 말한 대로라면 그래. 자기가 아내를 두고 바람을 피웠는데, 머리카락이 꼭 좀 필요하니 달라고 했다나봐.

어처구니가 없어서 실소하고 말았다.

지금 농담하자는 거야?

아니, 지극히 사실인데.

온이 비죽댔다. 양이 외도를 했다며 도와달라고 찾아왔다니 기가 찼다. 염치없는 건 알지만요, 머리카락을 좀, 하고 말하는 양을, 상상해보았다. 정말일까 싶었지만 믿지 않을 수도 없는 노릇이었다. 이미 눈앞에도, 양은 번듯하게 한자리 차지하고 있는 참이었으니까.

머리카락을 좀 주지 않을래요? 케라틴으로 망토를 만들면 아주 견고하거든요. 실컷 맞아주면 아내는 분풀이가 되겠죠. 나로선 아무리 아프게 맞는다 해도 아내를 미워하지 않을 수 있고요. 물론 다른 동물에게 부탁할 수도 있어요. 망토는 염소의 뿔이라든가 개구리의 발톱으로도 만들 수 있으니까요. 하지만 도시에는 인간뿐이에요. 인간만이 가득하죠. 사실은 그래서 저도 좀…… 고역이에요.

온의 말대로라면, 양은 갑작스레 홍의 누나를 찾아와 팔뚝에 머리를 비비며 이렇게 부탁했다는 것이다. 이리저리, 아무리 온 사방을 둘러봐도 도시에는 인간뿐이라며, 고통스러운 얼굴을 해 보였다는 것이다. 누나의 팔뚝에 붙거나 공중에 몽실몽실 흩날렸을 양의 흰 털을 떠올렸다. 머리카락, 망토, 부탁, 고역, 과 같은 단어들을 입속에서 굴려보다가 그렇다면, 하는 마음이 들었다. 서둘러 전화를 끊고 질문했다.

넌, 왜 날 찾아왔어?

양이 고개를 돌렸다. 양의 두 눈동자가 모니터에 나열되는 프로그래밍 언어처럼 새까맣고 매끈했다.

얼굴을 잃어버렸다고요.

얼굴?

아까 말했잖아요, 라며 양이 한숨 쉬며 불퉁거렸다.

*

뒤늦게 술자리에 합류한 홍과 다툰 건, 온이 누군가로부터 받았다는 한 통의 메일 때문이었다. 발신인은 익명의 여성이었는데, 그녀는 앱에서 자기의 이야기가 들리니 그것의 판매나 배포를 중단해달라고 말해왔다고 했다.

무슨 소리야?

몰라, 이해가 안 돼.

온이 토로하듯 말했다.

들린다고?

글쎄, 정확하게 들린다고는 할 수 없지만.

납득이 되지 않았다.

그럴 리가 없잖아. 혹 들린다고 해도, 아니 그렇게 남의 이야기에 귀기울여듣는 사람들이 어디 있겠어, 이건 라디오 같은 게 아니잖아. 공부든 뭐든 집중하기 시작하면, 어느 순간엔 들리지 않는 소음일 뿐인 건데. 우리 모두 그걸 알잖아?

발끈하면서도 확인해봐야 했다. 술에 한껏 취한 채로 까딱까딱 허리를 젖히거나 머리를 기울여가며 온과 이어폰을 나눠 끼었다.

S동 가로수길 카페, 거기야.

앱을 실행시킨 뒤, 온이 가리키는 대로 모드를 바꿨다. 다양한 종류의 백색소음 앱이 우후죽순으로 생겨나는 동안에도 우리가 마켓 다운로드 횟수에서 우위를 선점할 수 있었던 건, 사소한 아이디어의 공이 컸다. 길거리, 카페, 도서관, 계곡, 하는 식의 두루뭉술하고 보편적인 공간이 아니라 보다 특수하고도 구체적인 장소를 명시해, 바로 그곳만이 뿜어내는 소음을 담았던 것이다. H대 앞 주말 플리마켓, D대 도서관 늦은 저녁, C역 중앙로, K타워 갤러리……, 기대했던 것보다도 반응이 훨씬 괜찮아서 가벼이 들떴다. 모르긴 몰라도, 사람들은 이어폰을 귀에 끼고, 자신이 대중의 어느 틈바구니 혹은 공중의 일원으로 가담해 있다는 위안 아닌 위안을 얻는 듯 보였다. 그것이 소음 속에서도, 그들을 눈앞의 책, 탁자 위의 문제지에 몰두하게 만들었을 거였다. 그런 생각을, 하지 않을 수 없었다. 알아들을 수 없는 소음 속에서 살아간다. 정체 불분명한 목소리들 사이에서 홀로 눈앞의 것에만 집중하려 애쓰며, 무언가 들려와도 듣지 않으려 애쓰며, 산다. 언젠가는 자신도 그 소음 속에서 어우러지길 바라면서. 소음 없는 곳에 머무는 것은 지극히 두려운 일이다. 모두가, 그것을 안다. 그래서 때때로, 앱을 실행시키고 들어보았다. 붕붕거리며, 웽웽거리며, 어느 대학 도서관, 어느 중앙로, 열리거나 막혀 있는 이 많은 소음들은 모두 어디에서 와 어디로 다시 돌아갔는지. 이들이 커다란 공간에 흩뿌리고 간 소음으로 인해 누군가의 작은 공간은 또 얼마나 적막했는지. 궁금히 여겼다.

일단 들어보자, 혹시 모르는 거니까.

최대한 볼륨을 키운 뒤 온과 집중해서 들었다.

이미 알고 있듯 온통 소음뿐이었다. 사람과 사람이 만나 불규칙하게 뒤섞여 내는 시끄러운 소리들. 그게 다였다. 누군가 대화한다, 웃는다, 싶지만 그게 전부였다. 특정인의 사연 담긴 말소리 같은 게 자세히 들려오지는 않았다. 이 시끌시끌한 소음 속 어디에서, 여자는 자기 얘기를 들었다는 걸까, 의아했다. 뭐가 들린다는 거야, 라고 나중에 가서는 짜증이 났는데, 그때 들어와 자리에 끼어든 홍이 상대할 필요 없다는 투로 술만 마셨다.

무시해.

홍이 어깨를 으쓱대며 말했다. 듣자니 괜한 부아가 났다. 다른 날 같으면 별 이상한 여자도 다, 하며 맞장구를 쳤을 텐데 어제는 달랐다.

무시하라니.

별수 있어?

별수 없으면?

왜 말꼬리를 잡는데?

홍이 손에 든 잔을 탁자 위에 소리 나게 내려놓았다.

사람 말 무시하고 그러면 안 돼.

성자 났네.

홍이 이기죽거렸다.

그래도 일단 그 여자를 만나서 얘길 들어봐야지.

화를 꾹 참고 대꾸했는데 한가하구나, 소리를 해대서 눈이 뒤집어지고 말았다.

대충, 그랬어, 어제는.

회피하듯 말을 얼버무렸더니,

싸우면 울적해져서 싫어요.

양이 이해한다는 눈을 해 보였다.

어쨌거나 여자를 만나서 얘기를 들어보고 싶어.

그래야죠.

마음이 누그러졌다. 양의 그 단순한 대답으로, 어떤, 격려라도 받은 기분이 들었다. 약속 시간에 맞추려면 외투를 챙겨입고 어서 나가봐야 할 것 같았다.

부탁이 있는데요.

그 말에 멈칫하지 않을 수 없었다. 그랬지, 참, 부탁이 있어서 양은 왔을 거였다. 홍의 누나에게 머리카락을 달라고 했듯이.

가진 게 별로 없는데.

주머니라도 뒤집어 보이려고 했는데, 뭘 빼앗아가진 않아요, 라며 양이 싱긋 웃었다.

그럼?

물으니, 같이 가게 해줘요, 라고 양은 고개를 숙였다.

같이?

네, 같이. 정말, 얌전히 있을게요.

난처했지만, 부탁을 들어주지 않기가 어려웠다. 여자가 놀랄 것 같은데, 뭐, 잘, 설명할 수 있겠지, 생각해버렸다.

*

창밖으로 잔뜩 찌푸린 하늘을 바라보다가 가자, 소리를 하며 밖을 나섰다. 한기가 훅 끼쳐 들었다. 눈이 오겠네, 다시 들어가 우산을 챙겨 나올까, 고민했지만 하는 수 없지, 하고 말았다. 외투에 달린 후드를 뒤집어쓰고 가풀막진 언덕을 걸어 내려갔다. 돌아보니 양은 네 다리로 강단 있게 따라왔다. 얼굴을 잃어버렸다고 침울해하던 때와는 달리 당당해 보였다. 지하철역으로 향하려 골목을 도는데, 누군가 걸어오는 게 보였다. 한눈에, 윗집에 사는 중년 남자라는 걸 알아보았다. 술만 마시면 노래방 기계를 밤새 틀어놓고 불러대 기가 질리게 만드는 사내였다. 어쩔까, 짧은 순간에 고민이 솟았다.

저기, 저쪽으로 갈까.

마주치기가 싫어서, 양을 이끌고 괜히 뒷골목을 빙 돌았다. 사춘기 소년도 아니고, 호불호의 감정을 이성적으로 제어할 줄 아는 나이가 되었는데도 여전히 싫은 것은 싫은 것, 외면해버리고 만다는 게 우스웠다. 어쩔 수 없구나, 언제까지고, 어디까지나, 지혜롭지는 않구나, 어른은 아직 아니구나, 싶었다.

싫어하는 사람이 생기면 괴로워.

언젠가의 조의 말이 떠올랐다. 싫어하는 사람이 생기면 괴롭다고, 조는 말했었다.

누군가 싫어하는 정도의, 삶밖에는 안 되는 것 같아서.

조의 말에 동조했었을까, 무슨 말을 더 나누었을까 잠자코 돌아보았다. 그러다 한참 뒤에야 불쑥, 조의 얼굴이 희미해졌다는 생각이 들었다. 어떻게 생겼었더라, 가물가물했다. 당황스러워서 걸음을 멈췄다.

왜요?

양이 물었다.

아니야, 아무것도.

다시 걸었다.

아, 눈이에요.

눈이 와요, 하고 양이 말했다. 먼지 같고 솜털 같은 게 바람에 뒤엉켜 드문드문 부유하다가, 어느 결엔가 시야를 메웠다.

눈은 소리 없이 내리는 줄 알았는데, 아니구나.

가만 멈춰 서서 새삼 감탄했더니,

툿, 툿, 소리가 나네요.

큰 눈 뭉치 같은 몸을 하고서, 양이 말을 받았다.

아닌가, 빡, 빡, 이런 소리 같기도 하고?

양은 상기된 표정으로, 입술을 맞물었다 떼는 시늉을 했다.

그러네.

점점이 흩날리는 눈발을 바라보다가 후드를 벗었다. 차가운 공기와 함께 희디흰 눈송이들이 머리칼과 뺨에 달라붙었다. 센티해진다는 기분이 들었다. 한때 인생에서 가장 친밀한 사이였던 어떤 이들은 이렇게 잊고 잊히는구나, 양이 제 얼굴을 잃어버렸대도 달리 할 말이 없네, 하고 생각했다. 도대체 뭐가 문제였던 거냐고, 뭐가 문제여서 우리는 이렇게 될 수밖에 없었던 거냐고 자문하지 않게 된 지도 꽤 오래구나, 깨닫는 찰나에 조는 어떻게 살고 있을까……, 중얼거리게 되었다.

이렇게 누군가의 얼굴을 잊어버리며 살아가고 있어, 조, 잘 지내니.

주저하듯 재차 걸음을 떼었다. 양은 종종거리며 곁으로 왔다. 검은 얼굴을 잃었다니, 양이 했던 말을 우물거리며 그와 보폭을 맞췄다. 정말인지는 모르겠으나 양의 보송한 흰 얼굴만은, 어쩐지 측은해 보였다.

# 시절의 폭

하지만 방류된 모든 범고래에게 거센 물살을 가르고
대양으로 헤엄쳐가는 시간이 허락되는 건 아니야.
그런 걸까. 세계란 결국, 그런 것일까.

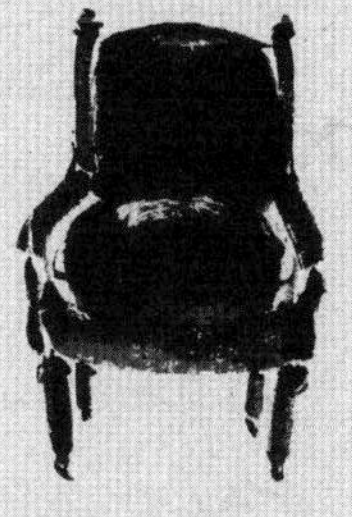

명에게서 만나자는 연락을 받았을 때, 나는 휴대전화를 손에 쥐고 한동안 가만히 누워 있었다. 침대 매트리스가 물살처럼 흔들리는 느낌이었다. 잔잔한 수면 위를 떠가듯 상념의 결도 따라 일렁였다. 나 서울 가, 라는 명의 메시지에 담긴 의미가 무엇인지 이미 지난밤 어머니와의 통화로 알고 있던 터였다. 어머니는 섬에서 물 만지고 사는 아낙네 특유의 고단함을 풍기며 어쩌냐, 하고 말끝을 흐렸다. 별다른 대꾸를 하지 못한 채 통화는 끊겼지만 어쩌냐, 하고 뱉던 어머니의 한숨은 바닷바람처럼 따갑게 내 곁에서 부유했다.

어쩌냐, 어쩌냐…… 애비야.

그 순박한 물음에 나는 뭐라고 대답해야 옳았을지. 어쩌냐, 라는 질문에 대한 상식적인 대답은 무엇이었을지. 좀처럼 가늠이 되지 않았다.

아침 일곱시가 조금 못 된 시간이긴 했지만 커튼을 거두지 않은 탓에 방안은 꽤나 어두웠다. 아니면, 잠들기 전 스산하게 내리던 겨울비가 아직도 그치지 않고 있는 걸까. 창문 가까이에 귀를 기울이려다가 이내 몸을 틀었다. 휴대전화에서 초록색 불빛이 반짝이고 있었다. 새벽 세시 반에 도착한 메시지였다, 아내로부터. 모로 누워 그것을 읽었다. 깜빡했는데 어머님께 오후에 전화 왔었어요, 로 시작된 장황한 메시지는 그러니까 당신이 시간에 잘 맞춰서 나가봐요, 로 끝맺고 있었다. 깜빡했는데, 라니. 아내는 어쩌면, 깜빡 잊고 있었다는 저 무심한 뉘앙스의 도입부를 위해 몇 번이고 쓰고 지우기를 반복하며 머무적대고, 맞춤한 단어를 골라내기 위해 고심했을 거였다. 애초에 배려심이 깊고 다정다감한 성격인 아내가 나를 만나 짧다면 짧고 길다면 긴 세월 애를 태우며 살았겠구나 싶어 불쑥 미안한 마음이 솟았다. 아내는 시차 때문에 한밤에 전화를 받았을지도 몰랐다. 어머니한테 네, 네, 하고 응했을 그녀의 난감한 표정이 훤히 그려졌다. 지난 몇 년간 이어진 아내와의 불안정한 사이를 어머니는 진즉에 알아채셨겠지만, 최근 결정한 우리의 별거에 대해서까지는 아직 모르고 계실 터였다.

시간에 잘 맞춰서 나가봐요.

나는 안부였다면 좋았을 아내의 당부를 곱씹으며 몸을 뒤치다 겨우 이불을 내던지고 일어났다. 바닥으로 꺼져드는 듯 몸이 무거웠고, 목덜미 뒤쪽 어디쯤 묵지근한 통증이 머리를 타고 올라가는 게 느껴졌다. 흰 우유 한 컵으로 간소히 아침을 대신하곤, 거실 소파에 파묻혔다. 스스로 제어하지 못하게 된 너절한 버릇처럼 책장으로 팔을 뻗어 손 닿은 아무 책이나 펼쳐든 뒤 읽었다. 어디가 앞이고, 어디가 뒤냐? 라는 구절에 눈길이 갔다. 입술을 떼고 소리 높여 읽어보려 했지만 환기 안 된 방안의 공기처럼 정체되고 갑갑한 기분에 휩싸였다.

*어디가 앞이고, 어디가 뒤냐?*

나는 노래하듯 뻐끔거렸다. 입을 벌렸다 우므리며 맛도 형체도 없는 공기를 들이마시려 했지만, 그럴수록 도리어 앞뒤 분간이 되지 않는 이 정방형의 공간 속에서 이물감만이 커졌다.

어쩌냐.

어머니의 말을 빌려오고 싶었지만 그럴 수 없었다. 가슴이 먹먹했고, 불시에 서글퍼졌다. 이런 기분들을 다만 피로라는 단어로 해명할 수 있을지 잘 모르겠다고 고개 저으며 손에 쥔 책을 찬찬히 덮었다.

산다는 건 끊임없는 소식들과 맞닥뜨리는 거구나.

등의 날갯죽지에 따끔한 통증을 느끼며, 그런 생각에 사로잡혔다. 나의, 가족의, 타인의, 사회의, 시대의 소식들을 눈뜨면 매일같이 마주해야 했다. 외면할 수 없이 언제고 날아오는 '사정' 있는 알림들. 그것이 탄생이나 죽음과 같이 인간사의 가장 중요한 순간에 닿아 있는 것이라면 더욱이 관여하지 않을 수 없는 이 세계의 동정(動靜)들. 잇따라 변모하거나 진화한다고 알지만 결국에는 순환해 제자리로 돌아오고야 마는 줄기찬 기운들. 그중 불운한 소식은 살아가는 내내 특히나 주기적으로, 또 반복적으로 온다는 점에서 비바람이나 눈보라와도 같은 하나의 자연적인 '사태'로 느껴졌다. 돌이켜보면 아내와의 잠정적 이별도 마찬가지였다.

당신한텐…… 날 붙잡을 의지 따위는 없잖아요.

그렇죠, 그렇잖아, 하고 아내는 슈트케이스의 손잡이를 놓지 않고 찬찬히 물었다. 깊이 생각하고 말을 꺼낸 사람의 침착한 그러나 완고한 어조였다. 늦가을이 깊어지는 무렵이었고, 인도에 파다하게 떨어진 은행들을 구둣발로 짓이기며 맥없이 집으로 돌아온 저녁이었다. 나는 나의 문제를 알고 있었고, 회복하려 나름대로 애쓰고 있었다. 땀을 내든, 눈물을 쏟든, 할 수 있는 것을 해야 한다고 매일 되뇌었고, 그런데도 그 모든 것들이 의지대로 되지 않던 막막한 때였다. 아내도 노력하고 있다고, 나를 이해하고 싶어한다고 믿었다. 서로가 최선을 다하면 진심마저 오해되는 일은 없을 거라고, 맹목적으로. 그러나 도무지 어찌해도 말이 터져나오지 않던, 어느 시인의 말마따나 개 같고 매독 같던 지난 가을날에, 조금이라도 늦게 귀가했다면 아마도 나는 휑뎅그렁해진 집안에서 고요히 아내의 부재를 감지해야만 했을 거였다. 이러지 말자, 제발, 하고 애원하는 대신에 나는 아내의 팔을 가만히 틀어쥐었지만, 아내는 입술만 깨물었다.

미안해할 필요는 없어요.

아내는 말했다. 나는 그녀가 이런 결정을 내릴 수 있는 사람이라는 사실에 놀랐다. 어머니를 일찍 잃고 친정이랄 게 없는 아내였다. 나를 두고 언제라도 훌쩍 떠날 수 있다고는 생각하지 못했다. 늘 덤덤한 그녀의 눈빛에서 때로 형용할 수 없는 답답함을 느꼈던 스스로가 죄스러워졌을 만큼 그제야 큰 상실감이 짙게 몰려들었다. 결혼 전부터 방송사 기자로 쉬지 않고 일해온 아내는 이국의 취재원으로 파견 근무를 신청해 머물 자리를 옮겨갈 뿐이라고, 잠시 떨어져 있으면서 각자 앞으로의 삶에 대해 신중히 생각해보는 게 좋을 것 같다고도 덧붙였다. 귀기울이는데도 아내의 목소리는 점점 작게 줄어들었다. 아내의 팔을 좀더 힘주어 잡지 못하는 나와, 내 손을 과감히 뿌리치지도 못하는 아내와……, 10년을 함께 살아온 부부가 예고된 이별을 목도하며 서로 망설이던 시간에, 내 신발에 묻어온 지독한 은행 냄새만이 주변을 가득 에우고 있다는 사실이 서글펐다. 내가 미안해요, 라는 선고와도 같은 아내의 말을 듣고 나서야 나는 힘이 빠져서 먼저 아내의 팔을 놓았다. 아니 놓쳤다, 고 말해야 할까. 내가 미안해요, 라니. 그런 말까지 하게 해서는 안 되는 거였는데.

예상하지 못했다고는, 말할 수 없었다. 3년이 다 되어가도록 소설을 쓸 수 없었고, 어쩌면 필요 이상으로, 나는 아내를 힘들게 만들고 있었으니까. 우리 사이엔 아이도 없었다. 아내가 나를 많이 아껴주었다는 걸, 많이 인내해주었다는 걸 충분히 알고 있었다. 하지만 이기적이었을까, 그럼에도, 서운했다고 할지, 아내가 떠난 그날부터 미묘하고도 미세한 두통이 칼날처럼 스치고 가는 일이 잦아졌다. 지난날 짧게는 일주일, 길게는 한 달쯤 가던 나의 무언증(無言症)도 아내마저 떠나버리고 나니 두 달, 석 달, 아니 정확한 기간을 셈해보지 못한 채로 지금껏 이어져왔다. 어째서 이렇게까지 돼버리고 만 걸까. 나는 왜, 어떠한 이유로, 말하지 못하는 걸까. 나를 입 다물게 만든, 차마 해소되지 못한 욕망의 그 난처한 얼굴은 대체 누구의 것일까. 서울 시내의 무수한 신경정신과 간판 앞에서 돌아설 때마다, 나는 내가 지나온 특정한 시기 혹은 시절 들에 병균 같은 삽화라도 매복해 있는 것인지 기갈이 들듯 끝없는 고민에 빠졌지만, 그 어떤 고민의 결과도 상황을 더 낫게 만들어주지는 못했다.

아내의 방도 이렇게 어두울까.

소리지르고픈 마음으로, 있는 힘껏 입을 크게 벌렸다. 목구멍 사이로 아무런 바람도 터뜨리지 못했다. 그러다 내 깐엔 기운이 빠질 대로 빠져서 보일러의 온수 버튼을 힘겹게 누르고 욕실로 향하는 와중에, 나는 내가 말하려던 것이 '아'였는지 '악'이었는지 분간할 수 없다는 괴로움을 느꼈다. 잠시 다리가 후들거려서 가만 멈췄다.

명과 만나기로 한 시간은 오후 한시였다.

뜨거운 물을 느릿느릿 뒤집어쓴 뒤, 나는 얼마쯤 개운해진 정신으로 욕실을 빠져나왔다. 빗소리가 크게 들려와 어두운 방안에 비칠대며 서 있었다. 검은색 정장을 입어야 할까 잠시 고민하다가, 아니야, 하고 벙긋거리며 좀더 품을 팔아 장롱 구석구석을 살폈다. 아내의 옷가지가 빠져나가 비어버린 틈새 같은 것에 시선이 머물렀지만 애써 외면했다. 버리지 않았는데, 분명 어디엔가 보관을 했을 텐데……, 홀로 말을 삭이며 나프탈렌 냄새 사이로 분주히 눈과 손을 더듬다가 한참 만에야 부직포에 감싸져 봉에 걸려 있던 그것을 찾아냈다. 많이 낡았지만 균형 잡힌 사선무늬가 고급스러운, 회색 헤링본 오버코트였다. 나는 남색 면바지 위에 그보다 좀더 진한 빛깔의 스웨터를 받쳐 입은 뒤 코트를 덧입었다. 제법 두툼한 두께의 양말을 꺼냈고, 내친김에 신발장도 뒤져 꽤나 긴 시간 묵혀둔 갈색 윙 팁 구두마저 찾아 신었다. 앞코가 다 닳아 해졌는데도 괜스레 버리지 못하고 밑창과 굽을 수선한 뒤 미적미적 쟁여둔 것이었다. 겉보기에 볼품없어 보일지는 모르겠지만 일단 입고 신으니 그런대로 가뿐하고 편안했다. 아마도 멀리서 명이 걸어온다면 사람들 틈바구니 속에서도 그리 어렵지 않게 나를 발견해줄 것 같아서 은연히 기대도 되었다. 그가 떠나기 전 마지막으로 얼굴을 보았던 10년 전 겨울, 그때도 나는 이 구두를 신고 또 이 오버코트를 걸치고 있었으니까. 시곗바늘을 되돌리기라도 한 듯 기분이 새삼스러웠다. 그러나 다만 그 무렵, 내게 자연스레 제 몸을 기대어 오던 아내와의 신혼생활이 떠올라 가슴 한쪽이 묵직이 당겨왔다.

우산을 챙겨들고 밖을 나서니 코끝으로 연하고 부드러운 물비린내가 끼쳤다. 한겨울에 쏟아지는 비라니 날씨가 푹해졌을 법도 한데, 공기는 여전히 차고도 스산했다. 50여 미터 앞도 분간이 되지 않을 정도로 안개가 잔뜩 끼었고, 우산을 든 손가락 사이로 어수선하고 쓸쓸한 바람이 비집고 들어왔다. 드라이어로 머리를 말끔히 말리고 나왔어야 했다고 조금 후회하면서 코트의 옷깃을 바짝 세우고 걸었다. 오래 뭉그적댔다고 생각했는데, 명과의 약속 시간보다 훨씬 이르게 외출한 참이어서 좀 걷지 뭐, 하는 마음이 절로 들었다. 걷고 걷다가 내키면 또는 작살비라도 내리꽂히면 버스든 택시든 잡아타고 약속 장소로 헤치고 나갈 요량이었다. 명이 어디쯤 오고 있을지 궁금히 여기며 나는 구두 바닥에 힘을 주어 뚝뚝한 아스팔트를 재차 뒤로 밀었다. 움직일 때마다 아내가 방취제로 넣어놓았을 게 분명한 나프탈렌의 라벤더향이 풍겼다. 오버코트 주머니에 한쪽 손을 찔러넣은 채로 걸음을 떼면서 나는 자꾸만 10년 전으로 나 자신을 옮겨놓는 기분에 취했다. 그때, 스물아홉의 나는 지금과 무엇이 그리고 어디가 달랐을까. 서른아홉이 된 지금은 그때의 나보다 무엇이 더해지고, 또 무엇이 빠졌을까. 더해지고 빠지는 것이 다 사람 사는 이치라면 알맞게 맞추어졌다고 할 만한 것도 있어야 할 텐데, 그런 게 있다면 그건 또 무엇일까.

어쩌냐……, 느이 작은아버지.

어젯밤 전화기 속에서 울려나오던, 어머니의 떨리는 목소리를 들으며 나는 침묵했지만, 그보다 더 나를 어둑한 심해의 밑바닥으로 가라앉게 만든 것은 부고를 통해 새삼 환기된 작은아버지의 존재였다. 180센티미터는 족히 넘을 만큼 키가 크고 어깨가 딱 벌어져서, 평생 '기골이 장대하다'라는 말을 듣고 산 제주의 어부이자, 그럼에도 불구하고 덩치완 달리 소년처럼 정 많고 눈물 많고 말도 많아서 잘살아라, 잘살아, 라며 잡은 고기를 도로 놔주기 일쑤였던 명의 아버지. 두 살 터울의 명과 나는 작은아버지의 낚싯배를 타고 뺨을 홈쳐때리는 새벽바람에 휘둘리기를 좋아했다. 갓 잡아 뱃구레를 따고 회로 뜬 생선살을 초장에 찍어 먹는 달큼한 맛이라든가, 짠내 펄펄 나는 검은 파도 따위에 황홀히 마음을 빼앗겼다. 머리 위로 해가 뜨고, 부두로 돌아오는 길에는 언제나 있잖아, 형, 이거 들어봐, 어제 〈나이트쇼〉에서 나온 거야, 라며 이어폰 한쪽을 귀에 꽂아주는 명이 있었다. 대부분 당시 유행하던 대중가요 모음집이라든가, 라디오에서 흘러나오는 걸 녹음해둔 테이프였지만 가사를 온전히 이해하고 받아들이는 나이가 아니었기에 멜로디만 들려온다면 그저 흥겨웠다.

*안개 속에서*
*나는 울었어*
*외로워서*
*한참을 울었어*
*사랑하고 싶어서*
*사랑받고 싶어서*

와 같은, 지금 생각하면 참으로 처절한 가사들을 웃으며 들었다. 만나서 차 마시는 그런 사랑 아니야, 전화로 얘기하는 그런 사랑 아니야, 웃으며 안녕 하는 그런 사랑 아니야아, 하는 노래를 사랑이 뭔지 외로움이 뭔지도 모르면서, 주먹을 마이크 삼아 쥐고 불렀다. 혜은이의 히트곡 〈열정〉을 아무리 목이 터져라 불러대도 통통배의 엔진 소리만 못했고, 집으로 돌아올 때면 늘 목이 쉬었다. 그래도, 명의 손에 들린 앙증맞은 크기의 은빛 워크맨과 두 갈래로 나뉘어 서로의 귀에 꽂힌 검은 이어폰 줄이 정답기만 했다. 카세트테이프가 A면에서 B면으로 넘어가는 찰나에 멈췄다 가동되던 그 덜컥거리는 소음을 함께 기다리던 시간들까지도. 브이(V) 자를 거꾸로 돌려놓은 모양의 뱃머리에 앉아 뭐든지 명과 함께 보고 듣고 나누던 1980년대 중후반의 유년이었다. 조용필과 부활, 산울림과 이문세, 박남정과 이선희, 변진섭 등, 쉼없이 갈아끼워대는 테이프들로 우리의 뱃놀이는 늘 평화롭고도 호화로웠다. 그러나 겨우 열한 살밖에 되지 않았던, 유쾌히 출렁거리던 그 어린 날에 우리는 짧은 노래 한 곡이 추억이 되고 지나간 시절이 되는 때가 오고야 만다는 것을 예상이라도 할 수 있었을까?

누가 알 수 있었겠어, 형.

한참 시간이 흐른 뒤에도 명은 나와 만나선 허심한 말투로 곧잘 그런 소릴 지껄였기 때문에, 나는 어른이 되어서도 명이 가졌던 그 은빛 워크맨에 대해 자주 생각했다. 명은 그것을 열네 살 때 제주 김녕항의 바다 한가운데에서 떨어뜨려 잃어버렸다. 작은아버지의 후줄근한 낚싯배 갑판 위에서가 아니었다. 서울의 한 방송사에서 섭외해 마련해준 대형 선박이었고, 그 배엔 작은아버지와, 작은아버지의 모습을 카메라로 찍기 위해 동승한 프로듀서와 카메라맨, 작가, 그 외 일간지 기자들까지 여럿 몰려와 있었다. 나는 작은아버지를 조르고 졸라 명을 데리고 배에 올랐다. 조용히 해야 해, 라는 조건이 붙어 있었기에 나와 명은 숨을 죽이고 어른들 뒤쪽에 가까스로 끼어들었다. 작은아버지의 조업이 방송 프로그램의 조명을 받았던 건, 그가 어느 날 뜻하지 않게 가두리 장에서 잡아올린 1.5미터짜리 범고래 때문이었다. 태어나 바로 어미의 품에서 떨어진 듯 범고래치고는 지나치게 왜소한 몸집이었고, 일찌감치 다른 동물에게 먹히거나 지나는 선박에 부딪혀 다치지 않은 것이 도리어 이상하리만큼 그것은 작은아버지의 손아귀에 매가리 없이 딸려 올라왔다. 등이 검고 배는 하얀 범고래의 등지느러미가 느리게 퍼덕였다. 작은아버지는 그물 몇 겹에 단단히 고정시켜놓은 범고래의 입안으로 새우며 오징어, 광어 따위를 쉬지 않고 넣어주었다. 뭍으로 돌아와서는 시내에 있는 아쿠아리움에 신고했고, 조련사들과 한데 뒤엉켜 배로, 버스로, 바지런히 범고래를 이송했다.

그러나 나는 지금도 명이 그토록 매끈히 빛나던 제 워크맨을 잃어버린 순간을, 그것이 얇고 흰 포말을 일으키고 사라지던 검디검은 바다의 지점을, 잊지 않고 있다. 그걸 뭐라고 말해야 할까. 하마 말할 수, 아니 말로써 설명할 수가 있을지 모르겠으나 분명한 건, 어미가 제 새끼를 품어 키우듯 작은아버지가 열 달 가까이 동물원에 출입하며 돌본 '범'이 건강히 자라 다시금 제주 바다에 방류되던 그때에, 거대 수조를 박차고 오른 범의 검은 등이 질긴 미역줄기처럼 휘어지고 카메라 플래시가 번쩍거리던 잊지 못할 그때에, 나는 쓰나미와도 같이 밀려오는 인생의 어떤 이해할 수 없고 말 못할 삶의 불가해한 원형을 목도한 느낌을 받았다. 잘 가라 범아, 삼십 년 사십 년 원 없이 살아봐라! 하고 작은아버지가 손나발을 불어 소리친 순간에, 범은 득달같이 솟구쳐오른 백상아리의 원뿔형 주둥이에 목덜미가 채어 바닷속으로 희끄무레 끌려들어갔던 것이다. 배에 타고 있던 사람 전부가 그 믿지 못할 광경을 보았다. 순식간이었다. 7미터가량 될 법한 그토록 커다란 백상아리의, 좀처럼 아무도 감지할 수 없었던 기민한 움직임은 물론이고, 목덜미가 톱니 같은 이빨에 찍혀 공중에 시뻘건 피를 흩뿌리곤 눈 깜짝할 새 사라져버린 범의 모습 역시 충격적이었다.

누가 알 수 있었겠어, 형. 그런 식으로 끝나버릴지, 누가 알았겠어?

질문을 남발하며 몸을 가누지 못하고 흐느적거리는 것이 제대 후에 부쩍 심해진 명의 주사(酒邪)였다. 소주를 입안에 털어넣으며 그 당시의 일들을 떠들어대기 시작하면 나는 명이 취했음을 알아차렸다. 그때의 눈빛은 작은아버지의 그것과도 닮아 있었다. 한 잔 마시고는 어, 너 참 차다, 한 잔 더 마시고는 어, 너 참 쓰다, 또 한 잔 더 마시고는 어, 너 참 좋다, 하고 기우뚱대던 그를 온힘 다해 붙들어야 하는 밤이면 그래선지 더 애잔한 마음이 들었다. 그것 역시 방류라면 방류돼버린 범이나, 그 순간에 까마득 놀라 손에 쥔 워크맨을 떨어뜨리고 만 명이나, 그날 이후로 더는 배에 오르지 않았던 작은아버지나, 그 모든 미끄덩한 장면이 머릿속에 각인돼 일생 지워버리지 못하는 나나, 서로가 동시에 상처입었다는 면에서, 불운하긴 매한가지였다. 말하자면 어떤 거대한 '힘'에 맞닥뜨렸을 때 인간은 보잘것없는, 무위의, 무소용한 존재에 불과하다는 사실을, 원하든 원하지 않든 나는 깨달았던 것이다. 범의 등지느러미에 위치 추적 장치를 매달고, 방류하기 전 충분히 야생 적응 훈련을 시키고, 매일 어린 잿방어를 백여 마리나 맘껏 먹게 해주었는데, 어째서 인간은 범고래 한 마리쯤 지킬 수 없었던 것인지 야속했다.

인간도 결국에는, 누군가의 먹이가 되겠지.

큰 수술을 마치고 며칠 만에 깨어난 작은아버지가 입술을 떼고 건넨 첫마디라고 명은 스물이 훌쩍 넘어서야 내게 말해주었다. 작은아버지는 범고래의 붉은 피를 뒤집어쓰곤 카메라맨과 뒤엉켜 넘어지는 바람에 엉덩이뼈가 아스러지는 사고를 당했던 것이다. 인간이 먹이가 된다는 말보다 '결국에는'이라고 턱뼈를 움직여 고집스레 씹어뱉는 그의 한숨이 더 두려웠다고, 아버지는 난생처음 수면 위로 끌어올려진 물고기처럼 바동거리면서도 눈빛만은 형형했는데 왜인지는 알 수 없지만 그것에 도리어 무섬증을 느꼈노라고, 명은 어깨를 떨었다. 이십대 시절, 명과 가끔 만나 소주잔을 부딪칠 때마다 그래서 이따금씩 작은아버지의 말이 떠오르곤 했다. 인간도 결국에는 누군가의 먹이가 된다. 타인의 배를 불리는 먹잇감으로 전락하고야 만다. 그것을 알면서도 인간은 최선을 다해 제 키를 키우고 몸집을 불려 먼바다로 나아가는 범고래와도 같이, 방류된다. 하지만 방류된 모든 범고래에게 거센 물살을 가르고 대양으로 헤엄쳐가는 시간이 허락되는 건 아니야. 그런 걸까. 세계란 결국, 그런 것일까. 마셔라. 너 한 잔, 또 나 한 잔 마신다, 라는 투로 우리는 소주병을 비웠다. 명이 어깨를 옴츠리고, 취기에 어, 너 참, 너 참, 중얼거리며 비틀대는 횟수가 더해질 때마다 그러나 서글프도록 나는 조금씩 알아차리게 되었다. 인간이 범고래 한 마리를 지킬 수 없어서 인생이 야속한 게 아니라, 자식이 제 부모 하나를 지키지 못해서, 그게 서러워서 명은 무서웠을 거라고. 배를 타지 않으면서 작은아버지는 눈에 띄게 키가 줄고, 어깨가 좁아지고, 말수가 적어졌다. 그런 아버지의 곁을 떠나와 대학에 입학하고, 군에 입대하고, 제대해 학업을 마치면서 명이 줄곧 침울해했던 건 범고래를 만나기 전에 아버지가 보여준 그 의기양양한 삶의 태도, 그것을 향한 그리움 때문이라는 걸 어느 순간 나는 알게 되었다. 갓난애를 남겨두고 먼 길 떠나간 남편 대신 그의 동생 가족에 의지해 꿋꿋이 아들을 길러왔던 나의 어머니도 부쩍 늙어갔으니까. 어머니도, 작은아버지도, 해풍에 말리려 바깥에 내놓은 명태처럼 바작바작 쪼그라들었다.

그 또한 시절일까.

젖은 아스팔트를 밀어내 걸으며, 물기 어린 찬바람이 뺨에 와 닿는 걸 느끼며, 한낱 흘러간 유행가처럼 그 또한 지나간 시절인 것인지 나는 혼자서 되물었다. 한 면의 테이프가 모조리 재생되고 나면 재빨리 다른 한 면으로 되감기하던, 빠릿빠릿하게 움직이던 명의 어리고 날랜 손가락조차 그리워졌다. 다들 제 바삐 숨가삐 걸음을 옮겨대는 이 거리에서 가슴 한 부근이 종잇장처럼 젖어드는 기분이었다. 손에 쥔 우산이 무겁게 느껴질 때마다 걸음이 느려졌고, 다시금 코트의 앞섶을 여미며 크게 한숨을 쉬었다. 어째서 인생은 이렇게 허망하게 흐르는지, 언제고 고대해오던 10여 년 만의 명과의 조우가 좀처럼 기쁘지 않아서 착잡했다. 이 또한 시절이라면 어떻게든 지나가버리고야 말 테지만, 인간사의 어떤 지나간 시절도 우리가 충실하지 않았던 때가 없다고 한다면, 인생이 허망하지 않다고 말할 도리는 없는 것이다. 도저히. 나 역시, 이제와 새삼 내가 악수처럼 타인에게 말 건네던 시절을 잊을 수가 없으니까.

명을 생각하면, 같은 세월을 두고 엇비슷이 성장한 두 사람이 언제 어느 시기, 무엇이 달라져서 각기 다른 인생을 살게 되는지, 나는 그런 것들이 종종 궁금해진다. 타고난 성향이나 특정한 것을 향해 마음이 기울어지는 어떤 기호와 같은 것도 물론 작용했겠지만, 그러나 한 배에서 난 형제처럼 동일한 배경에서 뒹굴며 자란 나와 명이 서로의 인생이랄 만한 것을 찾아가게 되는 우연 혹은 필연의 계기가 무엇일까 하는 의문. 아마도 명 또한 내게 그런 의아함을 품었던 시간이 있었을 것이다. 그건 내가 고등학교 3학년이던 때, 신입생으로 입학한 명이 우리 반으로 찾아와 뭐야, 문과였어?라며 어리둥절하다는 듯 고개를 갸웃거렸던 것과 무관하지 않을 테니까. 마찬가지로 명이 2학년이 되어 이과를 지망했을 때, 내가 국문학과에 대입원서를 써 넣었을 때, 그런 때에도 우리는 서로가 걸어나가는 길을 호기심 어린 눈으로 바라보았다. 나는 학교를 마친 뒤 이런저런 문예 출판사 몇 곳을 거치며 허둥허둥 소설을 썼고, 전자기계공학을 공부한 명은 졸업과 동시에 소니코리아 일렉트로닉스 개발팀으로 취업했다. 다 커서도 워크맨이냐, 하고 놀리며 나는 그의 취직을 기념해 소주를 샀지만 명은 요즘은 통 들을 노래가 없어, 대꾸하곤 애처럼 비죽이 웃을 뿐이었다. 따르고, 비우고, 또 따르고 비우고를 반복하며 우리가 소주에 양껏 취했을 때에야, 명은 먼 데서 불어오는 뱃고동처럼 예전에 말이야, 하고 운을 뗐다.

형도 기억할걸.

뭘?

그날 내가 잃어버린 워크맨 있잖아, 우리 늘 같이 듣던.

내가 짐작만 하던 걸 명이 입 밖으로 꺼내자 마음이 뭉클해졌다. 명은 잔뜩 붉어진 얼굴로 떠들었고, 나는 자꾸만 고개를 떨궜다.

생각해봐, 형. 내 인생에서 잃어버린 건 워크맨만은 아니야. 그깟 것, 없어도 그만이었는데 뭘. 그때 바다에 빠뜨려버린 워크맨 때문에 소니에 입사하고 싶었던 건 아니라는 말이지. 하지만 형, 돌아보니 그건 어떤 징표 같았어. 내가 꼭 쥐고 절대로 잃지 말았어야 할 어떤 필연적인 성질로서의 무엇이랄지……, 그게 내 손에서 떨어져나간 순간 원치 않았어도 나는 아버지의 단단함 같은 것마저 잃었으니까. 워크맨의 표면보다도 더 매끈한 은빛으로 넘실대던 제주의 바다를, 파도를, 기억해, 형? 그 위에서 덩달아 너울너울 눈부셨던 내 아버지의 존재를 말이야.

명의 마음이 무엇인지 알 것 같아서 나는 애틋이 그의 말을 들었다. 그가 스스로 만들고 싶어했던 건 단지 워크맨만은 아니었을 것이다. 다음날 명은 필름이 끊겼다며 지독한 숙취를 호소했지만, 명의 그 말만은 식어버린 매운탕 한 그릇을 부어놓은 듯 내 가슴에 선득하고도 매큼하게 남았다. 누구나 지워버리지 못하는, 되돌리고픈 진정(眞情) 한 가지쯤은 품고 일생을 살아가는 거겠지만 명의 상처는 커 보였다. 그리고 그것을 차차 보듬어줄 시간도 없이, 명은 훌쩍 떠났다. 직장 동료의 소개로 만난 아내와 결혼한 지 1년 만에 지방 일간지 신춘문예로 데뷔했지만, 신작을 발표할 마땅한 기회를 얻지 못해 내가 전전긍긍하던 때에 명은 해외지사 엔지니어로 발령이 났다며 뉴욕으로 가버렸던 것이다. 한국 지점을 철수하는 거지 뭐, 아쉽지만 워크맨은 아마…… 단종될 거야, 형, 점진적으로, 하고 명은 그런 말을 전해왔다. 점진적으로라니, 너 그런 말도 쓸 줄 아냐, 하고 나는 짐짓 웃었지만 명은 그러게, 형, 나 문자 좀 쓴다니까, 아니다, 점차적으로, 라고 말해야 되는 건가? 하며 씁쓰레 종알거렸다. 테이프도, 시디도, 나와는 상관없는 타인의 얼굴인 양 외면하게 되던 시절이었다.

그즈음 작은어머니도 돌아가시고, 외동인 명에게 남은 식구래야 아버지뿐이어서, 그는 아버지의 짐도 함께 꾸렸다. 내 어머니의 끈질긴 만류에도 불구하고, 명은 아버지를 섬에 남겨두고 떠나기를 원하지 않는 것 같았다.

몇 년이 될지는 모르지만, 언젠가는 이리로 돌아오게 되겠죠. 그래도 모시고 다녀올래요.

명이 손 붙들고 죄송해요, 라고 말했다며, 어머닌 전화를 걸어와 내게 하소연했다. 나이도 많은데 먼 곳 데리고 가서 당최 어쩌려고 그러는지 모르겠다, 노인네 하나 내가 건사 못할까봐 못 미더워 저러는 건지, 아니면 아예 안 돌아올 생각인 건지, 큰엄마가 몹시 서운해한다고 네가 설득을 좀 해봐라, 형 말이라면 껌뻑 하는 앤데……, 하는 어머니의 마르고 애달픈 말들을, 당시의 나는 자신 없이 들었다. 붙잡을 수 있을 것 같지가 않았다. 착하고 유순한 명이었지만, 이미 결정한 일에 대해서는 되돌아보지 않고 거침없이 진행하는 성격이란 걸 나는 익히 알고 있었다. 무엇보다 작은아버지를 모시러 내려가기 전에 명은 일찌감치 전화를 걸어와 나한테 그렇게 못박아두었던 것이다.

단 한순간이라도, 그 섬에서 빼내드리고 싶어. 나고 자라 밥 벌어

먹고 산 세월이 도대체 얼마야. 지겨우실 것 같아서 말이지.

명이 말한 그 섬이란 건, 작은아버지가 한평생 의지하고 또한 소원했던 바다의 굴레일 테지, 하고 짐작할 뿐 이렇다 할 대꾸도 할 수 없었다. 뜻하지 않게 범고래 한 마리를 잃게 된 순간에는 이미 작은아버지 자신이 가두리 그물에 갇힌 채였다는 걸, 명은 싫어도 인지하면서 어른으로 자라났을 테니까.

어머니가 전해온 바에 의하면 같이 가요, 라는 아들의 말에 작은아버지는 가타부타 말도 없이 망망히 고개를 끄덕였다고 했다. 어머니는 작은아버지의 그런 수수한 반응에도 서운해했다. 그래도 아들이 모신다니 좋은가보지, 더러 책망도 하며 눈물을 질금거렸던 것이다. 명은 뉴욕도 사람 사는 데고, 한인 타운도 있으니 걱정 안 한다며 뭐든 단출히 챙겼다. 단출해도 너무 단출해서, 배웅을 위해 인천공항으로 나갔을 땐, 명이 부축을 위해 어깨에 떠메다시피 안고 있던 작은아버지마저 얇실한 배낭으로 착각할 정도였다. 꽤나 추웠던 한겨울 날씨 탓에 나는 공항에서 비치해둔 휠체어를 빌려 작은아버지를 앉히곤 무릎 위로 담요를 여러 장 겹쳐 덮어드린 뒤 찬찬히 밀었다. 명은 티켓 수속과 수하물 처리를 위해 이리저리 분주히 돌아다녔고, 나는 작은아버지와 함께 그런 명의 뒷모습을 유유히 좇았다. 굳이 말하지 않아도 나는 명이 그리 오래지 않아 돌아와주었으면 했다. 아마 명도 그런 나의 맘을, 듣지 않아도 알아차렸으리라 믿었다. 그러나 명은 이제야, 명절이나 생일 때마다 타국에서 안부를 물어온 지 얼추 10년이 다 돼서야, 한국으로 돌아온 것이다.

비는 거세지지도 가늘어지지도 않으며 도시를 적시고 있었다. 우산을 접을 수 없으니 어깨에도 걸쳤다가, 모로 기울였다가 하며 둘레둘레 걸었다. 줄곧 뉴욕에서만 지낸 명이, 이토록 휘황하게 변한 서울의 모습을 보면 놀라워하겠다는 생각이 들었다. 도시엔 온통 카페 아니면 통신사 대리점 들 천지라고만 생각했는데, 이리저리 톺아보니 나조차도 딱히 의식하지 못하고 지내온 작은 상점이나 골목 들이 눈에 담겼다. 쇼윈도도 구경하고 사람들도 관찰하면서 광화문 거리와 충정로를 지나, 아현동 언덕바지를 축축이 걸어올라갔다. 뒷산에라도 산책 나온 기분이 들었다. 잿빛 물안개가 걷히지 않아 오래 걷긴 어려워 보였지만, 비가 쏟아지면 버스나 택시를 타면 돼, 재차 중얼거렸다. 그러다 잠깐 멈춰 서서 숨을 고르며, 휴대전화 메시지를 체크해보았다. 아내가 보낸 메시지도 천천히 다시 읽었다. 어머님이 많이 마음아파하시는데, 라는 아내의 메시지에 신경이 쓰였다. 어머니가 걱정하는 게 무엇인지 모르는 바 아니었다. 어른들의 사고방식으로는 자식이 고인이 된 제 아비를 매장하거나 또는 화장해 추모공원에 봉안도 하지 않는다는 걸 쉽게 납득하기란 어려울 거니까. 나는 묵묵히 걸음을 옮겼다.

지난해, 말을 하지 못하던 나날이 한 달 넘도록 이어지던 초가을쯤, 아내는 참다못해 어머니와의 통화에서 하소연했던가보았다. 아들이 산송장처럼 구니 답답했던 어머니가 아내에게 이유를 캐물었고, 회의 중에 사무실 밖으로 떠밀리듯 나와 전화를 받던 아내는 그이가 말을 하지 않아요, 왜인지는 저도 모르겠어요, 라며 말꼬리를 흐렸다고 했다. 그러곤 정말 이유를 몰라 죄송스러워서, 잘못도 없는데 그런 사실에 쩔쩔맨 게 화가 나서, 전화기를 집어던져 깨부쉈다고 아내는 등 돌려 누운 밤에 내게 털어놓았다. 정말 누구 말라 죽는 걸 보려고 그러느냐며 내 어깨며 팔을 잡고 흔들면서도 눈물은 보일지언정 언성을 높이지 않았던 아내였다. 그다음 날로 명이 내게 국제전화를 걸어왔던 건, 묻지 않아도 당연히 어머니의 연락 때문이었을 것이다. 복잡한 숫자들을 여러 번 실패해가며 누른 뒤엔 명도 큰어머니의 바닷바람 같은 한숨소릴 들어야 했겠지.

어쩌냐, 명아, 어쩌냐.

명의 번호가 발신자로 찍힌 전화가 울렸을 때, 마음으론 나 역시 무슨 말이든 대꾸하고 싶었는데, 하물며 모든 전후 사정을 다 제쳐두고 그저 잘 지내냐고, 안녕하냐고만이라도 물어보고 싶었는데, 입술이 떨어지지 않았다. 나는 명에게 항변이라도 하고 싶었다. 어떤 의도가 있어서 입을 닫고 사는 게 아니라고, 나로서도 나 자신을 통제하지 못하는 기분이라고, 인생이 자꾸만 뜻대로 되지가 않는다고, 너는 나를 납득하겠느냐고 토로하고픈 마음이었다. 명, 나를 주인공으로 소설을 쓴다면, 나는 아마도 이런 불행한 문장을 나열하게 되겠지. 어느 날 그는 지렁이도 걸지 않은 낚싯바늘 한 대가 제 목에 끼워져 있는 걸 알았다. 아무런 소리도 입 밖으로 꺼내지지 않았고, 그 이후로 어떤 문장도 쓸 수 없게 되었으며, 아무에게도 누구에게도, 이해받지 못했다……, 라고. 하지만 나는 그 소설을 어디에도 발표하지 못할 테고. 대체 무슨 일이야, 라는 말이 먼저일 줄 알았는데 명은, 형, 하고 한 번 부르고는 5분이 넘도록 가만가만 숨만 내뱉었다. 간간이 수화기 너머에서 자동차의 바퀴나 사람들의 구둣발 소리, 비둘기 날갯짓 같은 이국의 언어 따위가 바람결에 뒤섞여 들려왔다. 그러다 한참 뒤에 명이 있잖아, 하고 운을 뗀 순간에 나는 그가 내 귀에 이어폰을 꽂아주던 지나간 시절의 노래들이 떠올라 울컥 눈물이 났다.

있잖아, 형, 아버지를 모시고 온 건 잘못일까?

명은 혼잣말처럼 그런 얘길 부려놓았다.

나 이제 와서 부질없이 그런 생각이 들어. 아버지는 요즘도 별다를 게 없어. 주말에는 나와 함께 계시지만 평일엔 어쩔 수 없잖아. 센트럴파크를 걷거나 카페에 들어가 하염없이 시간을 보내시는 것 같아. 어느 날엔 아버지가 혼자 뭘 하실까 걱정이 돼서 하루 휴가를 내고 쫓아다녀본 적이 있어. 근데 형, 아버지는 스타벅스나 맥도날드 따위에 들어가선 온종일 앉아 있더라. 머물러 있다기보다는, 뭐랄까, 멈춰 있는 것 같았어. 고인 물이나, 더는 작동하지 않는 워크맨처럼 미동도 없이. 아무런 에너지도 발산하지 않는 물체처럼 말이야. 형, 그거 알아? 아버지는 알파벳도 읽을 줄 몰랐는데……, 나는 그저 막연히, 달라질 거라고만 생각한 것 같아. 시간이 지난다고 달라질 만한 건, 따지고 보면 사실 아무것도 없는데 말이야.

말하는 동안 명이 잠시 숨을 고를 때면, 나도 따라서 목울대가 뜨거워졌다. 그의 목소리가 가라앉을 때마다 침을 삼켰다. 형, 아버지는 무서웠을까, 자신이 읽을 수 없는 언어로만 가득한 이 세계가 무섭진 않았을까, 아무리 살아가도 도저히 익숙해지지 않는다고 속이 상하진 않았을까, 어, 말 좀 해봐, 하고 명은 물었다. 돌아갈까요, 하고 물어도 작은아버지가 언제나 고개를 내저었다는 사실을 내가 알고 있었으니 아니라고, 너는 잘못하지 않았다고 위로해주고 싶었지만 할 수 없었다. 누구나 입 벌려 말을 쏟는 것이 당연하다고 확신하는 것 또한 이 사회의 질병이다, 라며 발버둥치고픈 마음만 들었다.

형, 많이 힘들지.

다시 오랜 침묵 끝에 명이 내게 전한 말이 많이 힘들어?가 아니라 많이 힘들지, 여서 코끝이 시큰해졌다. 나는 소리내지 못한 채로 망설이다 입을 벌렸다. 그리고 명이 들어주길 바라며 마음을 다해 노래했다. 숨죽여.

*안녕 귀여운 내 친구야*
*멀리 뱃고동이 울리면*
*네가 울어주렴*
*아무도 모르게*
*모두가 잠든 밤에 혼자서*

우리가 함께 뱃머리에 앉아 들었던 노래, 〈안녕〉이라는 산울림의 노래를 너도 기억하고 있을지. 짧고 간결한 멜로디를 수도 없이 되풀이해 들으며, 우리는 머리 위로 나는 기러기를 향해 안녕, 안녕, 어깨가 빠지도록 팔을 돌려대곤 했잖아. 그렇지? 명, 지나간, 우리의 좋았던 시절은 왜 그리도 짧았을까. 그리고 우리는 왜 몰랐을까. 어른이 되면 매일 울고 싶어진다는 걸, 나를 위해 울어줄 누군가가 그리워 기어코 적막을 감내한다는 걸.

아버지가 밥을 잘 안 드신다, 형, 나 무서워, 하는 말을 마지막으로 명은 전화를 끊었다. 이후에도 몇 번 더 명은 전화를 걸어와, 신호음이 끊긴 뒤 내가 전화를 받았다는 생각이 들면 홀로 떠들며 이런저런 소식들을 알려오곤 했다. 소니는 이제 워크맨 생산을 완전히 중단하겠다는 결정을 내릴 것 같고, 그러면 뉴욕 지점도 자연히 철수하게 될 테니 서울에 돌아가겠다고, 만약 혹시라도 그전에 아버지가 돌아가신다면 장례 절차를 밟은 뒤 한국으로 잘 모시고 가겠다고, 너무 걱정하진 말라고, 명은 맨발로 모래사장을 밟듯 자분자분 전해왔던 것이다. 그간에 나는, 뉴욕 퀸스 플러싱의 어느 맥도날드 매장에서 1.39달러짜리 감자튀김을 시켜놓고 오래 앉아 있던 칠십대 노인을 자리 차지를 이유로 경찰까지 동원해 내쫓았다는 뉴스를 접하곤 가슴이 철렁했고, 그런 기사가 눈에 띌 때마다, 형, 아버진 알파벳도 읽을 줄 몰랐는데, 하던 명의 말을 떠올렸다. 그리고 그런 날 밤이면, 형은 알았어? 알 수 있었어? 고작해야 일흔두 해를 살고, 그 생의 종지부를 찍은 마지막 장소가 맥도날드일 거라고, 말 좀 해봐, 형은 알았어? 아버진 알파벳도 읽을 줄 몰랐다고……, 라며 구슬피 우는 명의 얼굴이 꼭 꿈에 나타났고, 깨고 나면 따뜻했던 아내의 품이 못 견디게 간절해져 나는 줄줄 울었다.

명이 돌아오길 기다리는 두려운 나날에, 아내의 긴 전화번호를 곱씹는 쓸쓸한 날들에 나는, 인생이 좀체 읽을 수 없고 해독하지 못하는 언어로 쓰여 있다는 사실을 깨달았지만 그래봤자 나로서는 답을 구하지 못하는 의문만을 느꼈다. 읽을 수 없어서, 나는 쓰지 못하고 또한 말하지 못하는 걸까. 읽고 쓰고 말하는 동력은 어디서 오는 걸까. 우매하고 아둔해서, 결국에는 사람인 걸까. 무엇이 사람으로 하여금 서 있게 하고(亻), 그럼에도 불구하고 서로 기대게 하는 것인지(人)? 사는 힘이란, 그것의 정체나 기원은 무엇인지? …… 하는 것들 말이다.

끝내 나는 그저 하염없이 걸어서만 약속 장소로 향했다. 빗줄기가 다소 굵어져 바지 밑단과 신발이 모두 젖었지만 멈추고 싶지가 않았다. 지하철 합정역 근처 건물 1층에 위치한 카페로 들어오니 초조해졌다. 약속 시간이 다 되어가고 있었다. 나는 창가 쪽에 바투 자리를 잡고 앉아 거리를 응시했다. 분주히 방향을 틀어 이동하는 자동차와 사람들이 빼곡하게 이어지는 터였다. 나는 눈길을 거두지 않으며 명은 어디쯤 오고 있을지, 많이 야위지 않았을까 싶은 그의 얼굴 앞에서 어떤 방법으로 그에게 인사해야 할지에 대해서 생각했다.

어머니의 전화도, 명과 아내의 메시지도 받기 전날에, 그들은 몰랐겠지만, 나는 이미 명의 연락을 받은 상태였다. 통화가 연결되자마자 명은 울었고, 나는 그 울음의 뜻을 이내 알아차렸으나, 둘 중 아무도, 말하지 못했다. 다만 울음과 정적만이 전화선을 타고 얼크러졌다. 이쪽도, 저쪽도, 슬픔은 멀지 않은 곳에서 휘돌고 있었다. 한참만에야, 명은 제주의 살던 집 마당에 아버지를 모셔드리고 싶다고, 화장을 해서 모셔갈 테니 수목장을 해드리면 어떻겠느냐고 전해왔다. 그래도 아버지는 자신이 나고 자란 풍광 좋은 바다를 바라보며 계시는 게 낫지 않겠냐고. 전화가 끊어진 뒤 여기저기 알아본 뒤, 나는 명에게 파주에 있는 수목원에서 유골을 담아 나무를 심는 화분을 구할 수가 있으니 함께 가보자는 메시지를 적어 보냈다. 명은 공항에서부터 차를 렌트해 갈 테니 어디에서고 만나자는 답장을 보내왔다.

명을 기다리는 동안, 나는 제주의 샛노란 햇볕에 키가 자라고, 파도 부서지는 소리를 따라 연둣빛 이파리들이 매달릴 작은아버지의 나무를 그리운 듯 상상했다. 쨍한 여름이 돌아오면 누구 닮아 기골이 장대할 그 나무 아래서, 시원한 그늘을 베개 삼아 눕고만 싶었다. 짧게 유행한 뒤 흘러가버린 시절의 노래들을, 그러나 모두의 기억 속에서 쉬이 잊히지 않는 노래들을 이어폰 한쪽씩 나눠 끼고 들으며. 지나간 모든 시간들의 짧음을 책망하며, 아쉬워하며, 그리고 미안해하며. 창밖으로 후두두, 빗줄기가 거세게 내리꽂히는 소리에 마음이 무거워져 나는 애꿎은 전화기만 손으로 문댔다. 명은 어디쯤일까, 렌터카에는 우산이 들어 있을까, 눈을 굴리는 사이 까무룩 사위가 어두워진다 싶은 참에 나는 비로소 아, 하고 나직이 호흡했다.

명은 부고와 함께 왔다.

양 어깨가 폭삭 젖어든 채로.

# 청색시대

산다는 건 도무지 해독 불가능한 편지를 손에 든 것과 같다.
빛바래 미처 보이지 않는 글자를 더듬다,
하루는 하루가 아니게 지나간다. 봐, 이게 어른의 시간이야,
라고 우쭐거리듯 하루는 부지불식간에 끝나버린다.

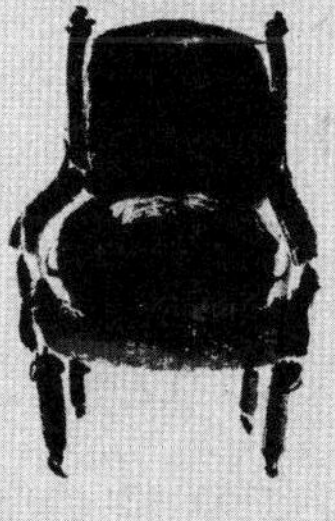

절망의 색이 있다면 그것은 청색이다. 모든 죽음이, 푸른빛을 띠고 온다. 차고, 차며, 푸르러 차다. 너는 알았는지? 푸른 바람만이 전깃불처럼 도시를, 세계를, 의식의 내부를, 가득 채우고 있다. 검은 개는 더이상 검은 개가 아니다. 우리는 더는, 음계와도 같던 색의 다양(多樣)을 말하지 않는다. 모든 생명 가진 것들이 약하고, 미약해서, 끝내는 푸르러지고야 만다는 걸, 묘비명은 허공을 달음질쳐나가는 기이한 평화의 다른 이름이라는 걸, 너는 알았는지? 눈뜨고, 노동하고, 푸른 빵을 씹고, 허다히 죽는다. 우리의 숲과 하늘이 푸르러, 고통은 가까이 있다. 찢어진 달력처럼 시간이 가늠되지 않는다. 산다는 건 도무지 해독 불가능한 편지를 손에 든 것과 같다. 빛바래 미처 보이지 않는 글자를 더듬다, 하루는 하루가 아니게 지나간다. 봐, 이게 어른의 시간이야, 라고 우쭐거리듯 하루는 부지불식간에 끝나버린다.

무참히도 푸르른 나날이다. 깨어 있다, 라는 것에 대해 가끔 아니

자주 생각한다. 귀기울인다, 는 것에 대해서도. 너는 알았는지? 결국 이것은 규칙. 룰에 따르는가, 혹은 룰에서 벗어나는가의 문제다. 너는 화자일 수도, 화자가 아닐 수도 있다. 무엇에나 어디에든 선택이 개입될 수밖에 없다. 파기된 협약만을 찾아다니듯 부서지고 깨진 어느 지점을 들여다보아야 한다. 타인은 언제나 회의적으로 말한다. 국가는 시민을 믿지 않는다. 우리는 누구나 정직하지 못하다. 특수약품을 붓듯 천천히, 조심스레, 은밀히, 산다. 운신의 폭을 좁혀간다. 좁힌다. 소리는 들리다가도 멈추고 그사이에도 공기는 차고, 차며, 푸르러 차다. 그러니 현, 너는 알았는지? 누구도 제제를 가하지 않으나 바야흐로 청색시대(青色時代), ……하거나 ……하지 않거나, 어느 쪽도 고통스럽기는 매한가지다.

*

처음, 대부분의 사람들이 첫날에는, 아무렇지 않아 했다. 그랬다고, 기억하고 있다. 공기 중의 무언가가 색채를 띠고 불시에 물러났다 되밀려오는 걸 느꼈지만 그저 무언가 힐끗 지나갔다, 정도로 치부해버렸다. 고개를 돌리거나, 코를 매만지거나, 눈두덩을 훔쳐야 했을 텐데, 분명 낯선 기분이었는데, 아무도 깊이 생각하지 않고 그저 매운바람이 지나갔거니, 와 같이 외면해버렸다. 대부분 뭐지, 중얼거리며 손바닥을 들어 어깻죽지를 털어내거나 흐트러진 머리칼을 두어 번 매만지고 말아버렸던 이들이 다수였다. 나 역시 그랬으니까. 아마도, 확실히. 이상하달 건 없었다. 도시로는 무엇이든 몰려오고 밀려드니 잠시 시선을 주고 거두면 그뿐, 가볍게 여기지 못할 게 없었다. 놀라울 것도 새로울 것도 대수로울 것도 없던 2013년의, 서울이었다.

다만 바람, 매운바람인 줄로만 알았는데, 그날 난 집으로 돌아가 으레 그렇듯 씻고 잠드는 무념무상한 저녁을 보냈을 텐데, 아니었다. 되짚어 말하자면 여전히 수선거리는 모기를 피해 돌아앉던 늦가을의 어느 밤에, 이불을 뒤집어쓴 채로, 서울의 바람이 달라졌다, 고 말하던 뉴스 아나운서의 경직된 목소리를 들었던 것이다. 달라진다가 아니라 달라졌다, 는 말이 낯설어 잠시 눈을 끔벅이다간 이내 텔레비전을 끄고 달지도 시지도 않은 선잠에 빠져들었겠지. 그러나 그날 이후 바람이 불고, 불어, 그치지 않고, 도시는 파래지고, 파래져, 지난 5년간 우리와, 우리 사는 세계의 많은 부분을 바꾸어놓았다. 기온이 차츰 떨어지고, 떨어지다, 1년여에 걸쳐 끝내 계절이 사라졌다. 그리고 그와 함께 세계를 구성하는 색(色)이랄 만한 것들도, 시들듯 바래듯 멍들듯 푸르게 덧입혀졌다.

그때 이후로 나는 눈앞으로 한 줄기 바람이 지나가는 때에 대해 유념하게 되었다. 예고된 변화에 맞닥뜨린 멸종의 위태(危殆)가 이럴까, 우리네 삶이, 생의 피부가 제 빛깔을 바꾸는 지점에, 반드시 코끝이 찡해지고, 어깨를 파르르 떨게 되는 매운바람이 지나가는 것이라고, 믿게 되었다. 그러니 짧은 순간, 사소하더라도, 분명 무언가 불어오는 걸 느낀다면 그것에 대해 의문을 가져야 한다고, 고개를 돌려야 한다고, 끝까지 바라봐야 한다고, 질문해야 한다고, '어째서'를 입 밖으로 내뱉어야 한다고, 곱씹게 되었다.

이제 와 말하지만 현, 대체로, 그건 후회였어.

*

지금은 서늘한 2월, 2018년, 청색시대 5년. 푸른 바람이 불고 있다.

*

다섯 해 전에 나는 소설을 썼고, 썼지만, 뭣도 아니었고, 때마침 첫 장편소설을 내놓은 참이어서, 본성을 잃어버린 개처럼 늘 허기가 졌다. 매일같이 학교와 집을 오갔고, 어디서나 떠밀리듯 거리를 걸어다녔고, 비싸다, 말하면서도 만 원 언저리의 값을 지불하고 밥을 사 먹었다. 어떻게 지내고 있는지 궁금해하면서도 정말 보고 싶은 친구들은 연락하지도 만나지도 못했다. 소설을 써야 하는데, 생각하면서도 수업 발표나 강의 준비에 파묻혔고, 룸펜이 따로 없네, 한심해하며 전기 콘센트를 찾아 카페를 전전했다. 그럼에도, 좀처럼 써지지 않는 시간이 고단해서, 지금, 여기, 어떤 순환, 메시지, 해석, 경향, 선행, 자전(自傳)과 같은 뜬구름 잡는 단어들을 노트에 낙서해대곤 했다. 쓴다는 게 뭘까, 볼펜을 휘잡아 돌리며 바깥에 눈을 두는 게 고작이었다.

도시는 언제나 고요하고 번잡했다. 어디든 무람없이 공사중이었고, 먼지를 뒤집어쓴 인부들이 밀사처럼 움직였다. 가로수들이 손쉽게 베였고, 도로는 확장됐고, 됐지만, 교통체증은 줄지 않았고, 대부분의 사람들이 알레르기와 아토피 피부염을 달고 살았다. 자동차 클랙슨과 타인의 구둣발 소리만이 난청인 듯 뒤엉켜 들려오는 게 예사였다. 때때로 갑작스레 늘어난 중국인 단체 관광객들이 저녁 즈음이면 한 손엔 캐리어를, 다른 한 손엔 바나나우유를 들고 골목골목으로 사라지는 걸 보았다. 자정이 가까워오면 피로했고, 아침이 밝아오면 서글펐다. 이유도 없이 속이 상해 가끔 울었고, 가까운 이를 걱정시키지 않으려고 자주 웃었다. 어느 쪽이나 타성에 젖어 우는 모양, 웃는 모양을 지을 뿐인 것 같아서, 감정은 없고 감상만 범람하는 세계에서 나 또한 그럴듯함만 취해대는 듯해서, 가끔씩 머쓱한 얼굴로 잔기침을 쏟았다.

인간은 혼자여도 혼자가 아니어도 외로워.

가만히 앉아 있으면 그런 생각에 잠겼다. 잠자코 읽거나 썼지만, 무엇이 쓰이고 읽히는지 도무지 정신을 차리지 못하는 나날이었다. 하루는 하루가 아닌 것처럼 지났고, 지루했고, 해가 지고 다시 떠오르는 일에 감화되지 않았다. 신경은 자꾸만 분산되고, 분산되어, 이어폰을 귀에 꽂고 〈seen it all〉이나 〈broken〉 따위의 노래를 온종일 반복해서 들으면서도 집중하지 못했다. 자신은 강박증이 아니라고 외워대는 강박증 환자처럼 이게 다 소설 때문일까, 가끔은, 고민이 되었다. 쓰는 일이 내게 어떤 의미인지, 어떤 '것'인지 자문하게 될 때마다 눈알이 빽빽해지거나, 미안해지거나, 서운해졌다. 순간의 잘못을 모면하려 거짓말을 지어내는 애인과, 눈치를 채면서도 잠자코 그 거짓말을 들어주는 애인 두 명 모두가 내 안에 들어와 팔짱을 끼고 대면해 있는 기분을 느꼈다.

마음이 무거워진 건 2011년부터라는 걸, 당시의 나는 충분히 알고 있었다. 폭우가 이어지던 그 여름, 아버지의 장례를 치른 뒤로 나는 자꾸만 가라앉고, 가라앉아서, 도통 허리를 바로 펼 수 없을 정도로 늘어지고 까라졌다. 학교에 가지도, 소설을 쓰지도 않았다. 전원이 꺼진 전화기에 통화를 연결하거나 문자메시지를 전송했고, 했지만, 아무런 답신도 받지 못했다. 기다리다, 괜찮다, 라는 단어들이 무슨 뜻인지 셈을 헤아리듯 어물대며 시간을 보냈다. 어찌해, 와 같은 말들을 중얼거렸고, 그러다보면, 세상은 개인이 좀처럼 어찌하거나 어찌해볼 수 없는, 거대한 불가해(不可解)의 공간으로 인식되었다. 잠이 오지 않아서, 어두운 밤중이면 집 뒤편의 고등학교 운동장을 몇 바퀴씩 뛰고, 뛰었다. 아버지의 휴대전화는 전원이 꺼졌다가, 사용자 등록이 해지되었다가, 해가 바뀌어 겨울이 끝나갈 무렵의 어느 날쯤엔가 다시 신호가 가고, 갔다. 습관적으로 전화를 걸었던 그날, 나는 갑작스레 이어진 신호음과, 그에 더해 낯선 남자의 목소리까지 들려온 걸 알고는 혼몽해져선 전화를 끊었다. 여보세요, 하던, 신호음이 세 번 울리기도 전에 전화를 받아 대꾸하는 남자의 음성이 너무나 젊고, 활달했다. 그가 들려준 어떤 활력이랄까, 하는 것이 놀라워 나는 조금 울었다.

얼마 지나지 않아 '카카오톡' 애플리케이션을 설치한 그는 내 새로운 친구 목록에 추가되었다. '아빠'라는 이름으로 뜬 그의 프로필엔 크고 새하얀 트럭 사진이 담겼고, 상태 메시지엔 '트럭 샀다!'라고 설정돼 있었다. 나는 내 아버지의 전화번호를 가진 낯선 그의 안부를, 어지러운 마음으로 확인했다. 전화번호를 지워야……, 이제는 지워야지, 하고 생각했지만 의지대로 되지 않았다. 먹고, 자고, 웃고, 이야기하고, 흰 트럭을 몰아 도시 곳곳을 이동하고 질주하고 있을 아버지를, 차마 들여다보지 않기가 어려웠다. 그는 프로필 사진이나 상태 메시지를 바지런하게도 자주 변경했는데, 양파나 마늘이 산처럼 쌓인 트럭이나 클로즈업해 찍은 5만 원권 지폐는 가끔이었고, 대부분은 점프하는 김연아, 윙크하는 김연아, 노래하는 김연아, 손 흔드는 김연아, 인터뷰하는 김연아, TV 광고 속 웃는 김연아……의 모습이었다. 나는 그에 대해서는 물론, 피겨스케이팅 국가대표 선수인 그녀에 대해서도 잘 알지 못했고, 못했지만, 그가 써넣는 '떼돈 벌자'라든가, '우리 연아 격하게 사랑해' 등과 같은 말들을 오래 들여다보며 마음을 썼다. 그리고 좀더 시간이 지나 그가 새로운 김연아의 사진과 함께 '나의 애마를 타고 2018 평창으로'라는 메시지를 적어 프로필을 바꾸었을 때 그제야, 나는, '평창'이라는 두 글자에 집중하게 되었다. 그해 7월 7일 남아공 더반에서 유치 확정되었던 2018년 평창 동계올림픽에 대해서.

*

이듬해인 2012년은 런던올림픽이 있던 해여서, 그러지 않으려고 해도 꽤나 자주, 어릴 적 단편적으로나마 내 안에 각인된 88올림픽 경기의 장면들이 끄집어내졌다. 권투 경기에서 두 선수가 상대의 얼굴을 향해 팔을 내뻗는다든가 하는 순간이 더듬듯 내 안의 어딘가를 훑고 지나갈 때마다 아버지가 그리웠다. 올림픽, 을 발음하는 것만으로 나는 '시절'이라 불릴 만한 어떤 장면들을 자동으로 떠올렸던 까닭이었다.

서울올림픽이 개최된 1988년 9월에 나는 고작해야 일곱 살이었고, 많은 부분을 세밀히 기억한다고 자신할 수는 없지만, 한편으론 스스로도 희한하다 생각될 정도로 선명한 기억들을 자산처럼 품고 있었다. 돌이켜보면 아버지는 항상 국가 차원에서 실행되는 각종 대회나 대전(大典) 따위의, 소위 어떤 '큰 것'에 마음이 달뜨고 설레어하던, 소년 같은 사람이었다. 타고난 재주에 꾸준한 노력이 더해진 결과라며 운동선수나 과학자, 예술가 들이 가진 재능을 제 것도 아니면서 자랑스러워했다. 그러니 그들이 자신의 성실함을 증명해 보이는 전국체전이나 각종 박람회, 엑스포 같은 행사들의 정보를 구해와 유쾌히 전하고, 한평생 바지런히도 찾아다니며 즐거워했던 거라고, 나는 생각하고 있다. 휴일이면 듣도 보도 못한 꽃이나 도자기, 항공, 농수산물 박람회에 가보자며 식구들을 꼬드기고, 마라톤 선수들이 시내를 경유해 달려가기라도 하면 한걸음에 찾아가 박수쳐주고 돌아오던 아버지에게, 하물며 자국에서 열리는 올림픽이란, 더 말할 것 없이 매혹적인 순간이 아니었을까. 그래서 종종 치받듯, 보고 싶어지곤 했다. 서울이 올림픽 개최지로 선정되던 해에 그의 얼굴은, 1981년도에 스물아홉 청년이었던 아버지는 정말이지 어떤 표정을 지었을지.

아버지는 매일 아침 일찍 일어나 꼼꼼히 신문을 읽었고, 저녁을 먹고 나면 꼭 집중해서 아홉시 뉴스를 보았다. 굳이 강조하지 않더라도, 그는 88올림픽이 개최되기 직전까지 오랜 시간, 대회 준비 상황에 눈과 귀를 기울였을 게 분명했다. 아버지는 대회 일정을 낱낱이 체크했고, 개막식 전 7월 1일부터 전국의 외환은행 지점에서 선착순으로 판매한다는 경기장 입장권을 줄서서 샀고, 금 은 동 빛깔의 기념주화와 무지갯빛 오륜 배지, 체신부에서 발행한 대회 성공 기원 우표, 그리고 공식 마스코트인 호돌이 인형을 집안에 들여놓으며 올림픽이 시작되기만을, 득의만만하게 고대해왔던 것이다. 월급 외로 직장에서 따로 지불된, 그 당시 왕복 버스비 280원이 아까워 걸어다니고는 그것 한 달 치를 모아 아내에게 용돈이라며 건네주었다던 다정한 남편이자 두 아이의 아버지가, 당시로는 꽤 비쌌던 입장권이며 기념품들을 사들이는 걸 보며 어머니는 아이 셋을 기르는 심정이지 않았을까. 못살아, 라고 구두덜대면서도 네 식구 모두가 다투어 달려들어 이런저런 기념품들을 요리조리 살펴보던 장면들을, 반짝이던 시간들을, 나는 간직하고 있다. 반질반질한 주화와 빳빳한 우표를 손에 쥐고 매만졌을 때, 나는 지나치게 '새것'만이 주는 어떤 자부와 경외로 두 뺨이 붉어졌고, 상모 쓴 호돌이 인형에 매달린 푸른빛 S자의 유려함에 조금은 기가 눌리면서도, 자신감 넘치게 쭉 뻗은 손가락의 브이 표시에 반해 또 슬그머니 손바닥으로 감싸쥐어도 보았던 것이다.

한다, 해, 시작한다, 며 나를 부르던 그의 목소리가 안개 자욱한 강물 저편에서처럼 들려올 정도로, 그것은 아련하고 아찔하다. 88올림픽이 개최되던 날, 아버지는 오랜 시간 흥분해서 으스러지도록 나를 껴안고 개막식을 지켜보았다. 나는 졸린 눈을 비벼가며 그의 크고 따뜻한 품에 맥없이 안겨 있었을 따름이었다. 9월 30일, 저 아이 생일이 9월 30일이야, 네 오빠랑 나이가 같지, 우리 애가 9월 30일에 태어났더라면……, 하고 아버지는 꿈꾸듯 말했다. 짙푸른 잔디가 깔린 운동장을 굴렁쇠 하나에 의지해 달려나가던 소년을 바라보는, 적막한 순간에서였다. 오빠와 나는 한 살 터울이었고, 오빠가 5월, 내가 4월생이라 그다지 아깝게 생일이 비껴간 것도 아니었는데 아버지는 그것을 두고두고 아쉬워했다. 88올림픽에서 굴렁쇠를 굴릴 아이의 후보는 대대적으로 신문광고를 통해 1981년 9월 30일생의 아이들 중에서만 모집했고, 그 날짜는 당시 IOC위원회가 독일의 바덴바덴에서 열린 총회에서 서울을 제24회 올림픽 개최지로 선정했기 때문이라는 걸, 나는 조금 더 커서야, 아버지가 스크랩해놓은 신문 조각을 보고 알게 되었다. 신문기사를 오려내 간직하면서도, 매일 밤 곤히 잠든 제 아이들을 흐뭇이 바라보았을 아버지를 애틋하게 생각하게 된 것도, 한참 더 시간이 흐른 나중에서였다.

말하자면 이름도 얼굴도 모르는 낯선 사내가 내 아버지의 전화번호를 갖게 되면서부터, 그리고 그가 평창이랄지 올림픽이랄지 하는 단어들을 내게 부려놓으면서부터, 내 유년에 박제된 아버지의 모습들이, 복잡한 플롯의 허구처럼 불시에 떠올랐다. 춥고도 추워 안으로만 곱아들던 그 겨울에, 그가 새하얀 트럭을 타고 평창으로 가겠다고 말했을 때, 그때에야 나는 어떤 전언(傳言)에라도 이끌리듯 깊은 잠에 빠져들 수 있었던 것이다. 2018년에는 나의 아버지가 평창으로 가겠구나, 설원의 풍경을 등에 지고 선 채로 함박 웃겠구나, 어느새 훌쩍 커버린 딸의 손바닥 위로 빛나는 기념주화를 쩔렁쩔렁 떨어뜨리곤, 가자, 얼른 또다른 걸 보러 가자, 채근하며 앞장을 서겠구나 하고, 어쩐지 안심도 하면서. 물론 그날 이후에도 나는 거의 선잠을 잤고, 2년이 다 되도록 심정적으로 가라앉아 있었으며, 더러 아팠으나, 가끔 울고 자주 웃는 동안에 그날의 단잠을 그리워했다.

나는 인간사(人間事)의 과정이란 잊어지거나 나아지는 성질의 것이 아니라 잔혹하게도 그저 계속되는 거라는 사실을 깨달으며 2012년을 지났고, 다시 2013년을 살았다. 생활의 굴레를 지고 속박될 뿐, 인생은 모두가 I am someone인 것이지 누구도 I am the one이라고 함부로 자신할 순 없는 것이라고 생각했다. 나는, 소설을 썼다.

2013년 늦가을에도 그래서 나는 여전히 쓰고 있었고, 썼고, 썼지만, 뭣도 아니라는 자괴감에 시달렸던 것이다. 이유가 무엇인지는 스스로도 잘 몰랐다. 그저 성에 차지 않았고, 고루했고, 소설이라는 건 좀더 큰 것을 이야기해야 하는 것이 아닐까, 소설을 쓰는 사람이라면 보이거나 보이지 않는 전체, 와 같은 걸 똑바로 바라볼 수 있어야 하지 않나 고민이 되었다. 소설 쓰는 사람의 마음에 대해서, 그 뜻 모를 기원이나 끝도 없는 정체에 대해서 생각하느라 마음이 무거워지는 때가 잦았다. 그러나 이내, 그마저도 그저 위악한 건방이거나 작가적 포즈에 불과한 것일까봐 입맛이 쓰디썼다. 그러니 '큰 것'에 경도되었던 아버지를, 결국에는 또, 아니 어쩌면 항시, 생각하지 않을 수 없었다.

고백하자면 나에게도 88올림픽은, 태어나 처음 목도하는 어떤 '커다란' 축제이자 '전체'였다. 서울은 너무도 크고, 밝고, 매끈해서 오히려 주눅이 들었다. 나는 올림픽을 보기 위해 기차와 버스를 갈아타며 상경한 부부의 일곱 살배기 어린애일 뿐이어서, 젊고 힘이 센 아버지의 손에 꼭 붙들린 채로 미로 같은 수도의 도로를 바지런히 이동해가느라 더위와 피로를 느꼈다. 올림픽 기간 중의 서울은 어딜 가든 제복을 갖춰 입은 안내원들과, 노랗고 파란 눈동자의 외국인들로 복작였고, '세계'니 '시대'니 '동서 화합'이니 '인류'와 같은 생경한 단어들이 한강물처럼 범람했다. 그곳에 머무는 동안 아버지는 내게 '질서'와 '미소'가 중요하다고 누누이 말해주었으므로, 아마도 나는 아버지를 부끄럽게 만들지 않기 위해 불평하지 않고 어디라도 얌전히 따르는 아이의 역할을 잘 수행하지 않았을까. 그럼 아버지는 오렌지색 환타 유리병에 스트로를 꽂아 너그러이 건네주곤 쪽쪽 빨아올려 마시던 딸을 대견히 바라보았을 테고, 그러며 그는, 비지땀을 흘려대면서도, 올림픽이라는 어떤 '대제전(大祭典)'만이 몰아다주는 감흥으로 검고 단단한 눈을 빛냈을 것이다.

올림픽을 구경하기 위해 일주일가량 서울에 머무는 동안, 아버지는 아내와 두 아이를 결연히 이끌었다. 잠실학생체육관이나 동대문운동장, 장충체육관 등을 오가며 권투, 테니스, 탁구, 레슬링과 같은 경기들을 보았다. 서로의 얼굴을 향해 주먹을 날리거나, 네트 너머로 공을 쳐 보내거나, 상대의 몸을 부여잡고 한 바퀴 돌려 넘기는 스포츠를 관람, 했다기보다는 주로 기꺼워 어쩔 줄 모르던 아버지의 얼굴을 올려다보며 가물거리는 눈꺼풀을 비벼댔을 게 빤하지만, 아무려나 어렸던 내가 놀랍고 흥미로웠던 경기 장면들을 여럿 기억하고 있는 걸 보면, 그 당시 링이나 코트 위에 서 있던 선수들의 뭐랄까, 어떤, 정당하고도 건강한 '싸움' 같은 것에 도취되었던 게 분명하다고 생각하고 있다. 예를 갖춰 시작하고, 주어진 시간 동안 최선을 다해 기량을 겨루고 나면 반드시, 끝이 나는 것. 결과를 받아드는 것. 나는 그것을, 앞으로 내가 이 세계에서 살아가는 법도나 방식 같은 것으로 받아들였던 것인지도 몰랐다.

그러나 대학 입학을 위해 서울에 올라온 스무 살 이후부터 나는, 정당하고도 건강한 싸움을 바라는 건 순진무구한 짓이야, 라고 자조할 수밖에 없는 세대로 살았다. 서울은 비좁았고, 공평하지 않았다. 숨쉴 구멍을 찾아 헤매느라 어지러울 때면 목이 따가울 정도로 톡 쏘던, 달던, 시원하던, 주황빛 환타 한 병이 마시고 싶어져 끝도 없는 기갈이 들었다. 최선을 다해 싸웠는데, 어째서 한번 시작된 경기는 끝이 나질 않는지, 왜 마땅하고도 응당한 결과가 돌아오질 않는지, 이십대 시절 내내 내가 줄곧 회의했던 건 바로 그런 것들이었다. 내게 예(禮)를 갖추지 않는 이 세계, 이 시대, 이 도시에서 나는 언제까지 스트레이트로 분투할 수 있을까, 하는 것.

있잖아, 현, 어쩌면 분명히 올림픽이란 건, 태어나 처음으로 거대한 경기장으로 '입장'하던, 차마 거부할 수 없는 경험이었을지 몰라. 하지만 그렇듯 크고 거대한 전체에 입성하기 위해 내게는, 은행 문이 열리기도 전에 조바심을 치며 줄을 서고, 미리 준비해간 돈을 세어 지불한 뒤 작디작은 손에 쥐여주었던 아버지, 그의 '티켓'이 필요했던 것인지도 모르겠어.

*

현이 떠나간 날, 그때 현과 나는 텔레비전에서 중계해주는 2013 프로야구 플레이오프를 흘긋거리며 식당에서 늦은 저녁을 먹었다. 으레 그래왔듯 아마도 설렁탕이나 비빔밥 같은 흔한 메뉴 중에서 하나씩 주문했을 테고, 물론, 지난해에도 그 전해에도 정규 리그 꼴찌를 면하지 못한 한화 이글스의 팬이었던 나는, 얼마쯤 심드렁한 눈길이었겠지만. 그러다, 싱거움을 느끼고 고추장 한 숟갈을 더 부어넣는 사람처럼 현은 무심히 입을 벌렸다.

시간을 두고, 좀 생각해볼래.

나는 텔레비전에서 눈을 거두어 현을 바라봤다. 그날의 경기는 두산 베어스와 LG 트윈스의 4차전이었다. 넥센 히어로즈와의 준플레이오프를 가까스로 이기고 올라온 두산이 그날의 승리를 따내면 한국시리즈에 진출하는 터여서, 뭐를, 하고 묻기엔 텔레비전에서 흘러나오는 흥분한 해설자와 중계 캐스터의 목소리가 지나치게 컸다.

소설을 쓰는 거 말이야. 해야 할 일이 많잖아.

해야 할 일?

나는 물었다.

뭐, 일단은, 경험을 더 쌓는다 치고, 멀리 나가봐도 좋을 것 같고.

돈 벌어오겠다 이거지, 또 어디로 가려고 그래?

담담히 말하는 현에게, 나는 짐짓 웃어 보였다.

어딜 가도 생활비 정도지, 뭐. 육포 아니냐.

육포?

육포세대 말이야.

대답하며, 현이 어깨를 으쓱했다.

육포는 뭐야, 오포는 아는데. 학업, 취업, 연애, 결혼, 출산.

하나를 더하면 돼.

뭔데.

저축.

아하……, 몰랐네, 하기야, 뭐……, 그런 감탄사 따위를 내뱉으며, 저축이 다 뭐냐, 하고 코웃음을 치며, 우리는 찬찬히 국물을 뜨고 밥을 먹었다. 때마침 안타 여덟 개씩으로 팽팽하던 게임에서, 두산이 솔로 홈런을 쳐내 승리하는 바람에 식당 안은 포효와 한숨 따위로 한동안 시끄러이 들끓었다. 나는 현의 정수리나 어깨 언저리에 시선을 두다가 입을 다물었다.

현과 나는 대학 시절부터 함께 소설을 써왔다. 그가 재수나 삼수를 했던가, 아니면 동갑인데 빠른 생일이었던가? 나이가 몇인지 아스라하게 생각될 정도로, 그는 나와 동기였던 것도 같고, 때로는 선배, 또 때로는 후배인 것처럼도 느껴졌다. 나이나 호칭에 연연하지 않아도 될 만큼 어른스럽거나 철부지 같기도 해서, 나를 비롯해 그를 아는 많은 이들에게 현은 그저 현이었다. 우리는 입학과 졸업 사이의 모든 시간을 공유했고, 그사이 바지런히 소설을 썼고, 썼지만, 뭣도 아니었다. 현의 말마따나 우리는 연애, 결혼, 출산을 포기한다는 삼포세대로 불렸고, 점차 학업과 취업마저 포기하는 오포세대로, 이제는 그에 더해 저축까지 포기한다는 육포세대였다. 2013년의 우리는, 그랬던 것이다. 설렁탕이나 비빔밥 같은 흔한 메뉴로 끼니를 때우며, 아니지, 여기서 소설쓰기를 포기하면 칠포세대지, 와 같은 농담을 내뱉으며, 그러면서도 이 비열하고 준열한 세계에서 왜 꼭 소설이란 걸 써내야만 하는 거냐고 떠들어대며, 괴괴히 웃어대는 게 다였다.

현은 졸업 전에도, 이후에도 끊임없이 소설을 썼지만, 바람 좀 쐬러 간다, 라는 말을 입버릇처럼 달고 살았다. 아르바이트 운운하며 며칠 혹은 몇 달씩 훌쩍 떠났다 돌아오는 걸 반복했다. 지방 어딘가를 여행하고 온다더니 외딴섬의 펜션에 취직해 바비큐를 구우며 운신하는가 하면, 김해의 농장에 와서 일하고 있으니 걱정 말고 이거나 보리차처럼 끓여 마시라며 와송(瓦松) 한 상자를 택배로 부쳐온 적도 있었다. 그토록 까끌까끌한, 지붕의 기와 위에서 자란다는 바싹 마른 바위솔을 꺼내 매만지며 나는 내가 미처 알지 못하는 그의 이력(履歷)들이 아마도 아주 많겠지……, 그런 생각들을 하지 않았을까 싶다. 휴대전화는 또 어디에 내다버린 거냐고 입을 비죽거리면서, 그리고, 그가 늘 갈구해 마지않던, 신선한 바람이라는 것에 대해서도.

현이 자연사(自然死)에 가까운, 죽음 직전에까지 이르렀다던 때의 이야길 들려준 게 언제인지 정확하게는 기억나지 않지만, 열한 살 즈음에 그는 갑작스러운 차 사고로 부모와, 한쪽 다리의 절반을 잃었다. 종아리 혈관이 파열돼 산소 공급이 서서히 멈춰가던 순간에, 그는 '끝'이란 것에 도달한 느낌을 받았다고 말했다. 아스라하고 매캐한 공기만이 가득해서 숨을 쉴 수가 없었어, 이 세계의 끝이란 데가 있다면 아마도 그렇지 않을까, 아니 아니야 사실은 잘 모르겠어, 라고 그는 소주 한잔을 입에 털어넣으며 제가 한 말을 다시 거둬들였으나, 나는 어쩌면 시시때때로 그가 폐부나 창자 깊숙이 흡수하고 싶었던 건 산소가 아니라 삶을 향한 어떤 애정, 과 같은 건 아닐까 곰곰 생각해보곤 했다.

그가 훌쩍 떠나버릴 때마다 그래서 나는 간간이 궁금해하고, 대부분은 걱정했지만, 그는 머리에 까치집을 매달고 어느 날 불쑥 나타나 해진 헝겊 같은 얼굴로, 지난번 발표한 소설 나쁘지 않던데, 뭐, 좋지도 않았어, 와 같은 소리를 지껄여대기 일쑤였다. 그건 또 어디서 읽었어, 하며 그간 연락도 주지 않은 걸 먼저 책망하면 그는 문예지 소설쯤은 다들 읽고 사는 거 아니냐고, 되도 않는 허세를 부려댔다. 운이 좋게도 비교적 일찍 등단한 내가 문예지에 단편을 발표할 때마다 그에게 미안해하는 걸, 그는 알았을지 모르겠다. 하지만 그는 매번 다정스레 나를 독려하며 제가 완성한 소설들을 부끄러이 내밀곤 했다.

의자는 언제나 사람보다 모자라.

원래 그런 거야, 라고도 현은 덧붙였다.

뭐가?

그가 써 내민 흰 종이 더미, 그걸 가득 메운 자잘한 글자들에 마음이 짠해, 나는 고개를 숙인 채로 되물었다.

우리 어릴 적에 자주 했던 놀이 말이야. 의자 앉기. 기억해?

응.

죽 세워진 의자 앞에서 한 무리의 아이들이 기회를 엿보며 노래하고 춤추지.

아, 누가 먼저 의자에 앉는가, 게임하는 거.

맞아. 음악이 흐르는 동안에는 누구나 즐거워. 노래하고 춤추는 동안에는 낙오자가 없지. 하지만 음악이 멈추면 탈락자가 생기는 거야. 나는 그게 꼭 의자 앉기가 아니라 뺏기, 인 것만 같아서 우물쭈물 대다가 늘 가장 먼저 떠밀려나는 애였어, 하고 현은 말했다. 나는 그저 고개를 주억거리며 들었다. 의자 앉기는 몇 명의 아이들이 참여하든, 단 하나의 의자만이 남겨질 때까지 계속된다. 어쩌면 우리가 어렸을 때부터 해왔던 그 놀이의 본질이 '경쟁'이라는 걸, 의자를 차지하지 못하는 아이는 소외된다는 그 룰이 재미보다는 피로만을 더 가중시킨다는 걸, 우리는 일찌감치 깨우쳤던 게 아닐까. 알면서도, 왜 모두가 의자에 앉을 수 없는 것인지 의아히 여기면서도, 음악이 흐르는 동안에는 집중해서 의자를 주시해야 하는 것.

우린 언제 빨간 잠바 입고 잠실로 응원 좀 가보냐, 하고, 현이 우물거리며 말했을 때, 나는 언젠가 그가 들려주었던 그런 말들이 오포니 육포니 하는 것과 잔뜩 뒤엉켜 조금 멍해진 터였다. 의자는 언제나 사람보다 모자라, 앉기 위해선, 차지하기 위해선, 춤을 추거나 노래를 부르면서도 끝까지 그것을 주시해야 한다, 의자는 언제나 사람보다 모자라니까……, 그런 마음이 들어서 우리는 자꾸만 울적해지는 거겠지, 결국 우리가 무엇을 더 포기하게 될지, 우리는 정말 모르는 걸까, 하고.

왜 그래, 정규 리그 최하위가 절망할 단계는 이미 한참 지난 것 같은데?

현이 눈앞에서 숟가락을 들고 휘휘 저었고, 나는 두산 베어스 한국시리즈 진출 확정, 과 같은 자막이 텔레비전 화면에 고정돼 있는 걸 보았다.

무슨 소리, 어림없어.

나는 시무룩해져 대꾸했다.

그럼 갈아타자, 하고 그가 재빨리 응수했다.

그럴 순 없지.

고민도 않고 내가 바로 머리를 흔들었고,

역시, 어린이 회원은 격이 달라.

그가 엄지를 치켜세우며 나를 놀려대는 식의, 핑퐁 같은 대화를 얼마쯤 이어갔다. 그럼 그저, 웃어버리고 마는 거였다. 현은 내가 꼬꼬마이던 시절에 빙그레 이글스 어린이 회원이었던 이야기를 알고 있었다. 아버지는 당시 시내터미널 옆에 위치했던 한양쇼핑센터 1층 로비에서 회원 가입 신청서를 받아들고는, 회비와 함께 오빠와 나의 이름을 신 나게 적어냈다. 아홉 살이었던 나는 그날, 산타의 주머니 같은 붉은색 벨벳 꾸러미를 품에 안고 집에 돌아왔다. 빨간 야구 점퍼를 입고, 독수리 엠블럼이 그려진 빨간 가방을 등에 메곤 동네를 휘젓던 여자애를 상상하며 현은 재밌어 했지만, 그런 날에도 나는 아버지가 도무지 어떤 사람이었던 건지 생각하느라 눈 밑이 벌게졌다.

아버지는 아무것도 모르는 어리디어린 딸에게 '88은 인류의 봄 열 것'이라고 쓰인 신문기사를 오려내 보여주며 호돌이 인형을 손에 쥐여주었고, 빙그레 이글스니 MBC 청룡이니 하는 프로야구에 대해 설명했다. 대전에서 엑스포가 열렸던 1993년에 나는 열두 살이었는데, 마찬가지로 그해에도 아버지는 몇 번이고 나와 오빠를 차에 태워, 그곳으로 데려갔다. 신(新)미래니, 첨단 과학이니 하는 단어에 경도되었던 건 당연했고, 돌아오는 길엔 또다시 공식 마스코트인 노란 '꿈돌이' 목걸이라든가 반짝이는 배지들을 가슴팍에 매달고 왔던 것이다.

올해 한국시리즈는 곰과 사자의 싸움이 되겠구나. 곰과 독수리, 사자와 독수리, 영 안 어울리긴 하네.

현의 말에, 나는 문득 생각났다는 듯 딴소리 말고, 어디로 가겠다는 거야 또, 하고 재차 다그쳤다. 나는 그의 짧은, 왼쪽 다리가 탁자 아래에서 흔들리는 걸 느꼈다. 현은 수저를 내려놓고, 휴지 몇 장을 빼어 입술을 닦은 뒤 가만가만 눈동자를 굴렸다.

예전에 나, 인천 소래포구 어디쯤의 인터넷 신문사에서 일한 적 있거든. 그저 그런 삼류 연예 가십만 다뤘지. 뭐, 부장은 끝까지 인정하지 않았지만.

그런 덴 또 언제 갔어?

나는 잠시 갸웃대다가는 고개를 저었다. 현은 글쎄, 옛날 일이야, 라며 말을 이었다. 그가 일한 〈뉴 매거진〉은 이런저런 연예 기사를 작성해 주요 포털과 주간지 사이트에 송고하는 방식을 취했는데, 거기서 그는 '오늘의 폴(Poll)'이란 코너를 담당했다. 한창 인기 가도를 달리는 두 라이벌 연예인을 세워놓고 누가 더 마음에 드는가, 혹은 높은 시청률의 드라마 주인공이 누구와 사랑에 빠질까, 미리 점치는 금주의 프로야구 경기 결과 맞추기, 등의 질문들을 올려놓으면 네티즌들이 손쉽게 마우스 버튼을 클릭해대는 흥밋거리였다. 하지만 웹사이트마다 폴의 주제가 겹치지 않아야 하고, 진행중인 폴만 해도 사이트 하나당 두셋가량이어서, 현은 머리가 핑핑 돌았다고 했다.

부장은 나를 늘 폴이라고 불렀어. 아침에 출근하면 폴, 점심 먹고 돌아와도 폴, 퇴근하기 직전까지도 폴, 폴! 닦달하며 불러대곤 했지. 나는 하루에도 열댓 개 가까운 새로운 폴을 올렸는데, 어림잡아 여남은 개 정도의 폴을 부장이 지워버렸던 것 같아. 골치 아픈 날들이었어.

Q. 주말 드라마 전쟁, 당신의 채널은 어디로?
① a 방송사 ② b 방송사 ③ 잘 모르겠다.
Q. 화요 예능, 아이돌 대격돌! 가장 핫(hot)한 아이돌은 누구?
① r ② s ③ 관심 없다.
Q. 유명 배우 k의 충격 발언, 당신의 의견은?
① 이해한다. ② 절대 용납할 수 없다. ③ 신경 안 쓴다.
Q. 대국민 오디션 프로그램, 당신이 선택한 우승자는?
① 호소력 짙은 감성 보컬 p

② 매혹적인 중저음 보이스 j
③ 누가 되든 상관하지 않는다.

현이 만든 폴들은 대개 이런 유형이었는데, 부장은 대번에 질색하며, 모르겠다거나 상관없다, 라는 식의 애매모호한 선택지가 포함된 폴 전부를 지워버렸던 것이다. 그놈의 모르겠다, 소리 좀 제발 빼라고, 지금 나하고 장난하자는 거야! 하고 씩씩거리는 부장의 눈치를 보며 그는 골머리를 앓았겠지만, 나는 그것이 꽤 현답다는 생각이 들어서, 웃지 않을 수 없었다. 현을 알아오며 내가 가장 많이 들었던 건 글쎄 혹은 모르겠는데, 와 같은 말들이었기 때문이었다. 그는 언제고, 자신한다거나 확신하는 것에 어려움을 겪었고, 양단의 결정이라든가, 흑백논리와도 같은 이분법에 난색을 표하곤 했다.

부장은 찬성 아니면 반대, 옳다 아니면 옳지 않다, 그렇다 아니면 그렇지 않다, 와 같은 두 가지의 보기만을 써내라고 바락바락 소리를 질러댔어. 에스트로겐이 잘 분비되지 않는지 노인네처럼 걸걸해진 목소리로 말이야. 그 마녀 소굴 같은 회사에서 두 달이나 버티다니 내가 생각해도 정말 용하다, 하고 현은 떠들었다.

그런데 아무리 참아보려 해도 그건 아니었지 뭐야. 왜 잘 모르겠다고 말하면 안 되는 걸까. 모르겠는 건 의견이 아니라는 건가. 모를 수도 있지, 안 그래?

그래서 냉큼 그만둬버렸어, 라는 그의 말에 맞아, 하고 대답해야 했는데 그마저도 나는 무슨 소리야, 또 어딜 가겠다고, 거듭 채근하고 말았다.

모르겠다고, 지금 한참 모르겠다는 소리를 하고 있잖아?

현이 우스꽝스러운 표정을 지어 보이는 바람에, 나는 제법 긴 한숨을 내쉬었다. 그러니까 현은 그날 저녁 나와, 네 맛도 내 맛도 아닌 그저 그런 밥을 같이 먹고, 머리칼에 손을 집어넣어 쓸어올리며 싱거이 가버렸던 것이다. 그와 내가 뒤돌아 서로 다른 방향으로 걸었을 때, 그도 나와 같이 매운바람이 불어오는 걸 느꼈을까. 서울의 바람이 달라졌다, 고 보도하던 그 밤의 뉴스를 그도 보았을까.

그렇게 헤어지고 한 달쯤 지나서, 그해의 한국시리즈가 삼성 라이온즈의 역전승으로 성대히 막을 내린 뒤에, 현은 내게 제주시 소인이 찍힌 편지를 보내왔다. 그럼 그렇지, 하고 나는 의기양양하게 봉투를 뜯었다. 그 안엔 한라산이 듬직하게 찍힌 사진엽서 한 장과, 잿빛 갱지 한 장이 들어 있었다. 한라산의 바람을 쐬러 간 거로군, 했는데 여기는 지금 불타고 있어, 라고 그는 휘갈겼다.

*소나무 재선충이라고, 여기선 그걸 소나무 암 덩어리, 에이즈라고 불러. 일단 재선충이 소나무에 유입되면 물관의 양분과 수분의 이동이 막혀서, 꼼짝없이 말라죽게 되니까 그래. 이미 24만 그루가 고사했다는데. 치료 방법은 없고, 재선충을 옮기지 않으려면 베어내거나 태우는 수밖에는 별도리가 없다는 거야. 일단 여기서 일을 좀 하려고 내려왔는데, 내가 볼 때 여기는, 있잖아, 어려운 것 같아.*

어려운 것 같아, 라고 현은 썼다. 그가 느낀 것이 위험이었는지, 위협이었는지 나는 알 길이 없었다. 고사해버린 24만 그루의 소나무 앞에서 그가 어떤 얼굴이었을지, 1981년도에 내 아버지가 지었을 표정처럼 그것은 끝내 나의 미지(未知)로 남을 것이다. 문학적 언어란 다르게 들려주는 말, 그러니 소설은 언제나 다르게 쓰이는 것, 기대를 배반하는 일들과 짐작과는 다른 일들이 무시로 벌어지는 것, 이라고 배워 알았지만 내게는 현도 아버지도, 허구가 아니었던 탓이다.

그로부터 다섯 해가 흐르고, 흘러, 푸른 바람이 불어오는데도 구겨진 편지를 마지막으로 그는 더이상 연락하거나 찾아오지 않고 있었다. 그가 떠나기 전에 건네주었던 몇 편의 소설들만이 내 손에서 닳아갈 뿐, '어째서'라고 몇 번이고 되물어도, 마땅한 대답을 들을 수 없다는 사실만이 지금 이 순간, 내게는 진실이었다.

*

그래, 딴에는, 그게 맞는 말이다. 인생이란 건 주어진 보기 외에, 그가 잊지 않고 써넣었던 3번 같은 성질의 것인지도 몰랐다. 잘 모르고, 모르고, 또 모르겠는 것. 이것 아니면 그것, 여기 아니면 저기가 아니라, 양날의 검처럼 단 두 면(面)만이 아니라, 내가 차마 알지 못하고 정답을 말할 수 없는, 숨겨지고 감춰진 여분의 선택지, 3번 같은 것. 그가 떠나간 뒤로, 그러니까 2013년 늦가을, 재선충에 감염된 24만 그루를 제때 베어내거나 태워버리지 못해서 제주 한라산의 소나무들이 모조리 고사해버린 뒤로, 손쓸 도리 없이 전국 곳곳의 소나무들이 마르고, 말라, 죽어갔다. 믿을 수 없는 속도였다. 바삐 베어내고 서둘러 불을 놓아도 소나무의 병(病)은 가뭇없이 번지고, 번져, 지금까지 이곳에는 푸른 바람만이 그침 없이 불어온다는 이 말 못할 상황을, 그 어느 누가 예상이라도 할 수 있었을까.

*

푸르고, 푸른, 바람이 분다. 너는 알았는지? 멈추지 않고 불어오는 푸른 바람만이 도시를, 세계를, 의식의 내부를, 휘이휘이 휩쓸고 지나간다. 거미가 제 거미줄을 펼친 채로 날아가듯, 머나먼 사막에서 황사가 진군해오듯, 푸른 바람은 어디에나 누구에게나 덮친다. 색을 띠는 모든 것에 푸른 바람이 모래처럼 내려앉으므로 그것은 청사(靑沙)라는 이름으로 불린다. 그러니 현, 너는 알았는지? 청사의 농도가 짙어지면서 기온이 떨어지고, 계절이 사라지고, 도시는 서늘하고도 선득한 추위만이 계속된다. 사람들은 모자와 마스크를 쓰고, 옷의 단추와 지퍼를 겹겹이 여며닫고, 가능한 한 외출을 삼가고, 함부로 말하지 않는다. 건물 외벽과 유리창과 간판 들이, 도시 전체가, 하나의 고목(枯木)처럼 온통 검도록 푸르러진 지 오래다. 거듭 말하건대 몇 해 전 어느 늦가을 저녁에 처음, 매운바람이 지나갔다고 느꼈을 때, 그리고 서울의 바람이 달라졌다, 고 전해진 그날 밤의 뉴스 이후로부터 많은 것들이 바뀌고, 바뀌어, 현재에 이르고 있다.

88올림픽이 막을 내린 이후로 30여 년이 흘렀다. 어른이 된 나는 소설을 썼고, 썼지만, 여전히 뭣도 아니었고, 그간에도 몇 번의 동·하계 올림픽과 또 몇 번의 크고 작은 제전(祭典)들이 담담히 시작되고는 끝이 났다. 기묘히, 서늘히, 곧 또다시 올림픽은 시작될 테고, 아마도 나는 남은 평생 내 아버지를 향한 송가를, 차마 부르지 않을 수 없을 것이다. 그러나 매일같이 창밖을 내다보아도 미래를 알 수 없고 볼 수 없는 지금은 서늘한 2월, 2018년, 청색시대 5년. '인류의 봄'은, 요원하기만 하다.

도대체, 현, 너는 어디서 어떤 기나긴 소설을 쓰고 있기에, 여태 돌아오지 않고 있는 것인지? 마지막으로 네게 이 얘기를 해야겠다. 소나무 에이즈로 한라산이 모조리 불태워지고 있다던 너는, 편지의 말미에 이렇게 썼지. 아마도 헤어지기 전 함께 저녁을 먹었던 식당에서, 내가 그때 처음 내놓은 장편소설 때문에 의기소침해져 있었던 걸 너 나름대로 위로하느라 무뚝뚝하게 적어넣었던 것이나 아닌지 모르겠다. 그저 그렇게, 나는 나를 위무하고 있어. 그건, 네가 평소에 즐겨 읽던 『실존주의 인간론』에서 구절과 구절을 나뭇가지처럼 자르고 이어 변용한 것이었으니까. 그리고 네가 그런 말을, 유일무이한 위트처럼 부려놓는 시간이면 나는 꿈결엔 듯 바람결엔 듯 많이, 웃곤 했으니까.

*기억해. 인간은 본래부터 아무것도 아니고, 사실은 다만 사실일 뿐 슬퍼도 기뻐도 할 필요 없는 거야. 네가 소설에서 현실을 슬프게 그렸다고 해서, 정작 그 현실이 슬퍼지는 일은 없지. 중요한 건, 그러니까 정말 중요한 건, 현실을 공평하게 그리면서, 인간이 자기가 놓인 위치를 어떻게 넘는가 하는 거야.*

**해설** | 조형래(문학평론가)

# 세계의 불가해

1

'출구 없는 미로(迷路)는 없다.' 이 관용구는 기실 미로 내부에서 방황하고 있는 개인에게 해당되는 문장이 아니다. 이러한 문장은 오로지 미로 바깥에서 말해질 수 있는 것일 터다. 또는 그것을 조망할 수 있는 안전한 위치에서, 이것도 아니라면 미로를 빠져나온 후에나 발설 가능한 것이다. 사실 미로 속을 헤매는 당사자의 입장에서 출구란 언젠가 발견할 수 있을 것이라는 막연한 기대로만 실감되는 것에 지나지 않는다. 또한 어떤 의미에서 이 관용구는 오히려 모순에 기초해 있는 문장이라고도 할 수 있다. 출구가 발견되는 순간, 미로는 더 이상 미로가 아니게 될 것이기 때문이다. 대신 펼쳐지는 것은 따라갈 수 있고, 또 그렇기 때문에 따라가야만 할 길(道)이다. 그러므로 미로가 끝나고 나면, 더이상의 방황은 없을 것이다.

그런데 거꾸로 말해보자. 계속해서 길을 잃도록 하지 않는다면 미로의 의미는 상실된다. 달리 말해 미로란 본래 그 내부에 개인을 가두어 방황하도록 하게끔 축조된 것이다. 물론 길을 찾아 헤매는 과정은 당혹스럽기 짝이 없을 터다. 여기가 저기와 다르지 않고, 아까 지나온 어떤 곳이 지금 지나고 있는 장소와 좀처럼 구별되지 아니하는, 그렇기 때문에 방향을 잃고 제자리를 공전(空轉)하는 것에 불과한, 무의미한 배회를 거듭할 따름이다. 그러나 그 미로 내부의 방황이란 기실 이 모퉁이를 돌면 출구로 나갈 수 있을 것이라는 일말의 기대 그리고 곧바로 이어지는 좌절이 번갈아가며 교차하는 반복에 의해 지탱된다. 여기에 미로의 진정한 묘미(妙味)가 자리하고 있다고 해도 좋다. 그것은 미로에 구애되면서도 동시에 탈출을 희구하는, 멈추지 않는 자의식의 모순적 운동과 관계되는 것이다.[1)]

2

『그리고 남겨진 것들』에 수록된 여러 단편의 주인공들은 각양각색의 미로 내부에서 출구를 찾지 못한 채 헤매고 있는 자들이라는 점에서 일정 부분 동질적이다. 가령 「완전한 불면」에서 '잠' 그리고 수면에 적합한 조도(照度), 즉 빛과 어둠의 정도는 각자의 구매력에 좌우된다. 주유소에서 인사 도우미로 아르바이트를 하고 있는 처지의 정인은 고가(高價)의 수면보조제 '금잠'을 충분히 구매할 수 없고, 또한 자신에게 드리워져 있는 균일하지 못한 조도로 인한 빛과 어둠의 얼

1) 마에다 아이, 「감옥의 유토피아—암흑의 도쿄」, 『도시공간 속의 문학』(전집 5권), 지쿠마쇼보, 1989, 103~105쪽.

룩을 어쩌지 못해 만성적인 수면 부족에 시달리고 있다. 이와는 대조적으로 정인을 고용한 주유소의 사장은 "푹 자니까 살겠어"(152쪽)라고 아무렇지도 않게 떠드는 품성의 소유자다. 이것은 단순한 빈부 격차의 문제에 그치는 것이 아니다. 그보다 피고용인의 임금을 체불하면서도 자기의 '잠'은 구매하는 몰염치한 인간만이 푹 잘 수 있다는 것을 의미한다. 즉 타인을 제물로 삼아 자신의 삶을 도모하는 적자생존의 세태와 관계되어 있는 것이다. 이러한 상황 속에서 사실상 취업에 실패하는 등 숙면을 취하지 못할 이유가 지극히 많은 정인이 자신과 함께 잠들지 못하도록 괴롭힐 수 있을 만큼 만만한 대상은, 텔레비전 화면 속에서 결코 저항할 일이 없을 유키라는 일본의 AV 배우뿐이다. 주유소의 사장이나 현 정도를 제외하면 정인을 알아봐주는 이는 사실상 아무도 없는 상황에서 그야말로 결점 없는 전라(全裸)를 통해 만인의 시선을 끌고 있는 존재이기 때문에 더욱 그러하다. 그렇기 때문에 정인은 불면에 시달리면서도 매혹과 질투를 동시에 야기하는 텔레비전을 결코 끄지 못한다. 그렇게 다세대 주택의 이웃 몇몇에게도 자신과 같은 불면을 계속해서 강제하고 있다. 유키와 달리 항의의 쪽지를 붙여대는 이웃에 대해 "정인은 불쾌함에 양 뺨이 달아올랐지만 한편으론 이 사람 역시 잠들지 못하고 있구나, 하고 생각하자 마음이 다소 누그러졌다".(153쪽)

그러나 바로 이러한 이유로 말미암아 정인은 해고되어 궁지에 몰린다. 그간 불면의 동료이자 제물로 학대해왔던 유키를 단적으로 연상시키는, "정석이랄 수도 있을," "전형적으로 만들어진 것 같은" 몸을 가진 "차끈한 피부"(146쪽)의 마네킹이 그녀의 빈자리를 아무렇지도 않게 대신하게 된다. 그런데 그녀는 스스로를 그런 처지로까지 몰아붙인 사장에 대해 반감을 갖기는커녕 "어쩔 수 없잖아, 어쩌겠어"(160쪽)라는 해고의 이유를 스스로의 것으로 받아들이며 체념한다. 그리고 모처럼 '금잠'을 구매하여 그다지 만족스럽지는 못할지언정 며칠간 간신히 잠을 자고 난 정인이 유일하게 구애되는 것은 인사 도우미 자리를 되찾는 것이다. 자신을 봐주는 것이 기쁘다고 말하는 유키처럼 사장을 비롯한 모든 이들의 시선을 한몸에 끌어모으고 있는 마네킹이 되려고 하는 것이다. 결국 그녀는 마네킹을 은밀히 폐기하고 그 자리에 서서 아예 영원하고도 '완전한 불면'을 꿈꾸게 된다. 사장이든 그 누구든 간에 그야말로 공평무사하게, 보는 이의 기쁨을 자신의 기쁨으로 삼는 유키를 정확히 반복하는, 인사 도우미 마네킹 자체가 되고 또한 자족하게 되는 것이다. 뿐만 아니라 유키에 대한 정인의 시선은 정인에 대한 현의 그것으로 고스란히 계승된다. 아마도 현 또한 정인의 경로를 크게 다르지 않게 답습해갈 것이다.

이 타인지향(other-direction)[2]의 무한한 연쇄가 구축한 미궁 속에서 헤매고 있거나 또는 그렇게 될 개인이 비단 정인이나 현에 그치는 것은 아니다. 「완전한 불면」에서 '잠'이 상품이 된 것과 유사하게, 「눈물이 서 있다」에서는 청력이 신분을 결정하면서 동시에 거래의 대상이 되는 세계가 설정되어 있다. 원인을 알 수 없는 이명에 시달리고 난청이 심해지다못해 결국 청력까지 상실해버리는 이들이 속출하며 그 장애의 정도에 따라 인간의 등급이 규정되어 거주 구역까지 지정

2) 데이비드 리즈먼, 『고독한 군중』, 이상률 옮김, 문예출판사, 1999, 106쪽.

되는, 그야말로 가혹하기 짝이 없는 세태인 것이다. 이러한 난국 속에서 개인들은 자신의 실제 귀를 대신할 신기술의 보청기 '귀'에 의존하지 않을 수 없다. 그러나 '귀'는 가격에 따라 심각한 성능 차이를 보이는 만큼, 청력의 보완 또한 빈부와 신분의 차이에 따라 좌우되는 문제가 되었다.

미세한 이명이 들려오기 시작한 이후부터 현의 삶은 '리듬이 단절'된 채 급격히 추락한다. 마치 정해져 있던 수순처럼 회사로부터는 희망퇴직을 권고당하고, 여러 압력에 못 이겨 퇴직한 이후의 재취업은 실로 요원했으며, 결국 왼쪽 귀의 청력은 완전히 상실되어 C구역으로 이주하지 않을 수 없었다. 밤마다 대리기사로 생계를 유지하고 있는 현에게 장을 비롯한 보다 강한 자들에 대한 굴종, 추락한 신분으로 말미암은 예기치 않은 차별과 봉변은 이제 일상적인 것이 되었다. 그러던 와중에 현은 A구역에서 우연찮게 Z브랜드의 '귀'를 습득하는 행운을 얻게 되었고 (정가에는 턱없이 미치지 못하지만 장물로서는) 그리 나쁘지 않은 금액에 매도하게 되었는데 그것이 그 자신과 거래에 응한 군에게 파멸적인 결과로 돌아오게 된다. B구역의 우두머리를 자처하는 장에 의해 Z브랜드의 귀를 빼앗기고, 군은 실종되었으며, 현은 린치를 당한 끝에 오른쪽 귀의 청력까지 완전히 상실하게 된다. 장의 말로는 그것이 "보통 귀"가 아니라는, 다시 군의 말을 상기하면 "백만 불짜리 귀"라는 식의, 현으로서는 도무지 영문을 짐작할 수 없는 이유로 인해 이와 같은 가혹한 결과가 빚어진 것이다. 그 처벌 역시 "귀 안에 담긴 백색의, 가루인 듯도 액체인 듯도 한 그것을 현의 입속으로 찬찬히 들이붓는"(194쪽) 불가사의한 행위로 귀결된다. 어떤 원인도 결과도 불분명한 상황에서 확실한 것은 오른쪽 귀의 이명과 함께 종종 현을 엄습했던 불길한 예감이 실현되었다는 것이다. 또한 그것은 '귀'의 주인으로 보이는 이가 눈앞에 있었음에도 짐짓 습득물인 체하고 가져왔던 실책의 응보로써 이루어졌으며, 더욱 비참한 것은 그 처벌조차 스스로가 '귀'를 은밀히 장물로 팔아넘기고자 했던 욕망에 정확히 대응하여 그 어떤 법에 의한 것도 아닌, 오직 사적인 제재의 형태로 가해졌다는 데 있다. 그 결과 세계도, 시대도, 봄의 아카시아향도 여전히 그대로인데 현 자신만 그 모든 것으로부터 버려져 지극히 왜소해진 채로 오직 뒷골목에만 남아 있게 된다. 이제 완전히 귀머거리가 된 현이 대리기사조차 할 수 없게 되었음은 물론이거니와 곧 D구역으로 축출될 것이라는 사실 또한 자명하다. 그는 어떤 출구도 찾을 수 없을 것이다.

표제작 「그리고 남겨진 것들」은 더욱 상징적이다. 사실상 전 소설집의 표제작이기도 했던 「노웨어맨」의 변주에 해당할 이 소설에서, 극심한 우울증에 시달리다가 직장도, 아내도 잃고 외톨이로 남아 죽어버린 '나'는 사후 자신이 벽돌이 되었다는 사실을 자각하게 된다. 자신이 쌓아올렸던 고통(孤/苦痛)의 시간만큼이나 단단한 벽의 일부로, 상하좌우로 자신을 둘러싼 다른 벽돌로 인해 옴짝달싹 못하게 되었으면서도, 동시에 서로의 위치와 존재를 의지하면서 벽이라는 전체를 지탱할 수 있는 불가결한 일부로 화(化)하게 된 것이다. 그 부자유스러운 조건에 적응하게 되자 다른 벽돌들과 함께 있게 되어, 그리고 예전 처갓집 근처 벽 앞을 오가는 각양각색의 행인들로 말미암아 그는 더이상 외롭지 않게 된다. 그러나 동시에 그것은 온갖 만남과 이별을 무조건적으로 감내해야 하는 사태에 놓이게 된 것이기도 하다. 그는 아내와 다시 한번, 그러나 무수한 행인 중 한 사람으로 불가항력적인 조우를 하였고, 또한 마음으로부터 작별하였다. 한편, 1년 내내 보도블록 교체 공사가 이루어지고 있는 와중에 셀 수 없이 많고 다양한 벽돌이 그의 앞을 스쳐간다. 그러다 인부 한 사람이 등짐을 져 나르다가 돌연사하는 모습을 지켜보게 된다. 그것은 마치 먼저 들어온 다른 벽돌들이 깨어지거나 떨어져나가고 그 자리가 다른 벽돌로 채워지는 가운데 자신이 전수받았던 '어깨에 힘을 빼는 방법'을 고스란히 반복해 들려주는 것과 미묘하게 겹쳐진다. 이른바 '로테이션'이 빠른 요즘, 이제 고벽돌이 된 그 역시 조만간 풍화되고 마모되어 사라질 것이며, 그 자리는 외롭게 죽은 인부와 같은 이들이 화(化)한 다른 벽돌로 대체될 것이다. 다시금 소멸한 후 그들이 어떻게 될지는 알 수 없다. 그러나 적어도 "외톨이가 되었군"(66쪽)이라고 말하지는 않을 것이므로, 또다시 벽돌로 화(化)하지 않는다는 사실만큼은 확실하다.

즉 「그리고 남겨진 것들」에서 외로운 넋(孤魂)은 구천을 떠돌지조차 못한다는 점에서 더욱 비극적이다. 도리어 사후에도 자신과 같은 무력한 외톨이들과 함께 생전과 마찬가지로 어깨에 힘을 빼고 웅크린 채 벽이라는 전체를 지탱하는 일부로 고착된다. 모두가 서로 다를 바 없는 벽돌이다. 그렇게 단지 혼자가 아니라는 사실만이 유일한 위안이다. 논리적으로 설명할 수는 없지만 그것은 "외톨이가 되었군"이라는 말의 반대급부로 이루어진 것이라고 해도 좋다. 어깨에 힘을 빼고 한껏 웅크리는 것에 적응해야 함께 있을 수 있다. 이렇게 서로가 서로에게 견디는 이유가 된다. 그러나 거꾸로, 바로 그렇기 때문에 서로가 서로에게 고통이 된다. 서로의 존재는 온몸 그러니까 옴짝달싹할 수 없는 부자유 자체로 체감되는 것이다.

벽돌로 화한 그들에게는 이 벽이 세계의 전부다. 아들이 휘두른 해머에 맞아 부서지면서도 아들의 손을 걱정하지만, 정작 그 애틋한 부정(父情)은 당사자에게 전해지지 않는다. 마지막으로 조우한 아내에게 말 한마디 건네지 못하고 오직 마음으로만 염려하며 작별할 수밖에 없다. 모든 벽돌은 무력하게 서로를, 그리고 모든 행인(行人)과 지인(知人)을 스쳐 보낼 수밖에 없다. 서로가 서로를 함께 애틋하게 여기거나 또한 의지하고 있다고 해도 바로 이 사실 때문에 결코 나누어 짊어질 수 없는 고통이 야기된다. 삶과 죽음 간 넘어설 수 없는 간극이 놓여 있는 가운데, 너와 나는 다르다는 사실만이 엄연하다. 이 사실에 이 소설의 페이소스가 놓여 있다. 그러나 이 모든 점에서 벽돌이라는 사후(死後)는, 사실상 그들을 둘러싼 유형무형의 다양한 압박으로 말미암아 결국 외톨이로 내몰려질 수밖에 없었던 생전(生前)을 거의 그대로 반복하고 있는 것이 아닌가. 이 생(生)과 사(死)의 기이한 조응에 이 소설이 자아내는 두번째 페이소스가 있다. 더욱이 최후에 고벽돌로 깨져나간 후 어떻게 될지 도무지 알 수 없음에도, 바로 이러한 모든 이유들 때문에 그들 각자가 영면에 들 수 없으리라는 사실은 반복될 것이다. 이것이 「그리고 남겨진 것들」을 관통하는 세번째 페이소스다. 죽음조차 출구가 될 수 없다. 그(것)들은 영원히 '남겨진 것들'로 남을 것이다.

염승숙의 전작 『노웨어맨』에 수록된 여러 단편을 통해 미약하게나마 긍정되고 있었던 비전은 (이와 같은 이중 삼중의 페이소스를 통해 알 수 있는 것처럼) 이제 완전히 자취를 감췄다. 노웨어맨이 되지 않도록 스스로의 위치를 자각하기 위해 필사적이었거나, 또는 그렇게 모두 노웨어맨인 서로가 서로에게 빛을 비추고자 하는 자기정향적 결단을 감행했던 이들의 형상은 더이상 찾아볼 수 없게 되었다. 노웨어맨을 구속하던 자연 또는 운명의 수레바퀴가 초래한 불가항력적 사태 등은 이제 상호 존재한다는 사실 자체로 서로를 옥죄고 있는 해소 불가능한 관계라는 보다 근본적인 아이러니로 심화되었다. 그렇게 개인들은 시작도 끝도 없는 미궁의 어둠 속에서 도대체 왜 그래야 하는지 이유를 알지 못한 채 영원히 방황할 운명에 처해 있다. 서로를 애틋하게 여기거나 출구를 발견하고자 하는 일체의 시도는 항상 예기치 않게 서로에 대해 고통과 핍박을 가하고, 또다른 사람이 그 과정을 고스란히 답습하다가 마모되어 소멸되는 결과를 낳는다. 제아무리 영리하고 기민하게 최선을 다한다고 해도, 잘해야 같은 자리를 빙빙 도는 것으로 귀결될 뿐 결국 빠져나오지는 못한다. 그러기는커녕 그들 각자가 왜 그렇게 되었으며, 또한 언제까지 그래야 하고, 앞으로 어떻게 될 것인지조차 불분명하다. 무의미한 공전(空轉)과 방황을 영구히 강요당하는 불가사의한 미궁 자체의 압도적인 규모 앞에서 한없이 왜소해진 채, 또는 더이상 인간이기를 포기한 채 그저 망연자실해 있을 따름이다. 다만 미궁의 벽 사이로 펼쳐진 하늘을 올려다보게 될 때마다 이제는 부질없어진 가망 없는 희망을 이따금씩 상기하는 것 외에 그들 각자가 실질적으로 할 수 있는 일은 아무것도 없다.

3

『그리고 남겨진 것들』에는 세계와 자연이라는 그야말로 무한에 가까운 미궁 속에서 상호 간에 존재한다는 사실 자체가 서로에게 억압으로 작용하거나, 또는 불가사의한 섭리의 예기치 않은 작동 앞에 한없이 무력해진 개인들의 망연자실 또는 판단중지가 두드러지는 경향이 현저하다. 「눈물이 서 있다」에서 모든 불행의 근본적인 원인이라고 할 수 있는 이명은 현에게도 여타의 모든 개인에게 있어서도 운명의 장난처럼 특별한 이유 없이 닥쳐온 것이다. 이 외에도 『그리고 남겨진 것들』 여기저기에 세계의 불가해를 시인하는 문장은 많다. "누가 알 수 있었겠어, 형. 그런 식으로 끝나버릴지, 누가 알았겠어?"(「시절의 폭」, 269쪽) "세상은 불가해한 곳이야"(「노래하는 밤 아무도」, 86쪽), "그리고, 쓰나미는 누구에게나 온다, 그걸 피할 재주 있는 인간은 없지"(「나라의 오후」, 134쪽) 등. 염승숙의 자전소설에 해당하는 「청색시대」에서 이는 더이상 부정할 수 없는 사실로서 수리(受理)된다. 절망의 색인 청색. 푸른 모래의 바람으로 뒤덮인 세계 속에서 단지 소설을 쓸 수 있을 뿐인 '나'가 스스로를 행복하게 일치시킬 수 있을 법한 오롯한 자리는 그 어디에도 없다. 그것은 비단 '나' 자신에게만 국한되는 불행이 아니다. 오랫동안 소설을 함께 써온 친구 현 역시 이 사실을 자각하고 있다. 스스로가 삼포, 육포세대를 넘어서 이제 칠포세대가 되었음을 자조적으로 수긍하고 있는 현과 '나'를 위해 마련된 자리는 없다. 무엇보다도 그들이 어린 시절의 유희로 삼았던 의자 놀이도, 응원하고 있는 야구 구단(과 과거 해당 구단의 어린이 회원이었던 사실)도 그 이면에 (세계로부터의 배척과 소외를 초래한)

경쟁과 도박이라는 근본 원리를 내포하고 있다는 점에서 사실상 동질적이다. "의자는 언제나 사람보다 모자라"(301쪽)며, 그들이 응원했던 게임이란 항상 승패가 갈리는 것이고, 개인은 주로 패자 쪽에 서게 되는 경우가 다반사인 것이다. 알다시피 이것이 그들의 생계에 있어서 대단히 가혹한 조건으로 체감되고 있는 것도 사실이다.

아울러 그것은 상당 부분 '나'의 아버지를 반복하고 있는 것이라고 해도 과언이 아니다. 그는 일생에 걸쳐서 자신과 그의 자녀가 역사적 현장의 목격자가 되기를 바라면서 올림픽 등의 거대한 국가적 행사에 참여하는 데 부지런히, 그리고 열성적으로 몰입해왔다. '나'에 있어서 게임이 벌어지는 거대한 경기장으로 입성하게 된 최초의 경험 역시 아버지의 인도에 의한 것이다. 그러나 공정한 시합이 전개되는 장소란 세상 그 어디에도 존재하지 않는다는 세상의 이치를 뒤늦게 깨달았던 것처럼, 이러한 종류의 기대는 항상 배반에 직면할 수밖에 없었으며 부질없는 희망에 기초한 것이었다. 그것은 아버지에 의해 안내받았던 거대한 세계에 편입될 수 없다는 것, 원래부터 자기 것이 아니었으며, 아버지 역시 다르지 않았다는 진실을 깨닫는 과정에 가깝다. 이것은 사실상 개인과 사회가 어떤 모순도 없이 완벽히 합일된 상태로 수렴될 수 있는 거대한 전체성(totality)이란 어디에도 존재하지 않는다는 진실을 확인하게 되는, '수난이대(受難二代)'에 걸친 다소 체계화된 망상의 폐기이며 이로 인한 멜랑콜리(melancholy) 자체다. 그러므로 '청색시대'란 근본적으로 멜랑콜리의 시대다. 따라서 '나'가 다음과 같은 한없는 무력에 관한 각성에 도달해 있는 것은 어찌 보면 당연한 일일 터다.

어찌해, 와 같은 말들을 중얼거렸고, 그러다보면, 세상은 개인이 좀처럼 어찌하거나 어찌해볼 수 없는, 거대한 불가해(不可解)의 공간으로 인식되었다. (290쪽)

아버지(라는 안내자)의 상실과 더불어 그야말로 치명적으로 훼손당한 전체성에 관한 이상은 회복 불가능한 것이 되었다. 그러므로 세계는 개인과 관련하여 그 어떤 의미도 발견되거나 새롭게 구성될 수 없는 불가항력의 불가해 자체로만 남아 있다. 그것은 인간의 의지나 희망과는 전적으로 무관한, 누구도 어찌해볼 수 없는 사실 또는 대상로서만 그저 엄존할 따름이다. 그러므로 '청색시대'는 이와 같은 무의미의 폐허 앞에서 망연자실한 채 서성거리고 있는 우울한 개인들의 시대다. 이것이 아버지의 부재를 통해 변경 불가능한 것으로 확정되는 것은 다분히 의미심장하다. 이로 인해 그들은 압도적인 규모의 불가사의, 세계의 비의(秘意)와 직접 대면하게 되었다. 그리고 「시절의 폭」이나 「노래하는 밤 아무도」 같은 여타 소설의 일부 대목에도 공통적으로 나타나는 이 불가지론에 입각한 깊은 탄식은 "무한한 공간의 영원한 침묵" 앞에서 더할 나위 없이 미소한 개인으로서 위축되지 않을 수 없었던 파스칼의 유서 깊은 공포와 당혹을, 시공을 초월하여 고스란히 반복하고 있는 것이다. 그리고 그것은 '신이 없는 인간의 비참' 즉 신이라는 아버지를 상실할 위기에 직면하여 "어째서 내가 저기에 있지 않고 여기에 있으며, 그때에 있지 않고 지금 있는지"[3]에 대

3) 블레즈 파스칼, 『팡세』, 홍순민 옮김, 삼성출판사, 1990, 116~117쪽.

해 제기되었던 의문이 해소되지 않은 막막함에서 비롯된 것이다.

물론 파스칼은 '지극히 작은 자 하나'로서 더욱더 확고히 신앙에 스스로를 일치시키는 길을 선택했다. 「청색시대」는 정확히 반대로 향한다. 무한과 미소(微小) 사이에서 희미하게 된 인간 실재의 불가해를 절실하게 의식하는 가운데, 도무지 어찌할 도리도 없고 헤아릴 본성도 주어지지 않았지만, 어떤 전체로도 수렴되거나 또는 특정한 권위에 의존하지 않아도 되는 개별적인 것들이 비록 불가사의한 대상일지언정 눈앞에 어떻게든 펼쳐져 있다는 사실은 변하지 않는다.[4] 또한 부조리하고 무의미한 세계의 통찰할 수 없는 규모만큼이나 압도적인 무한, 거대한 미궁 자체라고 해도 '나' 자신의 자의식이 그것을 우러러보거나 마음속으로 조감하면서 망연자실의 형식으로나마 반응하려고 하고 있다는 것도 분명하다. 그리고 이를 통해 전경화되는 것은 다름아닌 그러한 세계의 가차 없는 작동을 불가피한 숙명으로 받아들이는 망연자실한 자의식의 규모 자체다. 또한 깊은 어둠의 무한이든 지극히 미소한 존재로서의 '나'든, 오로지 있다는 사실에 있어서만큼은 엄연히 동등하다. 그러므로 푸른 모래의 바람으로 뒤덮인 세계 속에서 '나'는 오로지 소설을 쓸 뿐이다. 그렇게 각각의 소설을 유일무이한 개별적 '사실'로서 세계 속으로 내보내는 것이며, '나'의 소설을 쓰는 행위 역시 그렇게 변경 불가능한 사실로 확정된다. 그리고 이것이 유일하게 가능한 해답으로 사전에 마련되어 있었다는 사실을 '나'는 직감했거나 또는 이미 알고 있었다. 그러므로 세계와의 불화를 의식

4) 박인성, 「아직 태어나지 않은, 인간」, 『문학동네』 2013년 겨울호, 90~91쪽.

한 직후부터 '나'는 소설을 쓰기 시작했으며, 계속해서 써왔고, 지금도 역시 그저 쓸 뿐이다. 사실을 사실대로 쓰지 않을 수 없다. 이것이야말로 "인간이 자기가 놓인 위치를" 넘는 일이다.[5)]

*기억해. 인간은 본래부터 아무것도 아니고, 사실은 다만 사실일 뿐 슬퍼도 기뻐도 할 필요 없는 거야. 네가 소설에서 현실을 슬프게 그렸다고 해서, 정작 그 현실이 슬퍼지는 일은 없지. 중요한 건, 그러니까 정말 중요한 건, 현실을 공평하게 그리면서, 인간이 자기가 놓인 위치를 어떻게 넘는가 하는 거야.* (309쪽)

---

5) 그러나 이것은 자전소설이기에 가능한 비전일 터다. 염승숙의 소설 전반을 통틀어 소설가로서의 결의나 다짐에 관한 직접적인 표명이 이루어지는 경우는 사실 희귀한 편이다.

# 작가의 말

어느덧 세번째 소설집을 묶는다. 돌아보니 시간이 참 덧없다. 아차, 하는 순간에 인생은 이만큼 와 있다. 이 소설들은 꽤 오래도록, 긴 밤, 고독한 때에 쓰였다. 어떻게 이토록 무력할까, 그리운 것은 어째서 모두 멀리 있을까, 고민하는 때엔 여지없이 고독했고, 그럴 때면 지키고 싶은 것에 대해, 소중한 것에 대해, 아름답다 여기는 것에 대해, 그리하여 끝내 마음 아파지는 것에 대해, 쓰게 되었다. 잊지 않기 위해, 기억하기 위해서.

음악에 대해서는 잘 모르지만, 고백하자면 매일 들으며, 위로 받으며 썼다. 비틀스와 트래비스, 콜드플레이와 서태지는 늘 듣는 것이고, 듀크 조단 트리오나 에디 히긴스 트리오의 시디를 걸어놓는 때도 많았다. 「노래하는 밤 아무도」는 도어스를, 「눈물이 서 있다」는 김일두를, 「시절의 폭」은 산울림을, 「청색시대」는 제이크 버그를, 표제작인

「그리고 남겨진 것들」은 당연히, 넬을 들으며 쓴 소설이다.

언제고 그렇지 않은 적이 없었으나 눈감고 싶은 것이 유독 많은 날들이다. 그럼에도 불구하고 바라는 것이 있다면, 우리 부디 자주, 살피길. 잘 들어주길. 침묵하거나 망각하지 않길. 타인의 안부를 묻는 데 주저하지 말길. 지금, 서로, 어디냐고 물어봐주길.

그리고,

근사한 사람이 되고 싶다.

우리 뒤에 멀리 있는 바다를, 잊지 않고 싶다.

계속 같이 있는 사람이고 싶다.

나는 단지, 질문하다 사라질지라도.

2014년 가을

염승숙

## | 수록 작품 발표 지면 |

습(濕) _ 『문학사상』 2012년 5월호

그리고 남겨진 것들 _ 『작가세계』 2012년 가을호

노래하는 밤 아무도 _ 『현대문학』 2013년 1월호

나라의 오후 _ 『현대문학』 2014년 1월호

완전한 불면 _ 『실천문학』 2012년 봄호

눈물이 서 있다 _ 『문학과의학』 2013년 여름호

호우 _ 〈문장 웹진〉 2014년 7월호

양의 얼굴 _ 『이미지 앤 노블』 2014년 가을호

시절의 폭 _ 『문예중앙』 2014년 봄호

청색시대 _ 『문학동네』 2013년 겨울호

문학동네 소설집
그리고 남겨진 것들


초판인쇄 2014년 10월 22일
초판발행 2014년 10월 31일

지은이 염승숙
펴낸이 강병선
책임편집 김필균 | 편집 이경록
디자인 김선미 유현아 | 마케팅 정민호 나해진 이동엽 김철민
온라인마케팅 김희숙 김상만 한수진 이천희
제작 강신은 김동욱 임현식 | 제작처 영신사

펴낸곳 (주)문학동네
출판등록 1993년 10월 22일 제406-2003-000045호
주소 413-120 경기도 파주시 회동길 210
전자우편 editor@munhak.com | 대표전화 031) 955-8888 | 팩스 031) 955-8855
문의전화 031) 955-3576(마케팅) 031) 955-2663(편집)
문학동네카페 http://cafe.naver.com/mhdn | 트위터 @munhakdongne

ISBN 978-89-546-2625-5 03810

* 이 도서의 국립중앙도서관 출판시도서목록(CIP)은 서지정보유통지원시스템 홈페이지(http://seoji.nl.go.kr)와 국가자료공동목록시스템(http://www.nl.go.kr/kolisnet)에서 이용하실 수 있습니다.(CIP 제어번호 : CIP2014029631)

www.munhak.com